T. S. Eliot

艾略特
文学论文集

Eliot's Collection of Literary Theses

[英] T.S.艾略特 —— 著
T.S.Eliot

李赋宁 —— 译

人民文学出版社

图书在版编目（CIP）数据

艾略特文学论文集 /（英）T.S. 艾略特著；李赋宁译 . —北京：人民文学出版社，2018
（二十世纪欧美文论丛书）
ISBN 978-7-02-014581-2

Ⅰ. ①艾… Ⅱ. ①T… ②李… Ⅲ. ①文学评论—英国—现代—文集 Ⅳ. ① I561.065

中国版本图书馆 CIP 数据核字（2018）第 204539 号

出版统筹	仝保民
责任编辑	陈　黎
特约策划	李江华
特约编辑	杜婵婵
装帧设计	刘　远

出版发行	人民文学出版社
社　　址	北京市朝内大街 166 号
邮政编码	100705
网　　址	http://www.rw-cn.com
印　　刷	三河市祥宏印务有限公司
经　　销	全国新华书店等
字　　数	210 千字
开　　本	710 毫米 ×1000 毫米　1/16
印　　张	16.5
印　　数	1—6000
版　　次	2019 年 11 月北京第 1 版
印　　次	2019 年 11 月第 1 次印刷
书　　号	978-7-02-014581-2
定　　价	48.00 元

如有印装质量问题，请与本社图书销售中心调换。电话：010-65233595

二十世纪欧美文论丛书编辑委员会

顾　问：冯　至　叶水夫　王佐良　陆梅林
主　编：陈　燊
副主编：郭家申　谭立德
编　委：王道乾　王逢振　邓光东　白　烨
　　　　朱　虹　刘　宁　刘硕良　吕同六
　　　　吴元迈　李光鉴　李辉凡　张　羽
　　　　张　玲　张　捷　张　黎　余顺尧
　　　　陈　燊　胡其鼎　姚民有　郭宏安
　　　　郭家申　秦顺新　袁可嘉　夏　玟
　　　　夏仲翼　钱中文　黄宝生　章国锋
　　　　董衡巽　韩耀成　谭立德

（以姓氏笔划为序）

目　录

译者前言 ………………………………………………… 1

传统与个人才能 ………………………………………… 1
玄学派诗人 ……………………………………………… 11
安德鲁·马韦尔 ………………………………………… 25
约翰·德莱顿 …………………………………………… 44
批评的功能 ……………………………………………… 60
伊丽莎白时代四位剧作家 ……………………………… 73
伊丽莎白时代的塞内加翻译 …………………………… 84
莎士比亚和塞内加斯多葛派哲学 ……………………… 134
弗朗西斯·赫伯特·布莱德利 ………………………… 154
欧文·白璧德的人文主义 ……………………………… 168
关于人文主义重新考虑后的意见 ……………………… 179
阿诺德和佩特 …………………………………………… 192
现代教育和古典文学 …………………………………… 208
宗教和文学 ……………………………………………… 218
古典文学和文学家 ……………………………………… 233

译者前言

托·斯·艾略特(1888—1965)是二十世纪西方最有影响的诗人和文学批评家之一。有些西方文学史甚至把二十世纪称作"艾略特时代"(the Age of T. S. Eliot)。现把他的生平和贡献简述如下:

艾略特出生在美国密苏里州圣·路易斯城。他的家庭属于唯一神教派。他的祖先来自英国西南部,于十七世纪中叶来到北美洲,在麻省定居。艾略特于一九〇六年入哈佛大学学习,受业于新人文主义者欧文·白璧德①。白璧德的反浪漫主义教导影响了艾略特的诗歌理论。艾略特对哲学尤感兴趣。一九一〇年,艾略特获哈佛大学硕士学位,赴巴黎大学研究亨利·柏格森②的哲学。一九一一年回到哈佛大学任哲学系研究生助教。一九一四年,他赴德国马尔堡大学企图研究哲学。第一次世界大战爆发后,他改变了计划,去英国牛津大学默顿学院研究牛津哲学家布莱德利③的哲学。一九一五年,艾略特在英国

---

① 欧文·白璧德(1865—1933),美国文学批评家、散文家,哈佛大学教授,二十年代新人文主义运动领袖之一。著有《现代法国文学批评大师》(1912)、《卢梭和浪漫主义》(1919)、《论创造性》(1932)等。

② 亨利·柏格森(1859—1941),法国哲学家,他关于时间的概念对艾略特有深刻影响。著有《创造进化论》(1907)、《物质与记忆》(1896)、《心力》(1919)、《道德与宗教的两个来源》(1932)等。

③ 布莱德利(1846—1924),英国唯心主义哲学家,著有《伦理研究》(1876)、《逻辑学原理》(1883)等。布莱德利的哲学思想有助于理解艾略特诗作中的某些难点。

结婚,从事教学工作一段时间后开始担任银行职员,在银行供职八年之久。在这期间,他兼任伦敦一家文学杂志《个人主义者》①的助理编辑,并替几家杂志写书评。他还进行诗歌创作,他的第一部诗集《普鲁夫洛克和其他观感》发表于一九一七年。他的诗作当时仍受法国象征主义诗人,尤其是于勒·拉法格②的影响。与此同时,艾略特还研究"玄学派"诗人③和雅各宾时期英国戏剧④。由于健康原因,他向银行请假三个月,先后到伦敦附近海滨和瑞士洛桑疗养。利用这个病休机会,他把《荒原》定稿,准备出版。一九二二年一月,他从瑞士回英国,途经巴黎,征求埃兹拉·庞德⑤对《荒原》的意见。同年稍后,艾略特在伦敦创办右翼文学杂志《标准》⑥。该杂志持续出版至一九三九年。

---

① 《个人主义者》,英国杂志名,原名《新自由女性:个人主义者评论》,创办人为二位女士:韦弗女士和马斯登女士。该杂志刊载有关现代诗歌和现代艺术的评论文章。在埃兹拉·庞德的影响下,该杂志从女权运动刊物变成一家意象主义派诗歌的喉舌。该杂志从1914年创刊,延续到1919年年底,先是出双周刊,后改为月刊,由理查德·奥尔丁顿担任助理编辑,1917年由艾略特继任。

② 于勒·拉法格(1860—1887),法国有影响的象征主义诗人,二十世纪自由诗体(vers libre)的创始人之一,他对艾略特本人的早期诗歌创作有很大的影响。

③ "玄学派"诗人指的是十七世纪英国一些诗人,包括约翰·多恩(1572—1631),乔治·赫伯特(1593—1633)、理查德·克拉肖(1612?—1649)、安德鲁·马韦尔(1621—1678)、亨利·沃恩(1622—1695)和亚伯拉罕·考黎(1618—1667)。

④ 雅各宾时期英国戏剧(Jacobean drama),雅各宾时期指的是英国国王詹姆斯一世(James I;拉丁文 Jacobus = James)在位时期(1603—1625)。雅各宾时期英国戏剧的特点是讽刺的、批判的、阴暗的和幻想破灭的;风格微妙、精致;内容着重揭示社会罪恶和对抗。雅各宾时期重要剧作家有成熟期和晚期的莎士比亚、本·琼森、米德尔顿、鲍蒙特与弗莱彻。

⑤ 埃兹拉·庞德(1885—1972),美国诗人、批评家和编辑。早年在英国提倡意象主义诗歌,曾编辑、出版最早的意象派诗集(1914),并曾主编未来主义旋涡画派(vorticist)杂志《疾风》,担任美国意象派杂志《诗歌》(1912年创刊)驻外编辑,以及美国前锋文学杂志《小评论》(1914—1929)驻伦敦编辑。庞德是他同时代人当中最有影响的一位文学家,对促进现代英美诗歌的发展起了极为重要的作用。他不遗余力地帮助艾略特、乔伊斯等青年作家发表、出版他们早年的作品。对中国诗歌也发生过兴趣,曾改写欧内斯特·芬诺洛萨(1853—1908)翻译的李白诗篇,发表在《契丹》(1915)杂志上。最重要的诗作是史诗《长篇诗章》(1917—1960)。艾略特曾为他的批评论文集《埃兹拉·庞德文学随笔集》(1954)写导言。

⑥ 《标准》(1922—1939),由艾略特主编、在伦敦出版的文学评论季刊。

《荒原》刊载于该杂志第一期。一九二五年,艾略特成为费伯(Faber and Faber)出版社一名理事。一九二七年加入英国国籍,并参加了英国国教。一九三〇年,出版了宗教诗集《圣灰星期三》。一九三二年,艾略特企图复活诗剧,写了《大力士斯威尼》作为试验。一九三五年发表了他的第一出诗剧《大教堂中的谋杀》。一九三六年发表了忏悔祈祷宗教诗《四部四重奏》的第一部《火灾后的诺顿庄园》,一九三九年发表了他的第二出诗剧《家人团聚》。《四部四重奏》的另外三部:《东科克尔村庄》《打捞出来的干岩石》和《小吉丁村社》,写于一九四〇至一九四二年间。《四部四重奏》的合订本于一九四三年在纽约出版。一九四八年艾略特获诺贝尔文学奖。他还写了三出喜剧:《鸡尾酒会》(1950)、《亲信职员》(1954)和《政界元老》(1959)。一九六五年一月四日,艾略特在伦敦去世,葬于威斯敏斯特教堂"诗人之角"。

由于艾略特在诗歌技巧上和题材上的彻底创新,他的诗歌可以说在英诗传统上进行了一场革命。他使二十世纪英、美诗歌背离了浪漫主义和维多利亚时期的文学手法和常规,同时开创了二十世纪现代派的诗歌传统,充分表现出第一次世界大战后西方世界的精神面貌。为了表现新时代的精神和现代生活中人们的思想感情,艾略特认为必须创造新的诗歌形式和新的诗歌语言。在诗歌技巧方面,艾略特做出两个重要贡献:他用英语习语和口语的自然节奏来代替陈旧的"诗歌语言"。他用生动、具体的感官印象来代替空泛的拟人化的抽象概念。在诗歌内容方面,艾略特的早期作品(例如,《荒原》《稻草人》等)表现出工业社会人们的心理状态——感情枯竭、精神空虚、对生活厌倦、对人类前途抱着幻灭之感,同时也反映出城市文明的拜物主义和社会下层的贫困和悲惨。后期作品(例如,《圣灰星期三》《四部四重奏》等)主要属于忏悔祈祷宗教诗歌类型,反映了艾略特皈依英国国教的心理过程——灵魂在追求新生中交替感受和经历的绝望、怀疑、希望和欢乐阶段。后期诗歌也表现了艾略特关于人在时间——空间世界中的地位以及人追求超越时空限制的愿望之间的不可调和的矛盾。艾略特所接受的诗歌影响和思想影响是多方面的：十九世纪法国象征主义诗人(波德莱尔、马拉美、拉法格、德·拉·戈比耶①)；十七世纪早期剧作家(米德尔顿②、韦伯斯特③、特纳④、后期莎士比亚)；十七世纪英国玄学派诗人；十七世纪布道作家(多恩⑤、杰雷密·泰勒⑥、安德鲁斯主教⑦)；中世纪意大利诗人但丁，等。同时代人对艾略特影响最大的是美国诗人埃兹拉·庞德。庞德对艾略特早期诗歌创作帮助最大。此外，艾略特还受到英国哲学家布莱德利的唯心主义哲学的深刻影响。

下面着重谈谈艾略特的文学批评著作。

艾略特最早的批评文章和书评，于一九一七至一九二二年之间，发表在几家报纸和杂志上(《个人主义者》《雅典娜神庙》⑧和《泰晤士报文学增刊》⑨)。最早的批评论文集《圣林：论诗歌与批评文集》(1920)收集了在上述报纸杂志上发表过的文章，其中包括下列各篇：《传统与个人才能》(1917)、《欧里庇得斯与默莱教授》(1918)，以及论

---

① 德·拉·戈比耶(1845—1875)，法国诗人，象征主义的早期代表，著有诗集《黄色的爱情》等。
② 米德尔顿(约1570—1627)，英国剧作家，以写讽刺喜剧和悲剧见长，著有悲剧《女人要提防女人》(约1621)、《低能儿》(1623)等。
③ 韦伯斯特(约1580—约1625)，英国剧作家，以写悲剧见长，著有悲剧《白色魔鬼》(1612)、《马尔菲公爵夫人》(1623)等。
④ 特纳(1575—1626)，英国剧作家，著有《复仇者的悲剧》《无神论者的悲剧》等。
⑤ 多恩(1571—1631)，英国诗人和传教士，玄学派诗人中最杰出的代表。
⑥ 杰雷密·泰勒(1613—1667)，英国牧师和作家，著有宗教著作《神圣的生和死》(1650，1651)，以热情雄辩的风格、铿锵的节奏、生动的比喻著称。
⑦ 安德鲁斯(1555—1626)，英国主教和翻译家，曾参加钦定《圣经》(1611)的翻译。著有《布道录》(1874—1878)等。
⑧ 《雅典娜神庙》(1828—1921)，英国作家兼旅行家詹姆斯·西尔克·白金汉(1786—1855)于1828年在伦敦创办的一家文学和艺术评论杂志。十九世纪英国许多大作家都曾为该杂志撰稿。1921年，该杂志合并成为《民族与雅典娜神庙》；1931年，合并后的杂志再一次合并成为《新政治家》杂志。
⑨ 《泰晤士报文学增刊》，于1902年1月17日在伦敦创刊，主编为布鲁斯·里奇蒙德，每周出一期。该刊物在英国文学刊物中占有重要地位，登载很多出色的文章和评论，刊登有关目录学和文献学等方面的通讯，报道最新的文学书刊。

马洛①、《哈姆莱特》、本·琼森②、马辛杰③、布莱克④和斯温伯恩⑤等的文章。继《圣林》之后,艾略特发表了批评论文集《向约翰·德莱顿的致敬》(1924),其中除论德莱顿⑥一文外,还包括论马韦尔⑦和论玄学派诗人等名篇。这些文章都是艾略特文学批评论文中的精华。下一个论文集是《致兰斯洛特·安德鲁斯:论风格和秩序文集》(1928)。兰斯洛特·安德鲁斯是雅各宾时期英国一位神学学者,他的神职是温切斯特城主教;他还是钦定《圣经》英译本(1611年出版)的翻译者之一。从这部论文集开始,艾略特的文学批评论文日益受到他的英国国教——天主教观点的影响,大有喧宾夺主的趋势。接着艾略特还发表了《但丁》(1929)。这是用英文写的最好的论但丁的文章。这篇长论文的写作时间和《圣灰星期三》宗教诗的创作时间是相吻合的,因此这两部作品的内容是有联系的。《兰贝思会议⑧后的感想》(1931)是一个有关英国国教教会事务的小册子,与文学关系不大,但却也包括在《文选》(1932)之中。《文选》是一个十分重要的集子,它收集了一九三二年以前艾略特最重要的文学批评和社会批评文章。《文选》在一九三四年和一九五一年分别出了增订本。这个集子应被看

---

① 马洛(1564—1593),英国剧作家和诗人,著有《浮士德博士的悲剧》(1604)、《马耳他岛的犹太人》(1633)等。
② 本·琼森(1572—1637),英国诗人、剧作家和散文家,与莎士比亚同时代的人,以戏剧见长,他的诗歌结合优雅和有力两方面的特点。
③ 马辛杰(1583—1640),英国剧作家,以写讽刺喜剧见长,最有名的作品是《还旧债的新方法》(约1625)。
④ 布莱克(1757—1827),英国版画家、诗人和神秘主义者,著有《天真之歌》(1789)、《经验之歌》(1794)等诗集。布莱克是一位极富想象力并具有预言远见的诗人。
⑤ 斯温伯恩(1837—1909),英国诗人和批评家。著有关于莎士比亚的专著和《本·琼森》(1889)、《乔治·查普曼》(1875)等。
⑥ 德莱顿(1631—1700),英国诗人、剧作家和批评家,著有讽刺诗《马克·弗莱克诺》(1682)、剧本《奥伦色比》(1675)和文学批评论文《论戏剧诗体》(1668)等。
⑦ 马韦尔(1621—1678),英国玄学派诗人之一,他的大胆的比喻像多恩,他的优雅和精练又像本·琼森。此外,他对密尔顿的无韵诗体也十分赞赏。
⑧ 兰贝思会议,指的是每十年在兰贝思宫殿召开的世界性圣公会全体主教会议。这里指的是1930年召开的会议。

作是二十世纪西方最有影响的文学批评著作。

艾略特后期的批评著作中一大部分都是他在大西洋两岸所作的学术报告的讲稿。《诗歌的用途和批评的用途》(1933)收集了他在哈佛大学的讲演。《信奉异教神祇：现代异端邪说入门》(1934)收集了他在弗吉尼亚大学的讲演。在这些讲演中，他从宗教立场出发对像哈代①和劳伦斯②这样的"异教徒"做出了不公正的评论。《基督教社会的概念》(1939)是艾略特在剑桥大学的讲演。《为了给文化一词下定义所做的评论》(1948)充分表明了他对文化的看法。此外，艾略特还发表了较短的文章：《诗歌的音乐》(1942)——苏格兰格拉斯格大学讲演；《古典文学和文学家》(1942)——古典文学学会会长致辞；《什么是文学杰作？》(1945)——维吉尔③学会上的致辞；以及《密尔顿》(1947)——在英国学会④上的讲演。在这以前，艾略特曾写过一篇短文《论约翰·密尔顿的诗体》(1936)，对密尔顿多所责难。但在一九四七年《密尔顿》一文中，他否定了以前的看法，对密尔顿做出比较公允的评论。此后，艾略特还出版了两个文学批评论文集：《论诗歌和诗人》(1957)和《评批评家》(1965)。

艾略特的文学批评文章可以归结为三大类。第一类包括那些主张诗歌必须增强它的客观性的文章。这一类可用《传统与个人才能》和《批评的功能》作为代表。第二类包括那些讨论诗歌形式和风格的文章，尤其是那些对某些作家或作家集团重新评价的文章，例如，《玄学派诗人》《安德鲁·马韦尔》和《约翰·德莱顿》。《现代思想》，严格说来，并不属于这一类，但是由于这篇文章收集在他的《诗歌的用途和批评的用途》讲演集中作为最末一篇，而这部演讲集主要

---

① 哈代对基督教失去信仰，在作品中表现了宿命论的悲观哲学。
② 劳伦斯不相信基督教，信仰"生命力"。
③ 维吉尔对西方文学传统的形成发生过深远影响。
④ 英国学会，一个英国学术团体，成立于1902年，其宗旨在于促进人文科学和社会科学的研究，包括历史、哲学、法律、政治经济学、考古和语言学。该学会举行年度学术讲演，并出版会议录汇编。

都是从形式和风格方面对一些诗人和批评家重新做出的评价。第三类包括那些论文学和文学批评与其他学科(含宗教)之间的关系的文章,例如《阿诺德①和佩特②》《欧文·白璧德的人文主义》和《宗教和文学》。

《传统与个人才能》对传统这一概念做出重新评价:在成熟的诗人身上,过去的诗歌是他的个性的一部分。过去是现在的一部分,也受到现在的修改。真正要做到创新,必须深切意识到不断变化中的"欧洲思想"的存在,并且也意识到自己是它的一部分。为了达到与欧洲诗歌的整体建立有机的联系这一目的,诗人必须树立起消灭自己个性的目标。诗人绝不可是一个个性,而应是一种媒介,其功用为了消化和提炼他所选用的素材。消化和提炼的结果产生了一种独特的东西;这种东西的复杂性不等于创作诗篇的那个诗人所代表或亲自感受的感情本身的复杂性。因此浪漫主义学说被艾略特抛弃,由于这种学说太重视个性,由于它使诗人未经加工就过于粗糙地把自己的感情和诗篇所表现的感情联系在一起。此外,我们还应区别诗歌价值和"半伦理的标准"。标志成熟诗歌的东西不是那些佳言美行,而是高超的叙事技巧和优美的表达形式。一首诗所要表达的东西应是"只有在这首诗中才有生命的感情",而不是诗人自己的感情或意见。这就是为什么诗人必须努力做到无个性的原因。无个性就是客观性。艾略特所强调的客观性指的是在诗歌表现的技术过程中淹没诗人自己个性所做的努力。艾略特特别重视诗歌技巧和形式,用亚里士多德的话来说,艾略特更关心的是"和谐",而不是被"模仿"的对象。一首诗中最关紧要的东西不是"题材中'崇高美'的任何半伦理标准……不是那些感情,那些组成部分的'伟大'和强烈,而是艺术创作过程的强烈。"在这个意义上,诗歌实际上是"感情的脱离",是"个性的脱离"。因此,具有客观价值的诗歌要求诗人"不断地使自己服从于比自己更有

---

① 阿诺德(1822—1888),英国诗人和批评家。
② 佩特(1839—1894),英国散文家和文学批评家,主张为艺术而艺术。

价值的东西"。艾略特认为明智地利用传统有助于使诗人认识到什么是比自己更重要的东西,同时也能帮助诗人在诗歌创作过程中获得这个更重要的东西。接受传统或遵照传统进行创作并不意味着抄袭前人的素材或技巧。艾德华·杨①说得好:谁要是模仿《伊利昂记》,谁就不是真正模仿荷马。重要的是必须具有一种全面的意识,认识到西方文学的延续性,认识到西方文学的哪些特性和哪些手法继续不断地被证明是最有生命力和最行之有效的,并且能够灵活地、富于想象地运用这方面的知识。艾略特写道:"要求新作品仅仅符合,那就意味着新作品并不真正符合;新作品就算不上新,也就不成其为艺术品了。"艾略特总结新作品与传统之间的关系时写道:"当一件新的艺术品被创作出来时,一切早于它的艺术品都同时受到了某种影响。现存的不朽作品联合起来形成一个完美的体系。由于新的(真正新的)艺术品加入到它们的行列中,这个完美体系就会发生一些修改。在新作品来临之前,现有的体系是完整的。但当新鲜事物介入之后,体系若还要存在下去,那么整个的现有体系必须有所修改,尽管修改是微乎其微的。于是每件艺术品和整个体系之间的关系、比例、价值便得到了重新的调整;这就意味着旧事物和新事物之间取得了一致。"

艾略特关于英国诗歌传统的理论可以从他对于一些诗人和诗人集团的具体研究中归纳出来。他的这些研究是阿诺德之后对英诗最早的、也是最重要的重新估价。正像阿诺德抛弃了新古典主义传统,艾略特的重新估价暗示他背离了十九世纪的英诗传统。他所提倡的英诗传统盛行于约从一五九○年开始到十七世纪中叶这一段时期内,以"玄学派诗歌"为代表。这一派诗歌的特点是:形象化的描述极为丰富和具体、鲜明。这一派诗歌所使用的比喻既具有物体的也具有理性的含义,因此能够巧妙地把思想、感情和感觉三个因素都结合成一体。

---

① 艾德华·杨(1683—1765),英国诗人,著有长诗《夜思》(1742—1745),重要文章《关于独创性写作的意见:致"查理斯·格兰迪森爵士"作者的一封信》(1759)。在这篇文章中,杨为独创性辩护,反对依样画葫芦的模仿。

这个统一体,十七世纪诗人称之为"机智"(wit)。艾略特对"机智"的强调对第一次世界大战以后英、美诗歌的理论和实践起了很大的影响。在《玄学派诗人》一文中,他认为玄学派诗歌是伊丽莎白时代英诗的逻辑发展,因此这一诗歌传统应该是英诗的主流。这个诗歌传统的特点是它具有一种"感觉的机制"(mechanism of sensibility),就好像一座熔炉,它能够把任何一种思想熔化成为感情的反应。艾略特认为英诗的这一可贵的特点不幸在十七世纪后半消失了,由于"开始出现了感觉的分离(dissociation of sensibility),直到现在我们还没有从这个偏差中走出来恢复正常。"在德莱顿以后的新古典主义诗歌中,"机智"——使"无联系的经验"(disparate experience)能够结合在一起的锐敏的智力——失去了它的情感和感觉的联系,成为今日意义的"机智":诙谐或戏谑。另一方面,在密尔顿的诗中,激动的雄辩又和"机智"分离,结果导致了十九世纪和二十世纪初期的浪漫主义诗歌。

艾略特文学批评的另一个要素是他对古典主义形式完美的理想十分推崇。在论德莱顿一文中,他欣赏德莱顿诗歌的古典主义和新古典主义优点:风格的文雅、朴素、自然;态度的公正、超然、嘲讽、柔韧;语言的明确、有力、生动。德莱顿并不依靠题材的"崇高"和"伟大"来达到他的诗歌效果;他凭借的是他的高超的诗歌技巧和他的准确的判断。德莱顿诗歌的这些特点也不幸在十九世纪英国浪漫主义诗歌中失去了。因此,艾略特所强调的英诗传统包括玄学诗派的机智和德莱顿新古典主义形式完美理想这两个要素。英诗的这一优良传统从莎士比亚早期诗篇开始,延续到十七世纪中叶,成为英诗传统的主流。在这以后,这一主流继续由几位大诗人的诗歌所代表:德莱顿和蒲柏[①]的作品,以及成熟后济慈[②]的诗作。这些大诗人在他们创作实践中经常能够把艾略特所称赞的英诗的各种优点成功地融合在一起。在这

[①] 蒲柏(1688—1744),英国诗人和讽刺家,英国新古典主义诗歌最优秀的代表,也是他那个时代文艺界最高的权威,德莱顿的最好的继承人。
[②] 济慈(1795—1821),英国浪漫主义诗人。

一点上,艾略特又和塞缪尔·约翰逊①相似。约翰逊也重视英诗机智传统的这些优点;约翰逊惋惜格雷②、沃顿弟兄③和密尔顿无韵诗体模仿者们的诗作缺少丰富和广阔的比喻,以及分析性的智能。这也是新古典主义结束后英诗的通病。约翰逊一方面偏爱机智、精练的诗歌,另一方面也树立起古典主义形式完美的高标准。在这一点上,艾略特和约翰逊有共同之处。这两位诗人批评家相似的地方还在于二人都十分关心普遍的人文主义的、道德的和宗教的价值。二人的批评不限于文学方面;他们的文学批评也是对人生和社会的批评。虽然二人也有根本不同的方面,但是在英国文学批评史上,约翰逊或许是艾略特的最相似的先驱者。

---

① 塞缪尔·约翰逊(1709—1784),英国批评家、诗人、辞典学家和散文家。是十八世纪后英国文艺界最高的权威,著有《伦敦》(1738)、《人类愿望的落空》(1749)等诗篇。他的重要批评著作有《莎士比亚戏剧集》"序言"(1765)和《诗人传》(1779—1781)。

② 格雷(1716—1771),英国诗人和著名书信家。从新古典主义到浪漫主义过渡时期的诗人,擅长写抒情诗和颂歌。例如,《春天颂》《关于一只淹死在金鱼缸里的爱猫之死的颂歌》(1748)等。他最著名的诗篇是《写在乡村教堂墓地的挽歌》(1751)。

③ 沃顿弟兄,指约瑟夫·沃顿(1722—1800)和托马斯·沃顿(1728—1790)。二人都是英国浪漫主义诗歌的先驱。

传统与个人才能

一

在英语写作中，我们很少谈到传统，尽管我们偶尔也使用这个名词来惋惜传统的消失。我们提不出"这一传统"或"某一传统"。充其量我们只使用它的形容词来描述某某人的诗歌是"传统的"，或者甚至是"太传统了"。或许，除非用作贬义，这个词就很罕见。假若不是这样，该词就带有隐约的褒义，暗示着：受称赞的作品具有某种讨人喜欢的考古学文物重建的兴趣。你不可能使这个词让英国人听起来感到舒服，除非使它与鼓舞人心的考古科学发生这种赏心悦目的联系。

在我们对活着的或已故的作家所做的鉴赏文章里，传统这个词肯定不会出现。每一个国家，每一个民族，都不仅有自己的创作习惯，而且还有自己的文学批评的习性。与创作天才方面的缺点和局限相比，本民族文学批评习惯方面的缺点和局限，更容易为人忽视。基于用法语写的大量的文学批评文章，我们理解或认为我们理解法国人的文学批评方法或习惯。由此我们就简单地得出这一结论（我们竟然会这样没有头脑），即法国人比我们"更富于批评精神"，而且我们有时也颇以此自豪，似乎法国人比不上我们的自发性。或许他们是这样；但我们不妨提醒自己，文学批评就像呼吸一样是不可避免的。当我们在读一本书，并且对它做出一种感情反应时，我们把通过我们自己头脑的思想感情明确地表达出来，而且在我们自己头脑所做的批评工作中批评我们自己的头脑，这对我们并不是一件坏事。在这个过程中可能出现的事实之一就是每当我们称赞一位诗人时，我们倾向于强调他的作品中那些最不像别人的地方。我们声称在他作品中的这些地方或部分我们找到了这个人独有的特点，找到了他的特殊本质。我们津津乐道这位诗人与他的前人尤其是与他最临近的前人之间的区别。我们努力去寻找能够被孤立出来加以欣赏的东西。如果我们不抱这种先入的成见去研究某位诗人，我们反而往往会发现不仅他的作品中最好的部分，而且最具有个性的部分，很可能正是已故诗人们，也就是他的先辈们，最有力地表现了他们作品之所以不朽的部分。我说的不是这个诗人易受别人影响的青春时期，而是他的完全成熟了的阶段。

　　另一方面，假若传统或传递的唯一形式只是跟随我们前一代人的步伐，盲目地或胆怯地遵循他们的成功诀窍，这样的"传统"肯定是应该加以制止的。我们曾多次观察到涓涓细流消失在沙砾之中，而新颖总是胜过老调重弹。传统是一个具有广阔意义的东西。传统并不能继承。假若你需要它，你必须通过艰苦劳动来获得它。首先，它包括历史意识。对于任何一个超过二十五岁仍想继续写诗的人来说，我们可以说这种历史意识几乎是绝不可少的。这种历史意识包括一种感觉，即不仅感觉到过去的过去性，而且也感觉到它的现在性。这种历史意识迫使一个人写作时不仅对他自己一代了若指掌，而且感觉到从荷马开始的全部欧洲文学，以及在这个大范围中他自己国家的全部文学，构成一个同时存在的整体，组成一个同时存在的体系。这种历史意识既意识到什么是超时间的，也意识到什么是有时间性的，而且还意识到超时间的和有时间性的东西是结合在一起的。有了这种历史意识，一个作家便成为传统的了。这种历史意识同时也使一个作家最强烈地意识到他自己的历史地位和他自己的当代价值。

　　从来没有任何诗人，或从事任何一门艺术的艺术家，他本人就已具备完整的意义。他的重要性,人们对他的评价,也就是对他和已故诗人和艺术家之间关系的评价。你不可能只就他本身来对他做出估价;你必须把他放在已故的人们当中来进行对照和比较。我打算把这个作为美学评论而不仅限于历史评论的一条原则。他必须符合,他必须一致,这种必要性却并不是单方面的。当一件新的艺术品被创作出来时,一切早于它的艺术品都同时受到了某种影响。现存的不朽作品联合起来形成一个完美的体系。由于新的(真正新的)艺术品加入到它们的行列中,这个完美体系就会发生一些修改。在新作品来临之前,现有的体系是完整的。但当新鲜事物介入之后,体系若还要存在下去,那么整个的现有体系必须有所修改,尽管修改是微乎其微的。于是每件艺术品和整个体系之间的关系、比例、价值便得到了重新的调整;这就意味着旧事物和新事物之间取得了一致。谁要是赞成关于体系,关于欧洲文学,关于英国文学的形成的这一概念,谁就不会认为这种提法是荒谬的,即在同样程度上过去决定现在,现在也会修改过去。认识了这一点的诗人将会意识到任重道远。

在某种特殊意义上,你也将会意识到人们不可避免地必然会用过去的标准来评价他。我说的是评价,不是肢解。人们并不评价他是否与已故的作家同样好,或不如,或胜过他们。人们也绝不会用已故的批评家的教条来对他进行评价。这将是一种把两个事物拿来相互衡量的评价和比较。要求新作品仅仅符合,那就意味着新作品并不真正符合;新作品就算不上新,也就不成其为艺术品了。我们并不绝对这样说:新作品由于符合,就更有价值;但它是否符合却是检验它的价值的一个标准——当然这种检验只能稳妥慎重地进行,这是因为我们当中没有任何人对是否符合能够做出从不犯错误的判断。我们说:这个作品看起来好像符合,但它或许却是独创的,或它看起来似乎是独创的,但却可能是符合的。我们极不可能发现它是一种情况,而不是另一种情况。

接下去再对诗人与过去的关系做一个更明白易懂的说明:他既不

能把过去原封不动地接受下来,不能把它当作像一粒不加选择的大丸药吞下肚去,又不能完全依赖一两个私下崇拜的作家来塑造自己,也不能完全依赖一个心爱的时期来塑造自己。第一种途径是行不通的,第二种办法是青年时期的一条重要经验,第三条路却是一种令人愉快的,非常可取的补充。诗人必须十分清楚什么是主流,而且主流并不总是流经最著名的作家身旁。他必须充分认识到这一明显事实,即艺术并不是越变越好,但艺术的原料却不是一成不变的。他必须知道欧洲的思想、他本国的思想——总有一天他会发现这个思想比他自己的个人思想要重要得多——这个思想是在变化的,而这种变化是一个成长过程,沿途并不抛弃任何东西,它既不淘汰莎士比亚或荷马,也不淘汰马格德林期的画家们的石窟图画①。从艺术家的观点出发,这个成长过程,或许可以说是提炼过程,肯定说是复杂化的过程,并不是任何进步。从心理学家的观点出发也算不上是一种进步,或者达不到我们所想象的程度;或许归根到底只不过根据于经济方面和机械方面变得越来越复杂这一事实。但是现在和过去之间的区别在于有意识的现在认识过去时所采取的方式和所达到的程度是过去认识它自己时所不能相比的。

有人说:"已故的作家离我们很遥远,因为我们知道的东西比他们知道的多得多。"说得对,他们本身也就是我们所知道的东西。

我也注意到人们对显然是我为诗歌这个行业所制订的方案的某一部分通常提出反对的意见。这个意见就是认为我的学说要求诗人具有达到荒谬程度的大量学问(以及对学问的卖弄)。诉诸任何先哲祠中所供奉的诗人们的生平,就可以驳回这种意见。甚至于还可以肯定地说,过多的学问会使诗人的敏感性变得迟钝或受到歪曲。但是,尽管我们坚持不懈地相信,在他的必要的感受能力和必要的懒散不受侵犯的范围内,一个诗人应该知道的东西越多越好,可是把知识局限

---

① 法国西南部马格德林地区的石窟壁画,属于旧石器晚期文明。

在能够被压缩成有用的形体来应付考试,为客厅提供谈话资料,或者为了满足追求出名所采取的更狂妄手段的需要,那并不是一件好事。有些人能够吸取知识,迟钝的人却要费九牛二虎之力才能获得它。莎士比亚从普卢塔克①那里学到的历史知识比大多数人能够从整个大英博物馆学到的更为重要。必须强调的是诗人应该加强或努力获得这种对于过去的意识,而且应该在他整个创作生涯中继续加强这种意识。

结果是,诗人把此刻的他自己不断地交给某件更有价值的东西。一个艺术家的进步意味着继续不断的自我牺牲,继续不断的个性消灭。

剩下要做的事就是对个性消灭的过程,以及对个性消灭和传统意识之间的关系加以说明。正是在个性消灭这一点上才可以说艺术接近了科学。因此我请求你们,作为一个启发性的比拟,考虑一下当一小块拉成细线的白金放入一个含有氧气和二氧化硫的箱内时所起的作用。

二

诚实的批评和敏锐的鉴赏不是针对诗人,而是针对诗歌而做出的。如果我们注意到报纸上评论家们七嘴八舌的叫喊和随之而来的大众重复他们意见的窃窃私语声,我们将会听到一大串诗人的姓名。如果我们追求的不是有关名人录的知识,而是对诗歌的欣赏,如果我们要求的只是一首诗,我们很少能够找到它。我曾试图指出这首诗和其他作家写的另一首诗之间关系的重要性,并且提出把诗歌看成是以往所有被写下来的诗歌所组成的有机整体的这一概念。这个非个人的诗歌理论的另一个方面就是这首诗及其作者之间的关系。我曾通过比拟暗示说,成熟了的诗人和未成熟的诗人,他们各自头脑的区别,

---

① 普卢塔克(约46—119),希腊传记家和历史学家。他的名著《类似的生平》叙述并对照一些希腊名人和一些罗马名人的生活经历。托马斯·诺尔斯(约1535—约1601)把它译成英语。莎士比亚的三部罗马历史剧都取材于诺尔斯译的普卢塔克著作。

并不恰好在于对"个性"做出的任何评价,不是由于这一个头脑较那一个必然更有趣,或有"更多的话要说",而是由于这一个头脑是一个更加精细地完美化了的媒介,通过这个媒介,特殊或非常多样化的感受可以自由地形成新的组合。

我用的是催化剂的比拟。当上述的两种气体,由于白金丝的存在,产生化合作用形成硫酸。只有当白金存在才能发生这种化合。可是新形成的酸并不含有丝毫的白金,显然白金本身并未受到任何影响:它保持惰性、中性、无变化。诗人的头脑就是那少量的白金。这个头脑可能部分地或全部地在诗人本人的经验上进行操作。但是,诗人的艺术愈完美,在他身上的两个方面就会变得更加完全分离,即一方是感受经验的个人,另一方就是进行创作的头脑。头脑也就会变得能够更加完美地消化和改造作为它的原料的那些激情。

你们将会注意到,诗人的经验,也就是进入起改造作用的催化剂本身的那些元素,分为二类:感情和感受。一件艺术品在欣赏这件艺术品的人身上所起的作用是一种经验,这种经验在性质上不同于任何非艺术的经验。这种经验可能由一种感情形成,也可能是好几种经验的组合;还有,对于作者来说,存在于特殊的单词、短语或意象中的各种感受,也可能和上述的感情加到一起来合成最终的结果。也有可能,伟大的诗歌可以不直接运用任何感情而写成,而是单独由各种感受组成的。《地狱篇》第十五章(布鲁乃陀·拉蒂尼①)逐步激起了那个情景当中明显的感情;但是,这一章的效果,尽管它像任何一件艺术品的效果是单一的那样,却是通过大量的细节复杂性来收到的。这一章最后一节四行的诗产生一个意象,一种附着于某个意象的感受,这个意象和感受"来到了",它并不是简单地从上文生出来的,而是很可能悬浮在诗人的头脑里,一直等到适当的时刻来临它才加入到那个组合里去。诗人的头脑实际上就是一个捕捉和贮存无数的感受、短语、

---

① 布鲁乃陀·拉蒂尼(约1220—约1294),意大利哲学家和学者,但丁的老师。在《地狱篇》第15章里,但丁表达了对拉蒂尼的崇敬、怀念和感激。

意象的容器，它们停留在诗人头脑里直到所有能够结合起来形成一个新的化合物的成分都具备在一起。

如果你们拿最伟大的诗歌好几个有代表性的段落来比较一下，你们将会看到化合物的类型，多种多样，你们也将会看到"崇高美"的任何半伦理的标准如何完全没有击中目标。那是因为重要的不是那些感情或那些组成部分的"伟大"和强烈，而是艺术创作过程的强烈，打个比方说，是一种压力，在这个压力作用之下才会发生化合。帕奥洛和弗兰采斯加①的一段情节运用了一个明确的感情，但是这段诗歌的强烈效果却完全不同于该情节可能产生的那个想象中的经验所具有的任何强烈性印象。而且它的强烈效果并不比第二十六章尤里西斯②的航海所产生的效果更强烈，而尤里西斯的航海却不直接依靠任何感情。在感情的蜕变过程中可能出现很大的多样性。阿伽门农被谋杀，或奥赛罗的极度痛苦，所产生的艺术效果显然比但丁诗中的情景离可能的原型（真人真事）更近。在《阿伽门农》③中，所产生的艺术感情接近于一个实际观剧人的感情；在《奥赛罗》④中，艺术感情接近于主人公本人的感情。但是艺术和事件之间的区别永远是绝对的；作为一个化合起来的总体，阿伽门农被谋杀，很可能和作为化合体的尤里西斯的航海同样复杂。两者之中的任一情况都是许多成分合成的结果。

---

① 帕奥洛和弗兰采斯加的爱情悲剧故事见但丁的《地狱篇》第5章。由于政党利害的原因，弗兰采斯加嫁给了一个残酷、自私的丈夫。弗兰采斯加爱上了丈夫年轻貌美的弟弟帕奥洛。二人同读一本书，当他们读到骑士朗斯洛特和皇后桂尼维尔接吻时，他们就效法书中情人的举动，发生了热烈的爱情。当弗兰采斯加的丈夫发现了此事，便把帕奥洛和弗兰采斯加一同处死。但丁听了弗兰采斯加讲她的经历，十分同情和怜悯，以至于晕倒在地上。
② 尤里西斯，罗马人给荷马史诗中的英雄奥德修斯取的名字，但丁在《地狱篇》第26章里叙述了尤里西斯为追求知识和经验做了最后一次的航海，向西驶向比日落更远的地方。这个故事是但丁的创造。它预示了文艺复兴时期西方人发现新大陆和新航道的追求和探险精神。
③ 《阿伽门农》，古希腊悲剧诗人埃斯库罗斯写的著名悲剧。希腊联军总司令阿伽门农，在攻陷了特洛伊城后凯旋归来，却被妻子克利泰木奈斯特拉和奸夫伊吉修斯合谋杀害。
④ 《奥赛罗》(约1604)，莎士比亚四大悲剧之一。

济慈的颂歌①包含了若干和夜莺没有特殊关系的感受，但是夜莺，或许一半由于它的动人的名字，一半也由于它的声望，却起了把这些感受组合起来的作用。

我在努力抨击的观点或许是和灵魂本质单一论的形而上学理论有关。我的意思是说，诗人有的并不是有待表现的"个性"，而是一种特殊的媒介，这个媒介只是一种媒介而已，它并不是一个个性，通过这个媒介，许多印象和经验，用奇特的和料想不到的方式结合起来。对诗人本身来说，这些是一些重要的印象和经验，但它们却在他的诗歌中可能没有占任何地位，而那些在他的诗歌中变得重要的景象和经验却可能在诗人本人身上，在他的个性上，只起了一个完全无足轻重的作用。

我打算引一段不甚常见的文字，使大家以新的注意力来阅读它，以便阐明——或模糊——这些想法：

> 现在我似乎能够甚至于责备我自己
> 不该迷恋她的美貌，尽管我决心
> 要用不寻常的行动为她的死亡报仇。
> 是为了你吗，那蚕儿在消耗她的黄颜色的精力？
> 是为了你吗，她结束了自己的生命？
> 卖掉贵族的领地来养活贵妇人，
> 只是为了销魂的一刻那微不足道的好处吗？
> 那个汉子为什么要把公路弄得不安全，
> 把他自己的生命放在法官的唇间？
> 为了把这件事办得更高雅，他还豢养马匹和仆人，
> 为了她，使他们变得更勇敢？……②

如果从上下文来看，明显地在这段选文里，正、反两面的感情化合

---

① 指他的著名诗篇《夜莺颂》(1819)。
② 引自特纳写的《复仇者的悲剧》(1607)，第3幕，第5场，第69—79行。

成一体：一方面是对美的极为强烈的向往，另一方面是对丑的同样程度的强烈爱好，而这丑和美是相互对照和相互抵消的。相互对照的感情的这种平衡固然存在于和这一段台词有关的戏剧情景里，但是只有那个情景却还不足以导致这种平衡。这种平衡，打个比方来说，就是该剧本所提供的结构上的感情。但是剧本的总的效果，它的主要的调子，却由于这一事实，即与这个结构上的感情具有表面上一点也不明显的相似性的一些流动的感受，和它结合起来，给我们提供了一种新的艺术感情。

诗人在任何程度上的卓越或有趣，并不在于他个人的感情，不在于那些被他生活中某些特殊事件所唤起的感情。他的个人感情可能很简单、粗糙，或者乏味，他诗歌中的感情却会是一个非常复杂的东西，但是它的复杂性并不是那些在生活中具有非常复杂或异常的感情的人们所具有的感情复杂性。实际上，诗歌中怪僻的错误之一就是去寻求新的人类感情来加以表达；正是这种在错误的地方寻求新奇的做法使诗歌暴露出违反常情的效果。诗人的任务并不是去寻找新的感情，而是去运用普通的感情，去把它们综合加工成为诗歌，并且去表达那些并不存在于实际感情中的感受。那些他从未经历过的感情和那些他所熟悉的感情对他都会是有用的。因此，我们不得不认为"在平静中被回忆的感情"①是一个不准确的公式。那是因为诗歌既不是感情，又不是回忆，更不是平静，除非把平静的含义加以曲解。诗歌是一种集中，是这种集中所产生的新东西。诗歌把一大群经验集中起来，而这些经验在注重实际和积极的人看来，一点也算不上是什么经验。诗歌的集中并不是有意识地或经过深思熟虑而进行的。这些经验并不是"回忆起来的"，最后当它们在某一种气氛中化合在一起时，这种气氛只有在这个意义上才是"平静的"，即它只是消极地伴随着化合的行动。当然这还不是全部真相。在诗歌写作中，有许多东西必须是有

---

① 引自华兹华斯对诗歌下的著名的定义："诗歌是强烈感情的自然的洋溢；它的来源是在平静中回忆起来的感情。"《抒情歌谣集》，第2版序言，1802年。

意识的和深思熟虑的。事实上，拙劣的诗人在他应该有意识的地方往往无意识，在他应该无意识的地方却有意识。这两方面的错误都趋向于使他成为"个人的"。诗歌不是感情的放纵，而是感情的脱离；诗歌不是个性的表现，而是个性的脱离。当然，只有具有个性和感情的人们才懂得想要脱离这些东西是什么意思。

三

> 理智无疑更神圣，而且较不受感情的支配。①

这篇文章打算在形而上学或神秘主义的边界上停笔，并打算局限于得出一些实用的结论，以供对诗歌有兴趣并有责任感的人来应用。把对诗人的兴趣转移到诗歌上面来，这是一个值得赞扬的目标，因为这样做将会有助于对当前的诗歌，好诗和坏诗，都能做出更为公允的评价。许多人都欣赏表达真诚感情的诗体，还有少数人能够欣赏技巧的卓越。但很少有人理解诗歌是有意义的感情的表现，这种感情只活在诗里，而不存在于诗人的经历中。艺术的感情是非个人的。诗人不可能达到这个非个人的境界，除非他把自己完全献给应该做的工作。他也不大可能知道什么是应该做的工作，除非他不仅生活在此时此地，而且还生活在过去的这一时刻，除非他所意识到的不是已死亡的东西，而是已经活起来的东西。

1917 年

---

① 引自亚里士多德，《论心灵》，I,4。

玄学派诗人

从一代人的作品中收集了这些首诗①,格里尔森教授做出了相当重要的贡献,因为这些作品常被人们提到,而不是被人们阅读,即使阅读了也没得到启迪。的确,读者会遇到许多已收在其他选集里的诗篇,同时也发现收集在里面的还有像奥雷里安、唐辛德②或却尔伯里的赫伯特③勋爵这一类人的诗篇。但是像这样一个选集的作用不同于圣茨伯里教授编辑的查理王朝诗人的极好选集或《牛津英诗选》的作用。格里尔森先生的书本身就是一部评论著作,而且也是一部激发评论的著作。我们认为他收集了这么多首从别处也能找到的(尽管版本并不很多)多恩的诗篇,作为"玄学诗歌"的记录证明他的这一做法是正确的。"玄学诗歌"这个名称长期以来用作贬词,或用作一种古雅和诙谐趣味的代号。问题是在多大范围里这些所谓的玄学诗人们形成了一个学派(在我们的时代我们应称作一种"运动"),以及在多大程度上这个所谓的学派或运动背离了诗歌的主流。

---

① 《十七世纪的玄学抒情诗和诗歌:多恩到巴特勒》,赫·杰·西·格里尔森选编,附论文,牛津:克来仑登出版社,伦敦:密尔福德。——原注
② 唐辛德(活跃于1601—1643年之间),查理一世时期英国宫廷诗人。
③ 却尔伯里的赫伯特(1583—1648),英国哲学家、历史学家、诗人和外交家。他的哲学著作《论真理》是用拉丁文写的,主张自然神论。他的历史著作《亨利八世的生平》出版于1649年。他的诗歌优美、清新。他的弟弟乔治·赫伯特是宗教诗人。他自己曾任英国驻法国的大使。

不仅给玄学诗歌下定义是极为困难的,而且想要确定哪些诗人写的是玄学诗,以及在他们的哪些诗篇里他们这样做,也是很困难的。多恩的诗歌(与其他任何作家相比,马韦尔和金主教①有时与多恩更为近似)是属于伊丽莎白时代晚期的,它的情调常常和查普曼②的情调极为相似。"优雅"诗是从琼森派生出来的,琼森又大量借鉴了拉丁诗;优雅诗到了下一个世纪随着普赖耶③的柔情和妙语的出现而告终结。最后还有这些人的虔诚诗:赫伯特④、凡恩⑤和克拉肖⑥(经过长期以后被罗塞蒂⑦和弗兰西斯·汤普森⑧所模仿);较其他诗人有时更深刻、更少宗派性,克拉肖有一种特征,这种特征通过伊丽莎白时代回到了早期意大利人的时代。很难找到对于暗喻、明喻或其他奇想怪喻的任何明确的运用,既是这些诗人所共有的特点,又同时作为一种风格的重要因素,足以把这些诗人游离出来成为一个群体。多恩,还有考黎⑨也经常这样做,他们运用一种时常被认为是特有的"玄学派"的手

---

① 金主教(1591—1669),多恩的好友,也属于玄学诗派。他还是奇切斯特城的主教。
② 查普曼(约1559—约1634),英国诗人、翻译家和剧作家,著有悲剧《布西·丹布瓦》(约1604)和《布西·丹布瓦的复仇》(约1610)。他的诗歌富于激情和哲理。
③ 普赖耶(1664—1721),英国诗人和外交家。他的诗歌优雅、机智、轻快、安闲,除受本国诗歌启发外,还受了法国新古典主义诗歌的影响。
④ 赫伯特(1593—1633),英国玄学派诗人中最优秀的代表,著有《圣殿》(1646)等虔诚诗集。他的诗歌语言平易,感情深刻,思想敏锐,风格淡雅、优美,成功地做到了思想和感情的完美结合。
⑤ 凡恩(1622—1695),英国玄学派诗人之一,受赫伯特影响较深,同时又预示了十九世纪浪漫诗人华兹华斯的某些特点,如对童年的感受和对大自然的赞颂。著有《发出火花的打火石》(1650)虔诚诗集。
⑥ 克拉肖(约1612—1649),也是英国玄学派诗人之一,早年师承赫伯特,又受意大利诗人马利诺的影响。他的诗歌一方面富于感官美,另一方面,由于天主教的宗教影响,又有一种非个人的超脱。克拉肖的宗教诗比较客观,但喜用激发美感的比喻。著有诗集《走向圣殿的步伐》(1646)等。
⑦ 克丽斯蒂纳·罗塞蒂(1830—1894),英国女诗人。她是一位虔诚的宗教诗人,师承赫伯特。她的诗歌语言朴素、诚恳,风格优美、哀婉。
⑧ 弗兰西斯·汤普森(1859—1907),一位英国天主教宗教诗人,师承玄学派诗人克拉肖。另外,也受十九世纪中叶拉菲尔前派艺术思潮的影响,富于感官美和象征手法。
⑨ 考黎(1618—1667),一位过渡时期的英国诗人,他的诗歌既有玄学派诗歌的特点,注重感情和理性的结合,又有十八世纪新古典主义的特点,推崇理性,压抑感情。

法:扩展一个修辞格(与压缩正相对照)使它达到机智所能构想的最大的范围。例如,考黎通过好几个长诗节来扩展人们常用的把世界比作棋盘的这个比喻(《致命运》),多恩做得更雅致一些,他在《一篇告别辞》中,把一对情人比作一副圆规。但是在别的地方我们看到诗人并不仅仅解释一下一个比喻的内容,而是用敏捷的联想来发展这个比喻,这种联想要求读者也要具有很机灵的头脑。

> 在一个圆球上
> 一个手边有蓝本的制图人能够画上
> 一个欧洲、非洲和一个亚洲,
> 能够很快地把什么也没有的东西做成全世界,
> 像这样,每一滴
> 折磨你的眼泪,
> 都能用那种印图法,长成一个地球仪,长成一个世界,
> 直到你的眼泪和我的汇合在一起淹没了
> 这个世界,从你那里来的洪流这样融化了我的天国。①

在这里我们看到至少有两个联系并不是第一个修辞格所固有的,而是诗人强加在上面的:第一个联系是地理学家的地球仪和泪珠之间的联系,第二个是泪水和洪水之间的联系。另一方面,多恩最成功的和最独到的效果是通过极简短的词语和突然的对照来产生的:

> 腕骨上戴着用金发绕成的手镯,②

在这行诗中,由于"金发"和"骨头"各自的许多联想的突然对照因而产生了极为强烈的效果。这种把好几个意象和众多的浮想相互套入

---

① 多恩:《"一篇告别辞:论哭泣"》(1633),第10—18行。
② 多恩:《"遗物"》(1633)。

的修辞手法是多恩所熟悉的那个时代某些剧作家措辞的特点:莎士比亚不用说了,这个修辞手法还常见于米德尔顿、韦伯斯特和特纳,这也是他们的语言生动有力的一个来源。

约翰逊在使用"玄学派诗人"名词时显然主要想到的是多恩·克里夫兰①和考黎。约翰逊说他们把"最不伦不类的思想勉强地结合在一起"。② 这一指责的要害其实在于这些思想并没有真正结合起来,在于这些思想往往被拴在一起,但并没有结合成为一个统一体。如果我们想要利用诗歌风格的滥用来评判这些风格,那么我们就会在克里夫兰的诗歌中找到足够的例子来证明约翰逊的谴责是有道理的。但是诗歌中到处都存在着这种现象,即一定程度的不伦不类的材料,经过诗人头脑的活动,被强迫做成一个统一体。我们不必特别选出下面这样一行诗来举例说明:

> 我们的灵魂是一只三桅船,寻找它的伊卡里岛。
>
> (波德莱尔,《航行》,Ⅱ,9)

我们可以在约翰逊本人的一些最好的诗行里(《人类愿望的空虚》)找到例证:

> 他的命运是注定要被搁浅在荒滩上,
> 被囚在一个小堡垒中,一只可疑的手结束了他的生命;
> 他留下一个名字,人们听到就吓得面色发白,
> 给人以经验教训,或使人们听到的故事更为生色。③

---

① 克里夫兰(1613—1658),英国诗人,主要写政治讽刺诗。他的诗歌喜用玄学派诗歌牵强附会的比喻。
② 见约翰逊《诗人传》中的《考黎传》。
③ 瑞典国王查理十二世于1709年被俄国彼得大帝战败,逃往土耳其,后流亡到挪威,被手下军官杀死。艾略特有两处误引,似无关宏旨,故照引文译出。

在这段诗中,产生诗歌效果的手法就是通过不同思想的对照,这和约翰逊温和地指责的手法,虽然程度不同,但其原理却是相同的。在金主教的《葬礼》一诗里(这是那个时代最佳的诗篇之一,也是一首不可能创作于任何其他时代的诗),扩展的比喻用得非常成功:金主教用旅程的比喻来抒发他迫切希望见到他的亡妻的感情。在这一段诗行里,思想和比喻合而为一:

> 就在那里等着我:我不会失约
> 和你相会在那个空谷里。
> 不要以为我会耽搁很久,
> 我已经走上了征途,
> 追赶你,我用了最大的速度,
> 达到我的愿望所能及的,和悼念所能产生的程度。
> 每一分钟就是一小度数,
> 每一点钟就是走向你身边的一步。
> 在夜晚当我去休息,
> 第二天早上我起床时,我更接近了我生命的西方,
> 比当睡神呼出睡眠的呼吸时,
> 我又近了几乎八小时的路程……
> 听啊!我的脉搏,像一只小鼓轻轻地
> 给我的前进打着拍子,告诉你我来了;
> 无论我的脚步多么迟缓,
> 最后我总要坐在你的身边。

(在最后这几个诗行中有一种恐怖的效果,这种效果不止一次地被艾德加·坡①——金主教的崇慕者之一——所达到。)此外,我们还可以

---

① 艾德加·坡(1809—1849),即爱伦·坡,美国诗人和短篇小说家。他的诗歌影响了法国的象征主义诗歌。他写的恐怖故事和推理小说受到广大读者的欢迎。

从赫伯特勋爵的颂歌中合理地选出下列的四行诗节来作例证,这些诗节,在我们看来,会立即被断定是属于玄学诗派的:

> 于是当我们将要离开世间,
> 你和我都将再不存在,
> 作为相互的不解之谜,
> 每个人将是两个人,但两个人又仅仅是一个人。

> 说完了这话,在她抬起头来的脸上,
> 她的眼睛——这是她最美丽的装饰——
> 像两颗曾经陨落的星星,
> 朝上看,去寻找它们的宝座。

> 当这个纹丝不动的、沉默的平静
> 占领了他们如痴如迷的感官,
> 人们会设想某一种力量
> 征服了他们陶醉了的心灵。

(《关于爱情能否永远继续的颂歌》,第129—140行)

在这些诗行里,没有任何一个比喻(除了星星的比喻可能是个例外,这个比喻并不是立即就能被理解,但却是一个很美的也是很合理的比喻)符合约翰逊在他的论考黎一文中关于玄学派诗人所做的总的评论。大量的含义寓于丰富的联想之中,这种丰富的联想是从"如痴如迷"一词借来的,同时又赋给该词更多的联想;但是意思十分明白,语言简单而优美。值得注意的是:这些诗人的语言通常都是既简单,又纯洁;在乔治·赫伯特的诗中这种单纯性达到了它的极限——许多现代诗人竭力仿效这种单纯性,但未能成功。另一方面,玄学诗人的句子结构有时是极不简单的,但这并不是一个缺点;它是思想和感情的忠实反映。玄学诗歌的效果,在最好的情况下,其人为的程度远远低于格雷一首颂歌。正像这种忠实性导致了思想和感情的多样性，它也导致了音乐效果的多样性。我们不相信在十八世纪会找到两首名义上用同样的韵律写出的诗会像马韦尔的《羞怯的情人》和克来肖的《女圣徒特里萨》那样地不同；前者运用短音节产生一种极为快速的效果，后者运用长音节产生一种类似教堂的严肃效果：

  爱情，你是绝对的唯一主宰，
  决定生命和死亡。

  如果说像约翰逊这样有洞见而且敏感(即便是有局限性)的一位批评家没有利用玄学派诗歌的缺点来给玄学派诗歌下定义，值得探讨的是我们采用和他相反的方法是否能够获得更大的成功：即设想十七世纪的诗人(直至革命时期)是前一个时代的直接的和正常的发展；同时，在不使用形容词"玄学的"以免损害他们的声誉的情况下来考虑他们的优点是否具有长远的价值，这种优点本来是不该消失的，但在后来的诗歌中却不幸消失了。约翰逊曾说"他们的习作总是分析性的"，他说这话时，或许是出于偶然，但却正好击中了他们的特点之一的要害；同时他却不会同意这种看法，即认为在诗歌的思想和感情互相脱离以后，玄学派诗人的贡献在于他们又把这些材料组合起来成为新的统一体。
  的确，伊丽莎白时代后期和詹姆斯一世时期早期诗人们的戏剧诗歌表现出情感的一定程度的发展，这种情感的发展是在任何散文中看不到的，尽管当时的散文常常很好。如果我们把具有惊人智力的马洛①除外，这些剧作家都直接或间接(这起码是一个站得住脚的设想)受到蒙田②的影响。即便我们也把琼森和查普曼除外，这两位剧作家都是以博学著称，而且都以把他们的学问和他们的情感结合成一体而闻

---

① 马洛，英国诗人和剧作家，莎士比亚的先驱者之一，以写悲剧见长。
② 蒙田(1533—1592)，法国哲学家和散文家，著有《随笔》(1580，1588)，以博学著称，对英国文学有巨大影响。

名:他们的情感方式直接地和新鲜地受到他们的阅读和思考的改变。特别是在查普曼诗中,有一种对于思想通过感官直接的理解,或者说,把思想重新创造为感情的本领,这正是我们在多恩诗中所发现的特点:

  在这一个生物身上,体现了
  礼貌和刚毅的全部教养;
  个人和正在运行中的宇宙
  结合起来,使个人的一在各个方面
  都符合宇宙的多,像天体那样运动不息;
  不是从宇宙全身扯下它的可怜的一部分,
  使其处于窘境,或化为乌有,
  不是想使整个宇宙
  屈从于像他那样的一块宇宙的碎布;
  还是来考虑强大的必然性吧!
        (《布西·丹布瓦的复仇》,Ⅳ,1,137—146)

让我们拿上面这段诗来和下面某一段现代诗比较一下吧:

  "不是的,当战斗在他自己身上开始,
  一个人就获得了他的价值。上帝俯身在他头上,
  撒旦从他的两腿之间朝上看——二者在比赛拔河——
  他自己处在中间地位;灵魂觉醒了
  并且在成长着。延长这场战斗到他的毕业!"
      (布朗宁,《布鲁格拉姆主教的辩护》,第693—697行)

这或许有一点欠公正,但这却也是很吸引人的事(鉴于两个诗人谈论的题目都是后代能使爱情变得永恒),就是拿我们在前面已经引用过的选

自赫伯特勋爵颂歌中的几个诗节来和下面选自丁尼生①的诗段作比较：

> 有一个人走在他妻子和孩子中间，
> 踏着坚定、温和的、有节奏的步子，
> 他时而发出严肃的微笑。
> 他的分享这亲骨肉的伙伴
> 倚在他身旁，忠诚、温柔、善良，
> 焕发着女性的美丽光辉。
> 深信着父母的双重宠爱，
> 小姑娘娴静地前进，
> 她用纯洁的眼睛，边走边看着地上。
> 这三个人合成如此优美的一个整体，
> 我的冷冻了的心脏，记起了
> 它往日的热情，开始又跳动起来。
>
> （《两个声音》，第382—393行）

这区别不仅是诗人之间的程度上的区别。这区别是一种变化，这种变化发生在多恩或却尔伯里的赫伯特勋爵的时代和丁尼生和布朗宁②的时代之间英国人的精神上；这就是理智诗人和思辨诗人之间的区别。丁尼生和布朗宁都是诗人，他们思考；但是他们并不直接感觉他们的思想，像他们感觉一朵玫瑰花的香味那样。一个思想对于多恩来说就是一种感受；这个思想改变着他的情感。当一个诗人的头脑处于最佳的创作状态，他的头脑就在不断地组合完全不同的感受。普通人的感受是杂乱无章的、不规则的、支离破碎的。普通人发生了爱情，阅读斯宾诺莎③，这两种感受是相互无关联的，也和打字机的闹音或烹调的香味毫无关

---

① 丁尼生(1809—1892)，英国诗人。
② 罗伯特·布朗宁(1812—1889)，英国诗人。著有《戒指和书》(1868—1869)等诗篇，他擅长写戏剧独白。
③ 斯宾诺莎(1632—1677)，荷兰哲学家，主张泛神论。

系;但在诗人的头脑中这些感受却总在那里被组合成为新的整体。

我们可以用下面这个理论来说明这种区别:十七世纪的诗人是十六世纪那些剧作家的继承人,他们有一套处理情感的手法,可以承受任何一种感受。像他们的先驱者那样,他们单纯或不自然,费解或怪诞;不多不少地也像但丁①、基多·卡瓦尔坎蒂②、圭尼泽利③或奇诺④那样。在十七世纪开始出现了一种情感分离现象,从那时起我们一直没有恢复到原先的状态。这种分离现象,也是我们可以想到的,被那个世纪两位最强有力的诗人——密尔顿⑤和德莱顿的影响进一步加深、加重了。这两个人都如此出色地完成了他们各自的诗歌使命,以至于他们的巨大成就掩盖了他们所缺少的东西。他们继承了前人的语言,在某些方面改进了这个语言;考林斯⑥、格雷、约翰逊,甚至于哥尔德斯密斯⑦比多恩或马韦尔或金主教能够更好地满足我们的某些过分讲究的要求。但是,虽然语言变得更文雅了,感觉却变得更加粗糙了。在《乡间教堂墓地》⑧一诗里(更不用说丁尼生和布朗宁了)所表现的感觉,所表现的情感,比《忸怩的情人》⑨一诗里的感觉和情感更为粗糙。

密尔顿和德莱顿的影响所产生的第二个结果发生在第一个结果之后,因此它的表现是姗姗来迟的。伤感时代在十八世纪早期开始,并且继续下去。诗人们反抗推理诗和写景诗;他们的思想和感觉都是间歇的、一阵一阵的,因此是失去平衡的;他们变得沉思了。在雪莱⑩的《生

---

① 但丁(1265—1321),意大利最伟大的诗人,著有《神曲》(1321)。
② 基多·卡瓦尔坎蒂(1255—1300),意大利诗人,但丁的好朋友,以写爱情诗著称。
③ 圭尼泽利(约 1235—1276),意大利诗人,清新诗派(Stilnovsti)的创始人。
④ 奇诺(约 1270—1337),意大利诗人和法学家,但丁的好友,属清新诗派,也以写爱情诗著称。
⑤ 密尔顿(1608—1674),英国诗人,著有长诗《失乐园》(1667)等。
⑥ 考林斯(1721—1759),英国较有影响的诗人,以写颂歌著称。
⑦ 哥尔德斯密斯(1730—1774),英国诗人、剧作家和小说家,著有长诗《荒芜的农村》(1770)等。
⑧ 《乡间教堂墓地》(1751),格雷的著名诗篇,歌颂农村生活和普通老百姓。
⑨ 《忸怩的情人》(1650),马韦尔的著名诗篇,英诗中最佳的情诗之一。
⑩ 雪莱(1792—1822),英国十九世纪浪漫主义诗人。

命的凯旋仪式》①一诗里的一两段诗中,以及在《海披里昂》②的第二稿里,存在着追求情感统一所做的努力留下来的痕迹。但是济慈和雪莱都去世了,留下了丁尼生和布朗宁在那里沉思冥想。

在对上述的理论做了一个简要的说明之后——这个说明简要得可能难以使人信服——我们可以提出这个问题:如果诗歌的潮流是从玄学派诗人那里直接地、一脉相传地继承下来,正像这个潮流直接地、一脉相传地被他们从前人那里继承下来,如果是这样,那么"玄学的"诗歌的命运又会是什么样子呢? 这些诗人肯定不会被分类为玄学诗派。一个诗人所可能对之感兴趣的东西是无穷的;诗人的理解力愈高愈好;诗人的理解力愈高,他愈有可能对事物感兴趣。我们的唯一条件是诗人把他所感兴趣的东西变为诗歌,而不是仅仅采用诗歌方式来思考这些东西。一个变成诗歌的哲学理论被人们接受了,因为在某种意义上这个哲学理论的真伪变得不重要了,而在另一种意义上它的真理性却被证明了。我们所谈论的诗人们,和别的诗人一样,都有这样或那样的缺点,但是玄学派诗人,在最佳的情况下,承担着努力寻求足以表达心情和感觉在文字上的对应词的任务。这就意味着他们与后来文学才能绝不低于他们的诗人相比较,他们一方面更为成熟,另一方面也更能耐久。

这并不永远必须是这样,即诗人应该对哲学,或对任何其他学科,发生兴趣。我们只能这样说,即在我们当今的文化体系中从事创作的诗人们的作品肯定是费解的。我们的文化体系包含极大的多样性和复杂性,这种多样性和复杂性在诗人精细的情感上起了作用,必然产生多样的和复杂的结果。诗人必须变得愈来愈无所不包,愈来愈隐晦,愈来愈间接,以便迫使语言就范,必要时甚至打乱语言的正常秩序来表达意义。(对于这个观点所做的一个才华横溢但又颇为极端的说明是让·艾普斯坦先生所著《今日的诗歌》,尽管我们不必完全赞同这个观点。)因此我们

---

① 《生命的凯旋仪式》(1822),雪莱的遗稿,是首未完成的寓言诗。
② 《海披里昂》(1815—1819),济慈的诗篇,第一稿和第二稿皆未完成,第一稿偏重叙述故事,第二稿偏重寓言和哲理。

就得到了很像"玄学派诗人"的奇特的比喻的东西——的确,我们获得了一种特别类似"玄学派诗人"所运用的方法,也很类似这种方法惯于使用的晦涩词汇和简单结构的特点。

> 噢,透明的天竺葵,好战的巫术,
> 渎圣的偏执狂人!
> 包装布、荒淫无耻、淋浴! 伟大夜晚
> 葡萄收成的压酒机!
> 用树皮制作的轻便木箱,
> 树林深处的聚伞圆锥花!
> 输血,报复
> 妇女平安生产后的教堂礼拜,止血用的敷布和
> 永恒的麻醉药,
> 早晚祈祷! 再不能忍受
> 婚姻的破裂! 婚姻的破裂!
>
> (拉法格,《最后的诗篇》,X,1—10)

同一位诗人却也能写得十分简单:

> 她在远方,她哭泣,
> 大风也在悲啼…
>
> (拉法格,"关于一位故去的妇女",出自《最后的诗篇》)

于勒·拉法格和特里斯当·戈比耶(在他的许多诗中)比任何现代英国诗人更接近"多恩诗派"。但是比他们更古典的诗人都具有这种同样的主要特征,即能够把思想转化成为感觉,把看法转变成为心情的能力。

> 对于爱好地图和画片的儿童,
> 宇宙等于他的广阔兴趣。

啊,在灯火光辉的照耀下,世界多么巨大!
在回忆的眼光中世界又何其渺小!

(波德莱尔,《航行》,I,1)

在法国文学中,十七世纪的文学大师——拉辛①和十九世纪的文学大师——波德莱尔②在某些方面两人比任何其他人更为相似。这两位最伟大的语言大师也是两位最伟大的心理学家,最富于好奇心的灵魂探险者。这是一个有趣的、值得思考的问题,即我国的两位最伟大的语言大师——密尔顿和德莱顿——取得了辉煌的成就,但却明显地忽视了灵魂,这一事实对我国来说是幸或不幸?如果我国继续产生密尔顿和德莱顿这样的大诗人,这个问题就可能无关紧要,但实际情况并非如此,因此英国诗歌处于这样不全面的状态,实在是一件憾事。反对密尔顿或德莱顿诗中"人为的"因素的人们有时规劝我们,让我们"看到我们的心灵深处,然后再写"。但是这种劝告还看得不够深;拉辛或多恩除看到心灵深处外,还看到很多其他东西的深处。人们还必须看到大脑皮层、神经系统和消化道的下面。

那么我们是否可以做出这样的结论,即多恩、克拉肖、凡恩·赫伯特和赫伯特勋爵、马韦尔、金主教,以及处于最佳状态的考黎,这些诗人是英国诗歌传统的主流,他们的缺点应该用这个标准来谴责,而不应受到人们好古嗜癖的娇惯?他们受到了足够的称赞,人们用一些暗示局限性的字眼来赞美,说他们是"玄学的",或是"有才气的","离奇的"或是"晦涩的",但是当他们表现得最好时,他们不见得比其他的严肃诗人更具有这些特征。另一方面,在我们还没有理解约翰逊(他是一个难以取胜的争辩对手)对玄学派诗人的批评之前,在我们还没有吸收约翰逊式的文艺鉴赏标准以前,我们先不要对他的论玄学诗派的批评加以否定。在阅读他写的考黎传中的那一段著名的文章时,我

---

① 拉辛(1639—1699),法国新古典主义戏剧诗人,以写心理分析爱情悲剧著称。
② 波德莱尔(1821—1867),法国象征主义最重要的诗人之一。

们必须记住约翰逊所说的"才气"显然意味着比我们今日通常所理解的东西要更为严肃①;在约翰逊对玄学派诗人韵律的评论中,我们必须想到他本人所受的韵律训练是多么窄狭②,但却是达到了多么熟练的程度;我们还必须记住约翰逊主要拷问的是那些主犯——考黎和克里夫兰。这将是一项富有成效的工作,并且需要一本内容充实的专著来完成这项工作,即把约翰逊对于玄学派诗人的分类再加以细分(直到目前还没有人做过此事),并把这一派的诗人在性质上和程度上所有的区别——从多恩的宏伟音乐到奥雷里安·唐辛德的微弱、悦耳的叮当声————展示出来,唐辛德的诗篇《一位朝圣者和时间老人的对话》没有收在格里尔森教授的极好的选集中,这是该选集极少的令人遗憾的遗漏之一。

1921 年

---

① 约翰逊说才气不仅是"语言的巧妙",而更为重要的是"思想的力量"。他给才气下的定义是:"既新颖又自然的思想。"在更高的层次上,约翰逊说:才气是在不和谐的事物之间看出隐蔽的和谐关系的本领,是把不协调的形象结合起来、串连起来的本领。在这个意义上,才气就是诗歌创造的能力。

② 约翰逊称赞丹纳木和瓦勒二位英国诗人的韵律和谐。他们和约翰逊以及其他英国新古典主义诗人所受的韵律训练仅限于英雄偶句诗体(the heroic couplet)。

安德鲁·马韦尔①

　　过去一位代表哈尔城市的下院议员诞生已经三百年了。他的三百年寿辰不仅应受到那个幸运的城市所提议的庆贺,还值得人们对于他的作品进行一些严肃的思考。这是向他表示敬意的行动,这一行动的意义与恢复名誉截然不同。若干年来,马韦尔的地位一直很高;他的最好的诗篇为数不多,广大读者从《金库诗选》和《牛津英诗选集》中不仅对他的好诗十分熟悉,而且也对它们极为欣赏,这是肯定无疑的。马韦尔的坟墓不需要玫瑰、芸香或月桂来点缀;这里没有冤案需要平反;关于他的问题,如果还需要思考的话,我们也只是为了我们自己受益,并不是为了他本人的好处。要使一位诗人复活——这是文学批评的伟大的、永恒的任务——就马韦尔一例来说,就是要从他的两三首诗里挤出它们的几滴精华;即便是局限于这两三首诗内,我们还是有可能发现出来当今时代从未尝到过的某种珍贵琼浆。我们的批评劳动不是去评定地位高低,而是去离析出这种特性。在马韦尔数量不多的全部诗歌作品中,真正有价值的部分只包括数量极少的几首诗,这一事实标明我们所说的人们从未尝到过的特性更可能是一种文学的特性,而不是个人的特性;或者,说得更确切一些,那是一个文化

---

① 马韦尔代表他的家乡城市哈尔(Hull)出席下议院。他还是密尔顿的好友和助手(担任革命政府拉丁文秘书)。是《失乐园》一诗的热情赞颂者,但他自己却属于玄学诗派。

的特性,一种传统的生活习惯的特点。一位像多恩,或像波德莱尔或拉法格的诗人,几乎可以被看作一种态度、一个感情或道德体系的发明者。多恩是难以分析的:有时看来似乎是一个特殊的、个人的观点,在另外一个时刻看来却似乎又是一种弥漫在他周围的感觉被集中起来加以明确表现的结果。多恩和他的寿衣①,寿衣和他穿寿衣的动机,二者都是不可分的,但二者却并不是一回事。十七世纪有时似乎在一段不很长的时期内把人类心灵的全部经验都收集起来,在它的艺术中加以消化,而后来的若干世纪(用同样的观点)似乎一直在部分地忙于否定这些经验。但是多恩在任何时代和任何地方都还是一个个人;马韦尔最好的诗歌是欧洲文化,即拉丁文化的产物。

  从马洛发展出来直到琼森(莎士比亚不适合于这个谱系)时代的崇高文体被十七世纪从中游离出两种特性:才气和浮夸的文风。二者都不是像它们的名字似乎在暗示着的那样简单或那样易懂,二者在实践中并不是相对立的;二者都是有意识的和被培养起来的,培养起其中之一特性的头脑也有可能培养起另外一个特性。马韦尔、考黎、密尔顿和其他人的实际诗歌作品都是这两种特性在不同比例上结合起来的产物。我们必须提防把这两个名词的含义理解得过于广泛,因为像文学批评与之经常打交道的那些其他流动性的术语那样,这两个名词的含义也随时代而变化。为了准确起见,我们必须在某种程度上依靠读者的文化程度和审美力。查理一世时期诗人们的才气不是莎士比亚的才气,它也不是轻蔑大师德莱顿的才气,也不是仇恨大师蒲柏的才气,还不是厌恶大师斯威夫特②的才气。我们指的是某种特性,它

---

① 根据沃尔顿(1593—1683)写的《多恩传》(1640),多恩在临死前曾穿上寿衣,站在骨灰瓮上,让人给他画一幅像真人一样大小的画像,然后把画像放在床头,随时可以看见自己死后的样子,借以对死亡有所准备。
② 斯威夫特,英国较有影响的讽刺家、诗人、政论家和牧师,最有名的作品是《格列佛游记》。

是《科莫斯》①诗中的短歌、考黎的阿那克里翁风格②的诗篇,以及马韦尔的贺拉斯风格③的颂歌三者所共有的。它除了一种技巧上的成就,或一个时期的词汇和句法外,还包括更多的东西。它是我们无以名之、姑且称之为才气的东西,即存在于抒情诗温柔美下面的刚劲的合理性。你在雪莱或济慈或华兹华斯④身上找不到它;你在兰德⑤身上只能听到它的微弱回声;它更少出现在丁尼生或布朗宁身上。在当代作家当中,叶芝先生⑥是爱尔兰人,哈代先生⑦是现代英国人——那就是说,哈代先生不具备这种特性,而叶芝先生完全处于这个传统之外。另一方面,正像它的确存在于拉封丹⑧身上,它也占据了戈蒂耶⑨身上的一大部分。关于浮夸文风这一特点,也就是说,对于密尔顿所使用和滥用的宏伟壮丽的语言的潜力有意识地加以充分利用的这一特点,在波德莱尔的诗中也被使用,甚至被滥用。

才气不是我们习惯于和"清教徒"⑩文学,和密尔顿或马韦尔相联系的一种特性。但是,如果是这样,那么我们的错误,部分出在我们对

---

① 《科莫斯》(1634),密尔顿早年写成的短诗剧,剧中点缀着美丽的歌。
② 阿那克里翁风格,指的是古希腊阿那克里翁(前563—前478)的抒情诗风格,歌颂爱情和酒。
③ 贺拉斯风格,指古罗马贺拉斯的抒情诗颂歌的风格,文雅、优美、朴素、自然,颇为接近口语。
④ 华兹华斯(1770—1850),英国浪漫主义诗人。
⑤ 兰德(1775—1864),英国诗人、文学批评家和散文家。他的抒情诗受古希腊和罗马抒情诗的影响,具有纯朴、理智和冷静的特点。
⑥ 叶芝(1865—1939),爱尔兰较有影响的诗人和剧作家。
⑦ 哈代(1840—1928),英国小说家兼诗人。他擅长抒情短诗,风格接近口语化。著有《还乡》(1878)、《德伯家的苔丝》(1891)等。
⑧ 拉封丹(1621—1695),法国诗人,以诗体寓言故事著称。
⑨ 戈蒂耶(1811—1872),法国诗人和小说家,主张为艺术而艺术。
⑩ 清教徒,最初指伊丽莎白时代英国国教退教者,这些人只承认《圣经》中"上帝的纯粹教导"的权威,企图消除英国国教中天主教在教义、仪式和组织上的残余影响。他们在英国受到迫害,有一大部分人移民到欧洲其他国家和美洲。在十七世纪中期,英国爆发了清教徒革命,成立共和政体(1649—1660)。清教徒的道德标准极严格,关闭了伦敦剧院,禁止娱乐,敌视文艺,因此英语 puritanical 一词获得了"有偏见的"和"气量狭窄"之义。

于才气的概念上,也部分出在我们关于清教徒的判断上。如果说德莱顿或蒲柏的才气不是我国语言中唯一的一类才气,那么其他的才气就不仅仅是一点小小的娱乐,或一小点语言或行动上的轻浮,或一些不甚得体的话语或举止,或是一个警句或一小首机智的短诗。另一方面,说一个像马韦尔那样的人是一个"清教徒",这只能是在一个窄狭的意义上来理解什么样的人是清教徒。反对查理一世的人们和拥护共和政体的人们并不都是一群热衷报国的志士或联合大江克欣城埃比尼泽戒酒协会的会员。他们当中有很多人都是当时的乡绅,这些人只不过相信,而且相信得看起来很有理由,即由以乡绅们组成的议会来执政优越于斯图亚特王朝①的君主统治。虽然这些人,在那个程度上,都是一些开明的实践者,他们未能预见到公共社会集会的举行和持不同政见的人们进一步分裂的现象。由于他们是受过教育和有文化修养的人,甚至还具有在国外旅游的阅历,他们当中有些人接触到那种即将成为那个时代的法国精神的时代精神。说来也奇怪,这种精神和清教主义潜在的倾向和活跃的力量都恰恰相反。这种冲突对密尔顿的诗歌是很不利的;马韦尔受它的损害要小得多,因为他虽然积极为公众服务,对党派斗争却并不热心,而且他是一位规模较小的诗人。他歌颂查理二世雕像的诗行:"它是这样一位国王,任何雕刻师的凿刀都再不能改进。"可以拿来和他对大叛乱②的批评相对照:"人们……应该相信国王,并且完全可以这样做。"因此,马韦尔与其说是一个清教徒,还不如说是一个他那个世纪的人。他比密尔顿用更嘹亮、更不含糊的声音说出了他那个文学时代要说的话。

这个声音在《忸怩的情人》一诗里听起来最不平凡,最为响亮,这

---

① 斯图亚特王朝,斯图亚特是一个古老的苏格兰家族的姓,英王詹姆斯一世(James Ⅰ)和查理一世(Charles Ⅰ)以及查理二世(Charles Ⅱ)、詹姆斯二世(Jamas Ⅱ)、玛丽二世(Mary Ⅱ)和安妮(Anne)都属于这个家族。斯图亚特王朝指这些国王和女王在位的时期(1603—1649;1660—1714)。
② 大叛乱,指 1649 年爆发的清教徒革命。在这场革命中,英王查理一世被革命党人处死。

首诗的主题是欧洲文学中那些伟大的、传统的老生常谈之一。它也是《噢！我的情人》①的主题，也是《你们采集玫瑰花苞吧》②的主题，也是《去吧，美丽的玫瑰花》③的主题；这主题也存在于卢克莱修④的原始的质朴之中和卡图卢斯⑤的热烈的轻浮之中。马韦尔的才气对这个主题所做的更新处理是在他所用意象的多样性方面以及意象出现的顺序上。在这首三段诗的第一段中，马书尔在玩弄一个假想，这个假想一上来就讨人喜欢，但却发展到令人惊讶的程度。

> 但愿我们有足够大的世界和足够长的时间，
> 小姐，你这样忸怩也就不算是罪过，
> ……我将会
> 在洪水淹没地球以前爱上你十年，
> 要是你愿意这样做，你可以拒绝我
> 直到犹太人也皈依了基督教⑥；
> 我的像植物一样的爱情缓慢地生长
> 直到它变成比帝国的版图还要广阔，扩大得还要慢。

---

① 《噢！我的情人》，莎士比亚喜剧《第十二夜》（约1600）中一首美丽的爱情歌曲。
② 《你们采集玫瑰花苞吧》，十七世纪英国诗人赫里克（1591—1674）写的著名爱情诗之一。
③ 《去吧，美丽的玫瑰花》，十七世纪英国诗人瓦勒写的著名爱情诗。
④ 卢克莱修（约前98—前55），古罗马诗人，著有长诗《物性论》，宣传唯物主义思想和原子论，反对迷信和对死亡的恐惧。他的诗歌语言简单、朴素，表达了高尚的思想和炽热的感情。例如，他写道："有些种族兴旺，有些种族衰退，在短期内生物的族类改变了，像接力赛跑的运动员把生命的火炬传递给下一个人。"他以极大的热情和信心宣传他的哲学和科学思想，因此艾略特说他的想象力使他的科学知识充满了一种感情生活。
⑤ 卡图卢斯（前87—约前54），古罗马抒情诗人，共留下一百一十六首爱情诗，他对十六、十七世纪的英国诗人有很大的影响，例如，本·琼森就师承于卡图卢斯；马韦尔的《羞怯的情人》也是以卡图卢斯的爱情诗为蓝本。
⑥ 根据民间推算时间的方法，犹太人皈依基督教这个可能性将发生在上帝的末日审判举行之前，这里的意思是"直到世界末日来临以前"。

我们注意到高速度的节奏，一个接着一个的凝聚的意象，每一个意象都扩大了原来的假想。当这个过程被进行到底，并且被加以总结，这首诗忽然来了一个大转弯，唤起读者的惊奇心理，这种惊奇心理从荷马以来一直是产生诗歌效果的最重要的手段之一：

> 但是在我背后我一直听见
> 时间老人长着翅膀的战车快速地向我们逼近，
> 展现在我们面前，横卧在那里的
> 是一片属于无边无际的永恒的沙漠。

一个完整的文化体系存在于下面的诗行之中：

> 面色苍白的死神用公正无私的脚在踢穷人茅屋的门，
> 帝王宫殿之门……

不仅贺拉斯，还有卡图卢斯本人：

> 一旦我们暂短的白昼堕落了，
> 我们就要睡完一个长远的黑夜。①

马韦尔的诗没有卡图卢斯的拉丁诗的洪亮的回响；但是马韦尔的意象的确比贺拉斯的要更广阔，而且钻到读者心灵更深处。

如果一个现代诗人达到了这个高峰，他就很有可能用这个道德思考来结束他的诗篇。但是马韦尔这首诗的三个诗节相互之间的关系有些像一种三段论法的关系。在非常接近多恩的气氛之后，

---

① 卡图卢斯的《歌曲集》，V。

>然后蛆虫将要尝一尝
>那长期保存的处女贞操……
>坟墓是一个很好的幽会场所，
>但是我猜想没有人在那里拥抱，

最后，

>让我们把我们的全部力量和我们所有的
>温柔都滚成一个圆球，
>让我们从生命的铁窗外边，
>用猛烈的战斗来厮夺肉体的欢乐。

几乎没有人会否认这首诗包含着才气；但大家可能并没有清楚地看到这种才气形成了巨大的想象力音阶上的渐强和渐弱。这种才气不仅和想象结合起来，而且还熔化在想象里面。在那些一个接一个的意象里（"我的像植物一样的爱情"，"直到犹太人也皈依了基督教"）我们比较容易看到一种才气洋溢的想象，但是这个想象并不是为想象而想象，如同考黎或克里夫兰有时所做的那样。这个想象是一个严肃的思想在结构上的装饰。在这一点上，马韦尔的想象比《愉快的人》①《沉思的人》，或济慈的较轻松的和较不成功的诗中的想象要更高明一些。的确，轻浮与严肃的这种结合（由于这种结合，严肃的性质更深化了）正是我们试图识别的这种才气的一个特点。它可以在戈蒂耶的

>在异教艺术的幸福时代
>建筑物的骨架是看不见的！

---

① 《愉快的人》（1632）和《沉思的人》（1632），密尔顿写的姊妹篇抒情写景诗。

中看到，也可在波德莱尔和拉法格的矫揉细腻的文艺风格中看到。它也存在于上面引用过的卡图卢斯的那首诗中，还存在于本·琼森对这个主题所作的变奏曲：

> 难道我们还骗不过
> 几个可怜的家庭侦探的眼睛？
> 偷吃爱情的果实不算犯罪，
> 泄露那些甜蜜的赃物才算有罪，
> 被人家捉住，让人家看见，
> 这样的事才被认为是真正丢脸。①

轻浮与严肃的这种结合也存在于普罗佩提乌斯②和奥维德③诗中。这也是高雅、精致文学的特点；这个特点恰好是在英国人的精神发生变化以前的时刻在英国文学中扩散开来。这不是我们所期望清教主义会对之加以鼓励的特点。当我们来到格雷和考林斯④的诗歌前面，高雅和精致仅仅保留在语言上，而在感情里消失了。格雷和考林斯固然也是诗歌大师，但他们却失去了对人类价值的坚持，对人类经验的牢固掌握，而这种坚持和掌握则是伊丽莎白时代和詹姆斯一世时代诗人们的令人敬畏的成就。这种智慧可能是冷嘲热讽的，但也是坚持不懈的（在莎士比亚身上，是一种非凡的洞察力），它倾向于把宗教也包括在内，只有把宗教也包括在内才能使它完满。它还导致布法和贝居谢⑤的这句话"于是一切在他们手中都突然折断了"的含义。

---

① 本·琼森写的喜剧《狐狸》(1606)，第3幕第7场中的歌曲，它的主题是"只争朝夕"。
② 普罗佩提乌斯(约前50—前15)，古罗马诗人，擅长写爱情诗和哀歌。
③ 奥维德(前43—17)，古罗马诗人，以写爱情诗和叙事诗见长，最著名的作品是《变形记》。这是一系列的神话故事诗。
④ 考林斯以写颂歌著称。
⑤ 《布法和贝居谢》(1881)，法国小说家福楼拜写的未完成的讽刺小说，讽刺巴黎两个雇员布法和贝居谢的科学热。

从这种才气论的观点来看,想象和幻想之间的差别是很细微的。显然,一个直接的、非故意的、可笑的意象只是一个幻想而已。在《题阿普尔顿住宅》①一诗里,马韦尔偶尔使用这些不讨人喜欢的意象之一,来描写那所住宅对待它的主人的态度:

> 于是那所铅制房屋满身流汗,
> 几乎承受不住那位伟大的主人;
> 于是,当他来到什么地方,那里不断增长的大厅
> 就活动起来,那里的正方形变成球体;

这几行诗,不论它们的意图是什么,听起来比它们的本意还要可笑。马韦尔也犯甚至比这些还要更普通的错误,就是运用一些过于发挥了的意象,分散了读者的注意力。这些意象除了突出它们自己的奇形怪状的形象外,起不了任何作用:

> 于是湿淋淋的鲑鱼捕鱼人,
> 开始给他们的皮舟扯起了船帆;
> 他们好像穿鞋的对跖人,
> 把皮舟当鞋,把头穿在皮舟做的鞋里。

这一类意象,在约翰逊的《考黎传》②里可以找到收集到的一些精选的例子。但是《忸怩的情人》一诗中的意象不仅才气横溢,也符合柯勒律治③对想象所作的说明:

"这种能力……表现在对相反的或不协调的性质能够加以平衡或

---

① 《题阿普尔顿住宅》(1681),马韦尔写的一首长诗,共776行。阿普尔顿住宅是费尔法克斯勋爵的庄园。
② 《考黎传》评论了玄学派诗人的特点。
③ 柯勒律治的《文学传记》(1817)讨论了"幻想"和"想象"的区别。

使其相互和谐上面:使同和异,普遍和具体,概念和意象,个别和典型,新奇与新颖感和古老与常见的事物,不平常的感情状态和高度的规律与秩序,永远清醒的判断力与稳定的冷静沉着和热情与深沉或强烈的感情……使以上这些对立面统一起来……"

柯勒律治的说明也适用于下列诗行,它们之所以被选录,因为它们都很相似,并且因为它们标志着马韦尔经常引入较短诗行中的明显的停顿点:

> 接着进来的是黄褐色的割草人,
> 他们好像以色列人那样
> 步行穿过一片绿色的海洋……
>
> 现在那一片河边草地涂染得更加鲜艳,
> 那洒泼上湿颜色的草儿
> 就好像刚刚新洗过的绿色绸缎……
>
> 他把鲜亮的柑橘挂在树荫深处,
> 好像绿色的夜空点上金色的灯笼……
>
> 消灭那按照绿荫下一个不成熟的思想
> 所设计的一切……
>
> 那只幼鹿要是活得长,她就会是
> 外边全是百合花,里面全是红玫瑰。

最后引的这两行诗来自《少女和幼鹿》①,这首诗全诗都基于一个微小

---

① 《少女和幼鹿》(1681),这首诗的长标题是《少女哭她的幼鹿的死亡》,主题很简单,但却有深刻、复杂的含义。

的题材。我们可以想象微小题材的现代从事者会怎样处理这首诗的。但是我们也不必下降到招人反感的现代来指出这种区别。这里是从《少女和幼鹿》里引来的六行诗：

> 我自己有一个花园，
> 但是花园里玫瑰花和百合花
> 长得过于茂盛、滋蔓，以至于你会认为
> 它是荒芜的一片；
> 一年的整个春天
> 幼鹿总喜欢在那里玩耍。

这里是引自威廉·莫里斯①的《伊阿宋的生平和死亡》一诗中的《仙女唱给海拉斯听的歌》②：

> 我知道一座关闭的小花园，
> 那里长着茂密的百合花和红玫瑰。
> 在那里我尽情地漫步
> 从多露水的黎明到多露水的夜晚，
> 和我一同漫步的还有一个人。

一直到这里，这两段诗之间的相似比区别更为显著，尽管我们或许只注意到最后引的那行诗中所提到的某个不具体的人、形象，或幻影和上下文之间的模糊联系，与此相比较，我们对马韦尔所期望的却是感情和对象之间的更加明确的关联。但是在莫里斯这首诗的后一部分，

---

① 威廉·莫里斯(1834—1896)，英国诗人、艺术家和社会主义者。
② 《伊阿宋的生平和死亡》(1867)，莫里斯根据希腊神话写的长诗。《仙女唱给海拉斯听的歌》是上述长诗中一首短歌。海拉斯是赫剌克勒斯的青年侍从。他们跟随伊阿宋和其他阿耳戈英雄漂洋过海去寻觅金羊毛。海拉斯到河边去汲水，水中女仙爱上了他，把他拐走了，下落不明。

诗人却岔开主题很远：

> 可是虽然我行动蹒跚，体力衰弱，
> 我还余下一点点呼吸
> 从死神口里寻找
> 进到那个幸福之乡的门户；
> 还要寻找那没有被遗忘的面孔，
> 那是以往曾看见过的，曾吻过的，也曾从我身
> 　　边被夺走的面孔，
> 这些事发生在喃喃私语的海水近旁。

如果这里有任何与马韦尔诗歌相似之处，那么相似之处就在《忸怩的情人》的后一部分。至于区别呢，这区别不可能更加显著了。莫里斯的这首动人的诗篇，它的效果依靠感情的朦胧和感情对象的模糊；而马韦尔诗篇的效果却靠它的明彻的、坚实的精确性。这种精确性并不来自这一事实，即马韦尔处理的是更粗糙或更单纯或更肉欲的感情。莫里斯的感情并不是更精致或更高尚；它只不过是更朦胧：如果有人怀疑更精致或更高尚的感情能否使之精确，他应考察《天堂篇》①如何处理各式各样的脱离了肉欲的感情。莫里斯的这首诗和马韦尔的诗比较的结果会使读者诧异，即前者虽然看起来更严肃，但却被读者发现为更轻微；而马韦尔的《少女和幼鹿》看起来更轻微，事实上却更严肃：

> 受伤的香胶树就是这样流出树脂眼泪；
> 神圣的乳香树脂就是这样流出；
> 失去兄弟的太阳神三姐妹②

---

① 《天堂篇》，意大利诗人但丁的名著《神曲》（1321年完成）的第三部分，写的是脱离了肉体的天使们和圣徒们的欢乐和幸福。
② 太阳神三姐妹，希腊神话中太阳神 Helios 的三个女儿。由于哭她们的兄弟 Phaeton 的死亡，这三姐妹变成树，流出琥珀般的树脂眼泪。

>　　融化成像这样的琥珀眼泪。

这些诗行具有真正诗歌的引起联想的力量；而莫里斯的诗行除了是一种引起联想的企图外就什么也不是，实际上引不起任何联想；我们倾向于推论：引起联想的力量是一个明亮、清晰的中心，它的周围的气氛。你不可能只有气氛而没有中心。莫里斯的白日做梦的感觉基本上是一个微弱的东西；马韦尔选择一个微小的题材：一个少女对她的宠物（一只幼鹿）的感情，并把这种感情和围绕在我们一切明确和具体感情周围并和这些感情混合在一起的那些像云雾一样模糊的、无穷尽的和令人恐惧的感情联系起来。此外，马韦尔在另一首诗里也取得了同样的效果，这首诗，由于它的形式上的牧歌结构，可能显得是一个微小的题材：

>　　克萝林达。在这附近，一座喷泉的水钟
>　　　　在凹面海螺壳内发出叮当响声。
>　　戴蒙。一个人能不能在那里沐浴，使身上干净，
>　　　　或在那里消除口渴？

在这首诗里我们发现这种情况，即一个隐喻突然把我们带到那个精神净化的意象。在这里有一种惊奇的成分，如同当维庸①说：

>　　贫困使人犯错误，
>　　饥饿使狼窜出树林，

的那样，这种惊奇成分被爱伦·坡认为是文学的首要成分。这里还有

---

① 维庸(1431—1474)，中世纪晚期法国诗人，他的诗歌表现出追求感官享受和追求宗教信仰之间的矛盾，结合了现实主义和浪漫主义的特点，他的语言和修辞本领也十分高超。

另一种成分,这就是语气的节制和平静,这一成分使惊奇变为可能。在上面所引的马韦尔诗行中,存在着柯勒律治赋予优秀诗歌的特性,即使熟悉的事物变为新奇,并使新奇事物成为熟悉的能力。

　　大大地改变了十九世纪英国诗歌的原因是一种建立一个梦幻世界的企图,这个梦幻世界和《新生》①中或和但丁的同时代人②的诗歌中的梦幻现实完全不同。关于这个问题,人们无疑地会找到各式各样的解答;无论如何,这种企图所产生的结果使得十九世纪一位像马韦尔那样大小的诗人成为更轻浮、更不严肃的人物。马韦尔并不是比威廉·莫里斯更伟大的人物,但他背后有牢靠得多的东西在支持他:他有本·琼森的巨大和深入的影响。琼森从未写过任何比马韦尔的《贺拉斯风格的颂歌》③更完美的诗篇;这首颂歌具有同一种性质的才气,这种才气弥漫在整个伊丽莎白时代的诗歌产品上,同时也集中在琼森的作品里。如前所说,散见于马韦尔诗歌中的这种才气,与后继的任何特征相比较,具有更多的拉丁文学的性质,更加典雅。和法国散文和诗歌相比较,英国散文和诗歌的一大危险也是它使人感到极大兴趣和兴奋的一个原因,就是英国文学允许而且也证明这样做是合理的,即把某些特殊的性质加以夸大,同时却又排斥另外的一些性质。德莱顿的才气是第一流的,如同密尔顿的夸张风格也是第一流的一样;但是前者把这个性质(才气)孤立起来,并且用它单独地构成伟大的诗歌,而后者完全摒弃才气,二者都有可能给英语造成了损失。在德莱顿身上,才气几乎变成玩笑,因此就失去了和现实的一些联系,而且变成了纯粹开玩笑,而法国才气却几乎从来不是这样。

---

① 《新生》(约1293),意大利诗人但丁的诗集和散文集,是十三世纪后期意大利清新诗派的重要作品。
② 但丁的同时代人,主要指清新诗派的创始人基多·圭尼泽里和成员基多·卡瓦尔坎蒂。他们的爱情抒情诗都是用清新文体写成的。
③ 《贺拉斯风格的颂歌》(1650),马韦尔的一篇优秀诗作。该诗一方面称赞克伦威尔,另一方面又对查理一世表示同情。这是英国文学史上最好的政治诗之一,富于历史感和政治现实主义。

接生婆把手放在他的厚脑勺上，
　　发出这句预言式的祝福："笨人多福……"
　　后面跟随着一大群空想家圣徒们，
　　他们属于那真正的、老牌的、狂热的类型。

这写得大胆，但极好；它属于讽刺的范畴，和它相比马韦尔的讽刺作品只不过是一些漫谈罢了，但它或许也像下面引的诗行写得那样夸张：

　　上帝似乎时常藏起他的面孔，
　　但却突然回转，
　　为他忠诚的卫士就地
　　光荣地作证；因此盖萨①哀悼，
　　因此所有的人联合起来阻止
　　他那控制不住的意图。②

多么奇怪，线条分明的、但丁式的短语"因此盖萨哀悼"居然从密尔顿句子的漂亮扭曲当中跳了出来！

　　在他的私人果园里，他过着
　　默默无闻的隐居生活，
　　（就好像他的最高目标
　　只是把梨树种好），
　　从那里，通过勤奋和勇敢，

---

① 盖萨城，《圣经》里非利士人的主要城市，位于巴勒斯坦。根据《圣经·士师记》（16·21—30），参孙被非利士人俘房，弄瞎了眼睛，受到侮辱和戏弄。为了报仇，参孙推倒了非利士人的宴会大厅，压死了所有的非利士贵族，自己也同归于尽。这一切都发生在盖萨城。
② 引自密尔顿的诗剧《力士参孙》(1671)，第1745行以下。

> 他爬上高位,摧毁了时间老人的杰作,
> 用完全不同的模子来铸造一些古老的王国;
> * * * *
> 祖先是文身的皮克特人,今日的苏格兰后裔
> 在他们的彩色斑斓的心灵里不会找到安稳,
> 而是,由于他这场严厉的武功,
> 在格子花呢肩巾下缩成一团:①

这里有一种平衡,有一种语调的和谐与匀称。这种性质,虽然它不能把马韦尔提到德莱顿或密尔顿的高度,却逼使我们给马韦尔一种这两位大诗人从我们那里所得不到的赞扬,这种性质还提供一种起码在种类上不同于这两位诗人经常所能够提供的任何乐趣。这种性质使得马韦尔成为第一流的作家,或者说,使他属于在某种意义上格雷和考林斯所不属于的那种类型的作家,那是因为格雷和考林斯,尽管他们具有普遍被人们接受的纯正风格,却在感觉的对照和结合上相对地缺少细微的区别。

我们企图把被模糊、过时的术语"才气"所指示的性质翻译成同样不能令人满意的我们时代的用语,我们的企图失败了。即便是考黎,也只能用否定词来给"才气"下定义:

> 以千种形式,它出现在我们面前,显得多么华丽;
> 在那边,我们刚才清楚地看到它;现在它却又出现在
> 这里,就像一处的守护神,我们猜不透它的行踪。

"才气"从我们的文学批评术语中完全消失了,还没有一个新词被创造出来可以代替它;现在这种特性已很罕见,即使出现了,人们也难以把

---

① 引自马韦尔的《贺拉斯风格的颂歌》,第29—36行,第105—108行。

它辨认出来。

> 在一部才气的真正作品里,没有不需要的东西,而一
> 切东西在那里都各得其所;
> 就像在挪亚的方舟里,自然地或和平地结合在一起,
> 一切生物,一切有生命的东西,都住在那里。
> 或像一切生物的祖先
> (不分大小,不论强弱)
> 它们不争也不闹,生活在
> 那个反映上帝存在的奇妙的大家庭里。

一直到这里,考黎都说得很好。但是,如果我们还想进行上述的企图,即便是我们的企图不超过考黎所做的范围,我们就处在一个回顾和总结的地位,我们就不得不担比急于下结论更大的风险。如果我们仍着眼于马韦尔身上,我们可以说才气并非学问;有时才气会受到学问的窒息,如同在密尔顿的大多数作品里面那样。才气也不是嘲讽,虽然它具有一种粗暴的性质,有可能被仁慈心肠的人们误认为嘲讽。才气被误认为学问,因为才气属于文化修养很高的人们,他们继承了世世代代人们的丰富经验;才气又被误认为嘲讽,因为它意味着对经验的经常检查和批判。才气或许还包括一种认识(这种认识是每一种经验的表现形式都能暗示出来的),即认识到世上还存在着各式各样的经验,个人的经验并不是独一无二的。这种认识,我们可以同样清楚地在最伟大的人们身上找到,也在像马韦尔那样的诗人们身上找到。这样的泛论可能似乎把我们带到远离《少女和幼鹿》,甚至远离《贺拉斯风格的颂歌》的地方;但是这样做或许还是合理的,因为我们的愿望在于说明马韦尔那种确切的审美力,这种审美力使他在他所处理的每一个题材里都能够找到适当程度的严肃性。有时他违规,审美力出了毛病,但这些毛病并没有违背这种才气的美德;这些毛病是一些过分机

智的词句,一些膨胀、夸张的暗喻和明喻,但是这些毛病从来也不是把一个题材处理得过于严肃或过于轻浮。这个才气美德并不是一些次要的诗人们所特有的性质,或是一个时代或一个流派的次要诗人的特点;它是一种智力特征,这种特征或许只有在一些小诗人的作品里才会单独地显示出来。另外,这种特征在华兹华斯、雪莱和济慈的作品里是找不到的,而十九世纪的文学批评却不自觉地以这三位诗人的诗歌为依据。才气和他们最好的诗是不相干的:

> 你面色苍白,是否由于过度疲劳
> 攀登高空和俯视地面,
> 孑然一身徘徊在
> 群星之间,而它们与你并不同宗,
> 你不断地在那里盈亏,像一只郁郁寡欢的眼睛,
> 找不到值得永恒注视的东西?①

拿雪莱的这几行诗和马韦尔的任何诗篇来比较,我们很难得出任何有用的启示。后来的诗人,虽然他们可以得益于马韦尔的特征,却并不具备此特征;即使拿布朗宁来和马韦尔比较,他也显得在某种程度上令人诧异地不成熟。时至今日,虽然我们偶尔也看到好的反语讽刺或讽刺,但是这些东西缺少才气的内在的平衡,因为它们的声音主要是对外界某些伤感或愚蠢表现的抗议;我们也看到一些严肃诗人似乎对才气怀有戒心,因为他们害怕一旦他们获得才气,他们就会丧失感情的强度和深度。马韦尔所具有的这一特征,一种适度的并且显然不受个人感情影响的美德——不论我们称它为才气或理性,或甚至温文尔雅——我们显然没有给它一个满意的定义。不论我们给它起个什么名字,也不管我们怎样给这个名字下定义,它总是一件宝贵的,也是人

---

① 引自雪莱的短诗《致月亮》。

们需要的东西,但却也是一件显然已绝种的东西;正是这个东西足以使马韦尔的名声流传下去。那是如同人们在伦敦不再培养的一种美丽的灵魂。

1921 年

约翰·德莱顿①

如果不期望得到乐趣(而乐趣却是阅读诗歌的唯一理由),我们可以让德莱顿的名望安稳地在文学手册里睡大觉。对于那些真正不能欣赏他的天才的人们(而这些人或许占当今阅读诗歌人们的大多数),我们只能提出下列理由和说明:他们对德莱顿无法欣赏的这一事实不仅意味着对讽刺文学和才气的冷漠,而且还表明对于其他特点也缺少认识——这些特点并不局限于讽刺文学和才气作品,而是同样存在于他们认为他们自己所能欣赏的其他诗人们的作品里。有些人对于诗歌的鉴赏力完全是按照十九世纪英国诗歌的特点形成的。向他们,也就是说,向大多数人介绍德莱顿或为德莱顿辩护,那是很困难的事,因为二十世纪仍旧是十九世纪,尽管它总有一天有可能形成它自己的特点。和每一个其他的世纪一样,十九世纪的鉴赏力有它的局限性,还有该世纪的特殊风尚;和每一个其他的世纪一样,十九世纪也没有意识到自己的局限性。十九世纪的鉴赏力和风尚容不得德莱顿;但是德莱顿却是诗歌全面欣赏的一个检验标准。

德莱顿是琼森②的继承人,因此也是马洛的后裔;他还是十八世纪诗歌中几乎所有的精华的创始人。一旦我们掌握了德莱顿——掌握意味着充分的和本质的欣赏,而不是对个别的怪诞风尚的欣赏——我

---

① 德莱顿,复辟时期最重要的作家,当时文艺界的最高权威。
② 琼森的古典主义风格的诗歌深刻地影响了十七世纪的诗人。

们就能够从他的同时代人身上——从奥尔达木①、丹纳木②,或令人受益较少的瓦勒③身上,尤其是从他的后继者身上——不仅蒲柏,而且还有菲利普斯④、邱吉尔⑤、格雷、约翰逊、柯柏⑥、哥尔德斯密斯等人身上得到他们所具有的各种乐趣和教益。德莱顿的启示还延伸到克拉布⑦和拜伦⑧身上,甚至还延伸到爱伦·坡身上,如同范多伦先生⑨机敏地指出那样。甚至那些担负向古典主义挑战的诗人们也对德莱顿很熟悉:华兹华斯熟读他的作品,济慈祈求他的帮助。除非我们充分欣赏德莱顿,我们就不能充分欣赏或正确评价一百年间的英诗成就。欣赏德莱顿意味着超越十九世纪的局限,走向新的自由。

> 一切,从头到尾都是清一色!
> 狩猎,你心目中只有一只野兽;
> 打仗,你什么问题也解决不了;
> 爱情,你见到的情人都是朝秦暮楚。
> 那么,旧时代该结束了,

---

① 奥尔达木(1653—1683),英国诗人和翻译家,以写讽刺诗著称。德莱顿写过一首美丽的短诗悼念他。
② 丹纳木(1615—1669),爱尔兰出生的英国诗人,著有写景、抒情长诗《库柏的山》(1642)。该诗受到德莱顿的称赞。蒲柏在他写的《温莎森林》(1713)中有意识地模仿丹纳木此诗。
③ 瓦勒(1600—1687),英国诗人,他的诗行节奏和谐悦耳,受到德莱顿的高度赞扬。他原先属于保皇党,被流放到国外。后又写诗歌颂克伦威尔。复辟时期又写诗赞颂英王查理二世。他政治立场的多变受到人们的非难。
④ 菲利普斯(1676—1709),英国诗人,他的最有名的诗篇是《光辉的先令》(1705),戏仿了密尔顿的风格,对照富人的欢乐和分文不名的穷诗人的苦恼。
⑤ 邱吉尔(1731—1764),英国诗人和传教士,以写辛辣的讽刺诗著称。
⑥ 柯珀(1731—1800),英国前浪漫主义诗人。
⑦ 克拉布(1754—1832),从新古典主义到浪漫主义的过渡诗人。他最有名的诗篇是《乡村》,是对哥尔德斯密斯的《荒芜的村庄》的反驳。
⑧ 拜伦(1788—1824),英国浪漫主义诗人。
⑨ 范多伦(1894—?),美国诗人、批评家、小说家、短篇小说家和编辑。

> 该是新纪元的开始。①
>
> ＊　　＊　　＊　　＊
>
> 世界的伟大时代又重新开始,
> 黄金时代又回来了,
> 大地像一条蛇更新
> 它穿破了的冬装;
> 天空笑逐颜开,各种信仰和历代各个帝国,
> 像正在消失的梦境的残骸,仍发出微弱的闪光。

这两段诗的头一段是德莱顿写的,第二段是雪莱所写;第二段诗收在《牛津英诗选集》内,而第一段却未入选;可是我们愿向任何人挑战,看他能不能证明从诗歌内在的特性来看,第二段的确胜过第一段。我们容易理解为什么第二段更能吸引十九世纪以及在二十世纪名义下的十九世纪残余。可是要让我们认为使蛇脱去"冬装"的比喻是恰当的,那却不是么容易的事。这个比喻是一个小缺点,这种缺点,德莱顿同时代人比雪莱同时代人更容易看出来。

以上这些思考是由一本极好的论德莱顿的书引起的②。这本书的问世恰好在读者的鉴赏力变得或许更流动、更容易被注入新的模子里来铸造的时刻。这是一本每一个从事英诗研究的人都应该学习的书。该书的思辨是这样的透彻,内容如此精炼,评价如此中肯、适度而热情,配以如此大量的从德莱顿诗作中精选出来的段落,以及巧妙罗列的事实所给予的启发,使我们如此浮想联翩,以至于仅需要提一下该书有两个遗漏,而这个缺陷并没有减少该书的价值:该书没有涉及德莱顿的散文,对德莱顿的戏剧作品也有些忽视。但是该书给人印象最深的一点就是它展示了德莱顿作品的极为广阔的范围,这是被该书所

---

① 引自德莱顿写的《世俗的假面剧》,附在万伯勒对弗莱彻写的《朝圣者》(1700)一剧的改编本(1700)后。
② 马尔克·范多伦著,《约翰·德莱顿》(纽约,哈尔考特,布来斯豪书店)。——原注

举包括每一种文学类型的众多引文所证明的一点。大家都熟悉《马克福莱克讷》①和《阿布萨洛木和阿基陀非》②的一些段落;由于这个缘故,德莱顿抬高了某些人——夏德威尔和塞特勒③,夏福兹伯利和白金汉④——的地位,反而使自己的名声下降。德莱顿不仅仅是一个讽刺家;把他当作一个讽刺家打发掉等于在我们寻求理解他的道路上设置障碍。无论如何,我们必须对讽刺这个名词下一个令人满意的定义;我们切勿让我们对这个名词司空见惯这一事实使我们看不到各种讽刺的细微区别和挖空心思的改进;我们千万不要认为讽刺是一个一成不变的类型,而且固定为散文式的,仅仅适合于散文表达;我们必须承认在两个不同的天才作家手中讽刺并不是同一件东西。总之,"讽刺"和"才气"的各种含义可能仅仅是十九世纪鉴赏力的一些偏见罢了。我们希望,在读了范多伦先生的书以后;我们或许能够对德莱顿有更为公正的看法,不是通过他的著名的讽刺篇章,而是从他的其他作品开始;但是即便是在他的讽刺篇章里也存在着更多的东西,存在着比通常所设想的更多的诗意。

德莱顿最有趣的作品是《马克福莱克讷》,这部作品每一行都接连令读者惊讶,叹服作者才气的纵横洋溢。德莱顿所用的技巧与谐模很近似;他运用的词汇、比喻和仪式引起读者对史诗崇高气氛的联想,以便使作者的敌手处于不知所措的狼狈境地。但是这种效果,虽然对敌手是灾难性的打击,却和仅仅贬低对方的幽默技巧所产生的效果大不

---

① 《马克福莱克讷》(1682),德莱顿写的一首讽刺诗。该诗的讽刺对象是夏德威尔,他是和德莱顿打笔墨官司的一个英国诗人。马克福莱克讷是一名爱尔兰教士,以写拙劣诗歌闻名。德莱顿把夏德威尔写成马克福莱克讷的继承人,无聊诗人的泰斗。
② 《阿布萨洛木和阿基陀非》(1681),德莱顿写的一首政治讽刺诗,讽刺的对象主要是夏福兹伯利和白金汉,但在该诗的第二部分德莱顿也讽刺了夏德威尔和塞特勒。
③ 夏德威尔(约1642—1692),英国诗人和剧作家。塞特勒(1648—1724)是英国剧作家,德莱顿在戏剧方面的竞争者。
④ 夏福兹伯利,英国政客。复辟时期任政府大法官和上议院议长。他是德莱顿讽刺诗中名叫阿基陀非的那个奸臣。白金汉是英国政客和作家。他是查理二世在位时期英国政府要员之一。他在德莱顿讽刺诗中名叫齐木利,是个政治野心家。

相同，例如马克·吐温①的讽刺就是这样。德莱顿不断地提高，他使他的讽刺对象出乎预料地显得伟大；这样产生的总的效果是把令人发笑的东西变成诗歌。作为一个例子，我们可以举德莱顿从考黎的某些诗行所剽窃来经他点铁成金加以转化而成的一段好诗（德莱顿肯定特别注意过这些诗行，因为在德莱顿写的一篇序言里他直接引用了这些诗行）。这里是考黎的诗行：

> 在那里，他们巨大的宫廷中居住着波浪母亲，
> 不受月光干扰，她们睡得安稳……
> 在山洞底下睡着未长羽毛的小风暴，
> 还有新生的风孩子在那里牙牙学语。

在《马克福莱克讷》中这一段变成了：

> 在那里，它们巨大的庭院中居住着婊子母亲，
> 不受哨兵干扰，她们睡得安稳。
> 在附近还设立育婴堂一所，
> 那里是皇后们和未来英雄们被培养的场所；
> 那里是未长羽毛的小演员学习哭笑的地方，
> 那里是新生的歌妓们试验嫩弱歌喉的地方，
> 那里还是小暴君亵渎神明的地方。

上面引的考黎的诗段一点也不会引起读者的轻视。但它只是一段对于普遍诗歌对象的平凡描写；它并不具备对诗歌来说是必不可少的东西——引起读者惊讶的因素，而德莱顿提供了这个因素。一个聪明的、熟悉韵律的人有可能写出上述考黎的诗行；但是只有一位诗人才

---

① 马克·吐温(1835—1910)，美国小说家和幽默作家。

能把这些诗行转化成德莱顿所转化成的东西。我们不可能用"像散文那样无诗意的"这个评语来把德莱顿的诗歌作品打发掉；你若把它们变成散文，它们就会变质，它们的韵味就会消失。针对德莱顿，人们提出这样的谴责：说它像散文那样无诗意。这种责难基于对两种事物的混淆：一种是被人们认为是富于诗意的某些感情——在很大程度上随风尚的变迁而自由变动——另一种是诗意欣赏中个人的实际感受，或在某些类型的诗歌中被诗人自己所描绘的感情，例如，维庸的《遗言集》①。此外还有才智以及我们笼统地称之为诗人"见解"的新颖、独创和明晰的程度。总之，我们对诗歌的评价取决于几个方面的考虑，取决于永恒的以及可变的和暂时的因素。当我们试图把本质上富于诗意的东西游离出来，结果我们所追求的东西却是微不足道的；我们的评价标准随着我们所考虑的每一位诗人而变动。在试图把某种规律性的东西引进到我们的爱好当中，我们所希望能够做到的一切，只能是弄清楚我们所喜爱的诗歌为什么能够给我们提供乐趣的理由。

因此，在讨论德莱顿时，我们只能说以下的话：我们鉴赏英诗的标准一向主要建立在对莎士比亚和密尔顿价值的偏爱，这种偏爱把注意力集中在主题和行动的崇高宏伟上面。除了崇高宏伟外，莎士比亚还具有大量更多的优点；他具有几乎一切足以满足对诗歌各种不同爱好的东西。关键的问题是：对德莱顿的贬低或忽视并不是由于他的作品不是诗，而是由于一种偏见，认为他所使用的建筑诗歌作品的材料，也就是那些情绪，毫无诗意。因此马修·阿诺德②在把德莱顿和蒲柏相提并论时说道："他们的诗歌孕育和创作在他们的理智之中，而真正的诗歌却是孕育在心灵之中。"当阿诺德写这句话时，他或许不是一位完

---

① 中世纪法国抒情诗人维庸的两部诗歌作品《小遗言集》和《大遗言集》，主要抒发他对自己过去放荡生活的忏悔和人生空虚的感受。
② 阿诺德著有《论翻译荷马》(1861)、《文学批评论文集》(1865，1888)、《文化和无政府主义》(1869)和《文学与教条》(1873)等。他的诗歌作品反映了新旧时代交替时期知识分子的精神迷惘和苦闷。

全公正的批评家;他可能受别人激发而为他自己的诗歌在做辩护,因为他自己的诗歌正是孕育和创作在世纪中叶一位牛津大学毕业生的心灵之中。佩特评论说:"德莱顿喜欢强调诗歌和散文的区别。对二者的混淆所提的抗议来自一位自己所写的诗歌如此散文化的人,其效果就要差一些了。"但是德莱顿是正确的,佩特的话只不过是廉价的报刊用语。哈兹里特①——可能是所有的我国杰出的批评家当中具有最没有风趣头脑的人——说道:"德莱顿和蒲柏是我国诗歌语言中人为风格的巨匠,正像我已讨论过的那些诗人——乔叟、埃德蒙·斯宾塞②、莎士比亚和密尔顿——是天然风格的大师。"在这一句话当中哈兹里特犯了至少四个鉴赏错误。把乔叟、斯宾塞、莎士比亚和密尔顿混为一体都归在"天然的"名称之下,就已够糟糕的了;把莎士比亚归为仅仅是一种风格,也是不对的;把德莱顿和蒲柏强拉在一起,也很勉强;但是最荒谬的一点是拿我国人为的风格最大的巨匠密尔顿来和德莱顿相对照,而德莱顿的风格(包括词汇、句法和思想的顺序)却是高度自然的。所有这一些反对意见归结起来,让我们再说一遍,无非是对德莱顿诗歌的素材深恶痛绝。

事实上,即便是用难以说服人的自相矛盾的话语形式表达出来的这句话,也比上面所引的任何一句话更接近真理。这句话是:德莱顿主要以他的诗歌才能出类拔萃。我们珍贵他,就像我们珍贵马拉美③那样,珍贵他用他的素材所制造出来的成品。我们对他的重视只是部分。由于对精巧设计的欣赏,根本的原因是他的成品是诗。德莱顿的独一无二的长处大部分来自他具有化腐朽为神奇的能力——变小为大,变散文为诗歌,变平凡为高贵。在这一点上,他不仅不同于密尔顿,而且也不同于蒲柏;密尔顿需要尺寸最大的画布,蒲柏只需要一块

---

① 哈兹里特(1778—1830),英国散文家和文学批评家。
② 埃德蒙·斯宾塞(1552—1599),英国诗人,乔叟以后和莎士比亚以前英国最伟大的诗人,著有长诗《仙后》(1590,1596)。
③ 马拉美(1842—1898),法国象征派诗人。

最小的。如果你拿蒲柏任何一幅讽刺的"人物画像"来和德莱顿的相比较,你会发现二人的方法和意图背道而驰。经蒲柏一改动,它就缩小了尺寸;蒲柏是袖珍画的能手。例如,在《致阿巴思诺特的信》①中他为艾迪生②所画的肖像所表现出的卓越技巧依靠逼真和含蓄,依靠他明显的不肯使用夸张手法的决心。蒲柏的天才不适合于画漫画式的滑稽讽刺画。但是德莱顿画的那些画像所产生的效果却是把所画的对象变成更大的东西,正像上面所引过的考黎的诗行被放大了那样。

　　一个火性子的人,在走完自己道路过程中,
　　把自己矮小的身体耗损殆尽:
　　重新塑造自己躯骸的泥屋。

这几行诗不仅是宏伟的颂辞,而且也创造出诗人企图勾画出的形象。事实上,德莱顿在很大的程度上更近似描绘宇宙创造的大师③,而不是和蒲柏相似。如同本·琼森的诗作那样,其效果远非嘲笑;其素材具有喜剧性质,但其成品却是真正的诗歌。试看罗得岛的公民卫队:

　　全国到处响起了警钟,
　　田野里蜂拥着未经操练的、粗野的民兵;
　　这些无手的嗷嗷待哺的口,靠国家花大钱养活;
　　和平时期是负担,战时防卫也无力;
　　每月耀武扬威地做一次行军演习,
　　随时做好准备,除了真正发生了危机。

---

① 《致阿巴思诺特的信》(1735),蒲柏写的一首讽刺诗,采取对话体形式。参加对话的人是蒲柏和他的好友阿巴思诺特医生兼文人。这首诗的主要讽刺对象是艾迪生。
② 艾迪生(1672—1719),英国新古典主义诗人、散文家和文学批评家。
③ 指密尔顿。

> 这一天,一清早他们就出发担任警戒任务,
> 整好队伍,奋勇前进,
> 好像拿起了武器,要一显身手,
> 随即酩酊大醉,完成了当天的任务。

有时戏谑也似乎给宏伟增添了一点轻微的情趣,如同在《亚历山大的宴会》①里那样:

> 国王受了音乐的奉承,又变得好大喜功;
> 重温了他经历过的每一场战役;
> 三番五次使敌人全军覆没,
> 三番五次肃清已被肃清了的残敌。

　　德莱顿大大超过密尔顿之处在于他能随时控制他的上升,能够自由升降,随心所欲(像他自己的蒂谟修斯②那样,他能够多么熟练地指挥升降之间的过渡音节!),而密尔顿一旦选中了一个居高临下的高处,他就不免有骑虎难下之感,而且有从高处滑落之虞。

> 这些纯粹的智力物质
> 像你们人类的理性物质那样也需要
> 食物营养;二者本身皆具有
> 各种低级的感官本能,听、视、嗅、触、味,
> 感觉、调和、消化、吸收,
> 变有形之物为无形之气。

这样的内容,德莱顿也能把它变成诗;他译的卢克莱修就是诗。但是

---

① 《亚历山大的宴会》(1697),德莱顿写的歌颂音乐女神的抒情诗。
② 蒂谟修斯,亚历山大大帝宠幸的乐师,出现在《亚历山大的宴会》一诗中。

我们有一个巧妙的例子,可以用它来检验德莱顿和密尔顿之间的悬殊差别:这就是德莱顿写的"歌剧",标题是《人类的纯朴状态和堕落》①。在纳撒尼尔·李②为该剧本写的序中,李简洁地写道:

> 密尔顿打开了那座丰富的矿藏,
> 粗略地设计出你能够精心建造的殿堂:
> 在一幅古旧的画布上他勾画了开天辟地前的
> 一片浑沌状,从那里面美好世界尚未出现成长,
> 直到你的伟大天才穿透石堆发出光芒。

在德莱顿为该剧写的自序中,他相当大方地承认自己受到密尔顿的恩惠:

> 本剧所根据的原作品无疑是我们的时代或我们的国家所创作出来的最伟大、最高贵和最壮丽的诗作之一。

剧本一开始就写得不凡。
撒旦:

> 难道这就是我们的征服者赐给我们的活动场所?
> 难道这就是我们必须拿它来和天国交换的国土?
> 这些地带和这所王国就是我发动的战争所获得的结果;
> 这个悲惨的帝国就是失败者的归宿:
> 在火海里煎熬,或在干地上受罪,

---

① 《人类的纯朴状态和堕落》(1677),德莱顿根据密尔顿的史诗《失乐园》内容所写的剧本。
② 纳撒尼尔·李(约1653—1692),英国剧作家,与德莱顿合写剧本《俄狄浦斯》(1679)等。

> 这就是地狱的全部阴暗选择。

这剧是德莱顿的早期作品;总起来看,不够出色;它不配和《失乐园》进行持续的对比。但是"地狱的全部阴暗选择"!德莱顿的笔锋已在那里跃跃欲试了。他已尽量吸收了密尔顿的精华。他还显示出有能力创作出和密尔顿的一样精彩的诗行。

善于吸收,和随之而来的广阔范围,是德莱顿的显著特征。通过经常的翻译实践,他推进了并且显示出更大的多样性。他的贺拉斯①、奥维德和卢克莱修译文,都十分令人赞赏。一般认为德莱顿的严重缺点表现在他的剧作之中,但是人们如果更多地读这些剧作,它们或许会更多地受到人们的称赞。不论从伊丽莎白时期戏剧或法国戏剧的观点来看,德莱顿的这些剧作明显地相形见绌;但是如果我们承认德莱顿并不完全试图和上述两种戏剧展开竞赛,比个高下,而是朝着他自己选择的方向前进,那么德莱顿的不足之处就不显得十分严重了。他并没有创造人物个性;虽然他的情节安排表现得异常巧妙,但是真正使他的剧作具有活力的东西是他运用的语言——诗歌语言——的高度华美:

> 我爱得多么热烈,
> 白昼和黑夜,你们可以作证,还有所有的时刻,
> 你们脚上长了羽毛,悄悄地逝去,你们也是证人,
> 因为你们的一切职责就在于计量我的爱情。
> 一天过去了,它看到的只有爱情;
> 第二天来了,它看到的仍旧是爱情:
> 一天一天的太阳看够了爱情,看得疲惫不堪,
> 而我求爱永不疲倦。

---

① 贺拉斯(前65—前8),古罗马诗人,著有《讽刺诗》《颂歌》《诗体信札》《诗艺》等。

我每天看着你,整日看着你;
每一天永远好像只是头一天:
我永远是这样迫切渴望着能够更多地看到你……

当我睡在你的怀抱里,
全世界每时每刻就在我手中崩溃。

　　这是地道的德莱顿语言:用范多伦先生的话来说①,它"像鸣锣"。《一切为了爱情》②(上面引的诗行就是从这个剧本摘录下来的)是德莱顿最好的剧作,这或许也是他所能达到的顶峰。一般来说,他最擅长处理那些不要求感情高度集中的情景,写这种情景时他显得特别得心应手。情景愈不重要,他就愈能施展他化腐朽为神奇的本领。在《奥伦色比》③剧中,皇帝和皇后努尔马哈之间的顶嘴是绝妙的皇室喜剧:
　　皇帝:

这种贞操是人生的祸害:
一个贞淑的妇女,不过是一个泼辣的妻子。
你们无谓地夸耀自负的贞操:
贞操叫得过响就成了舌头上的卖淫,
我能够较容易地忍受一个卑贱的卖淫妇,
而我不愿听人高喊"贞操""贞操"二字。
在不贞节的妻子身上——
还找得到一种补偿的舒坦:

---

① 范多伦著有《约翰·德莱顿的诗歌》(1931)一书。
② 《一切为了爱情》(1678),德莱顿用无韵体写的关于安东尼和克莉奥佩特拉故事的历史爱情悲剧。
③ 《奥伦色比》(1676),德莱顿写的有关印度帝国皇室夺权斗争的悲剧。

>　堕落使她们恭顺,让她们留意讨取我们的欢心:
>　但是抵制叫嚣的贞操,该怎样设防?
>　贞操堵住了我们的嘴,而给你们的叫喊以口实……
>　什么会比我们自己的家庭更甜美?
>　我们回到家里寻找舒坦和轻松的休息;
>　家庭是我们生活中神圣的避难所:
>　除了妻子外,不受任何人的打扰。
>　如果我们从家中出走,其原因不容置疑:
>　除了住在家中的内部敌人外,谁也不能强迫我们离去。
>　叫嚣破坏了我们的清静:
>　鸟儿受惊,离开它们的巢窝,野兽抛弃它们的生息地。

但是戏剧是一个混合体;纯粹华丽的辞藻并不能保证它成功。企图仅仅依靠文字的力量来完成剧作的诗人剧作家,无论他怎样严格地把自己局限在他运用文字的能力内,也会引起人们拿他来和具有其他才能的诗人剧作家相比较的兴趣。高乃依①和拉辛并不依靠文字的华丽来达到他们的辉煌成就;他们还善于凝聚。在他们运用辞藻的过程中,他们始终不受干扰地把注意力集中在为他们所熟悉的人类精神生活上。

　　德莱顿变可笑或琐碎事物为重大事件的至高无上的本领也并不是没有受到过挑战。

>　——你是否注意到老婆婆的棺料当中有许多
>　几乎像一个儿童的棺木那样小?

这些诗行来自一位作家的作品,这位作家的诗篇像德莱顿的诗篇那样

---

①　高乃依,法国古典主义悲剧诗人,善于刻画英雄人物的思想感情。

华丽，但他比德莱顿能看到机智更深刻的可能性，并且比德莱顿更能出奇制胜地把不同的意象结合起来①。这是因为，虽然德莱顿才智很高，他的思想却甚平凡。我们认为他的创作才能比密尔顿的创作才能更广阔，但不及密尔顿的伟大；他也像密尔顿那样局限在同样不可逾越的范围内，尽管他的范围不像密尔顿的那样窄狭。德莱顿令人感到奇怪地和斯温伯恩形成对照的相似。斯温伯恩也是一位语言大师，但斯温伯恩的语言完全是暗示，没有明确的指示。如果说斯温伯恩的暗示没有暗示出任何东西，那是因为他暗示的东西太多了。相反地，德莱顿的语言非常明确，它陈述得太多了，往往不留任何暗示的余地。

> 那条通向来生的黑暗的短过道；
> 那令人伤感的、难以捉摸的最后一口呼吸，
> 死后尚存的那个东西，或那个什么都没有。

在德莱顿美丽的诗篇里，那的确是个难以捉摸的东西，但并不十分令人伤感。读者等待好久了的问题现在可以适当地提出来：缺少德莱顿所缺少的东西，诗篇还能否算是诗？谁又能判断什么是诗或什么不是诗呢？德莱顿对语言的运用不像斯温伯恩运用语言那样，不会产生任何使读者变得软弱或意志消沉的作用。作为最根本的检验，让我们举他为奥尔达木写的悼亡诗为例。这首诗值得全文引用：

> 永别了！人们对你了解得太少了，也太迟了！
> 我才开始认为你是我的亲人，才这样称呼你。
> 我们二人的心灵的确是紧密结合在一起，
> 你的心灵和我的都是在同一个诗歌模子里铸造出来的。
> 我们在各自的竖琴上弹出了共同的歌曲，

---

① 艾略特没有说明这位作家的姓名。这是法国象征派诗人波德莱尔的《恶之花》中《小老太婆》一诗里的诗句。

我们二人都同样憎恶坏人和蠢人。
我们二人的努力都朝着同一目标迈进;
最后出发者却最先到达。
例如尼苏斯①滑跌在地上,
让他的年轻朋友参加比赛,赢得竞走冠军。
嗖,早熟的人!你天生就有丰富的宝藏,
增长的年龄,还会给你增加什么更多的东西呢?
除非是它教会你大自然从未给过年轻人的本领,
那就是教会你如何使用你的本族语言的韵律。
但是讽刺作品并不需要韵律,而机智也能
透过平仄不调的诗行不和谐的节奏而闪闪发光。
当诗人被过于旺盛的精力引入歧途,
偶尔要犯错误,但所犯的错误也并不平凡。
你的丰硕成果,尽管在它们全盛期来到之前就被采撷,
却总表现出强大的活力;时间把万物带向成熟,
我们用韵律的乏味乐趣所写出的东西,时间老人使它变
　　得更圆润。
再一次向你致意,和你永别;永别了,年轻人!
啊!英国的玛尔凯鲁斯②!太短暂了
你的前额围绕着常春藤和月桂树叶;
而命运和黑夜却围绕着你的全身。

---

① 尼苏斯和欧吕阿鲁斯二人为忠诚的朋友。在一次赛跑中,尼苏斯跑在最前,但不幸中途滑倒,他从滑溜的地上站起,去挡住跑在第二的萨留斯的去路,使后者绊了一跤,从而使他的好友欧吕阿鲁斯在赛跑中获胜。(维吉尔,《埃涅阿斯记》,第5卷)

② 玛尔凯鲁斯(前43—前23),古罗马皇帝屋大维妹妹的儿子,是一个极为杰出的青年。公元前25年,屋大维选中他为继承人,对他寄以重望。玛尔凯鲁斯不幸于两年后死去。维吉尔在《埃涅阿斯记》第6卷中哀叹他的早逝,认为是罗马的重大损失。

对这样一首完美的悼亡诗我们挑不出什么毛病;诗中虽缺少暗示的力量,但陈述的完满和明确却使读者感到满意,可以弥补暗示之不足。德莱顿缺少他的老师琼森所具有的特征:对人生抱有广阔和独到的见解;德莱顿缺少洞察力,缺少深度。但是德莱顿不能使我们满意之处也正是十九世纪使我们不能满意的地方。十九世纪所谴责德莱顿不足之处,正好说明十九世纪本身应受谴责。在下一次文学批评革命运动中,诗人们将有可能转向学习和研究德莱顿。德莱顿仍然是为英诗树立标准的诗人之一,忽视这些标准将是十分危险的。

1921 年

批评的功能

一

几年前当我写文章讨论艺术中新和旧的关系时,我提出了一个观点,这个观点我仍然坚持。请允许我引用我的原话,因为现在写的这篇文章就是我的原话所表达的原则的实际应用。

"现存的不朽作品联合起来形成一个完美的体系。由于新的(真正新的)艺术品加入到它们的行列中,这个完美体系就会发生一些修改。在新作品来临之前,现有的体系是完整的。但当新鲜事物介入之后,体系若还要存在下去,那么整个的现有体系必须有所修改,尽管修改是微乎其微的。于是每件艺术品和整个体系之间的关系、比例、价值便得到了重新的调整;这就意味着旧事物和新事物之间取得了一致。谁要是赞成关于体系,关于欧洲文学、关于英国文学的形成的这一概念,谁就不会认为这种提法是荒谬的,即在同样程度上过去决定现在,现在也会修改过去。"①

我当时讨论的题目是艺术家和他对传统的意识,在我看来,艺术家应该怀有这种对传统的意识。但广泛地来说,那是一个关于体系的问题;批评的功能似乎主要也是一个体系问题。当时我把文学、把世界文学、把欧洲文学、把国别文学看作不是个人作品的集合,而是有机

---

① 见《传统与个人才能》。

的整体,是体系。我现在还是这样看。和这些体系发生了关系,只有和体系发生了关系,文学艺术的单个作品,艺术家个人的作品,才有了它们的意义。因此艺术家必须效忠于他本身以外的某种东西,为之献身,放弃自己,牺牲自己,以便争取并获得自己的独一无二的地位。一份共同的遗产和一项共同的事业把艺术家们自觉地或不自觉地联合在一起。必须承认,在大多数情况下,这种联合是不自觉的。我相信,任何时代的真正艺术家之间有一种不自觉的共同性。由于我们喜爱整洁的本能迫切要求我们不要把我们能够自觉地努力去做的事留给不自觉的偶然性,我们不得不得出这一结论,即只要我们做出自觉的努力,我们就能够使不自觉地发生的事件自觉地发生,而且使它变成一种意图。当然,二流的艺术家担负不起为了任何共同的行动而放弃自己的代价,因为他的主要任务就在于表现所有的那些构成他个人特征的不重要的区别。只有这样的人才有余力进行协作、交流、做贡献,即有如此多的东西要给予别人的人,以至于在他的作品里他能够忘掉他自己。

假如我们对艺术抱着这样的观点,可以推论,谁要是抱着这样的观点,他就更有理由对批评也抱着类似的观点。当我说批评时,当然在这里指的是对艺术品的书面评论和说明,那是因为关于"批评"一词的广义用法,即指像马修·阿诺德在他的文章①中用该词来指的那些著作,我将对此提出一些保留意见。我想,没有任何一个倡导批评(指狭义的批评)的人曾在任何时候有过这样荒谬的设想,即认为批评是一种以自身为目的的活动。我不否认,艺术可以肯定地说是为它本身以外的目的服务的;但是艺术并不需要意识到这些目的,而且它愈是不关心这些目的,就愈能更好地发挥它的功能,根据各种不同的价值

---

① 作为批评家,阿诺德对二十世纪文学批评思想有很大的影响。他的重要批评著作有《批评文集》(第1辑,1865;第2辑,1888)等。阿诺德的文章指收在《批评文集》第一辑中的《当前批评的功能》。这篇文章主要谈批评和文艺创作之间的关系,以及批评和社会及文明之间的关系。

理论,艺术的功能可能是这样或那样的。另一方面,批评总要宣称它在考虑一个目的,这个目的,大体说来,似乎是对艺术品的解释和对鉴赏趣味的纠正。因此,批评家的任务似乎已为他十分明确地规定好了,而且这应该是一件比较容易的事,即判断他是否令人满意地完成了他的任务,以及,总起来说,判断哪些批评是有用的和哪些是多余的。但当我们稍微注意一下这件事,我们就会觉察到,批评远远不是从事有益活动的一个单纯的和有秩序的场所,从那里冒名顶替者容易被赶出去。批评只不过是一个星期天的公园①,随处是正在争论的和爱好争论的演说家,他们甚至于还没有达到能够清楚地表达他们的不同政见的水平。人们会以为,批评是一个进行安静的协作劳动的场地。人们会以为,批评家如果想要证明自己的存在理由,就应该努力惩戒个人的偏见和怪僻——我们都会受这些不良成分的影响——并且,为了共同追求正确的判断,批评家就应该努力取得尽可能多的同行们的谅解。当我们发现目前盛行的情况与此完全相反,我们开始猜想,批评家赖以谋生的东西是他对其他批评家进行反驳所达到的激烈程度和极端性,要不然就是依靠他自己的某些无聊的怪僻,用这些怪僻他设法为一些老生常谈的意见增添趣味。这些老生常谈是人们早就持有的意见,但由于好面子或由于懒惰,人们宁愿维护这些意见。我们很想把这帮家伙从批评的场地赶出去。

　　紧接着这一驱逐,或者一旦换班使我们消了怒气,我们不得不承认,还是有某些书,某些文章,某些词句,某些人,曾经对我们是"有用的"。我们下一步就要把这些加以分类,并且看一看是否我们能够树立任何原则来决定哪些书应该保存,以及哪些批评的目标和方法应该遵循。

---

① 指伦敦的海德公园。那里常有群众自发地发表批评政府的演说。

二

在我看来,我在前面所概述的关于艺术品和艺术,文学作品和文学,"批评文章"和批评之间关系的观点是自然的和不言而喻的。我感谢米德尔顿·默里先生①使我觉察到这个问题的争论性质,或者更确切地说,使我认识到这里面包含一个明确的和决定性的选择。对默里先生我怀着日益增长的感激之情。我们的大多数批评家们都忙于和稀泥,忙于调解、遮掩、抚慰、挤入、文过饰非、配制舒适的止痛药,忙于声称他们自己与他人之间的唯一区别在于他们自己是正人君子,而其他的人却名声扫地。默里先生不是这些批评家之一。他意识到必须采取明确的立场,并且意识到人们必须经常真正抛弃某些东西,选择其他东西。他不同于那个不署名的作家,这个作家数年前在一份文学报上宣称浪漫主义和古典主义完全是一回事,还说法国的真正古典主义时期是那个产生哥特式大教堂和贞德②的时代。我不能同意默里先生对于古典主义和浪漫主义所做的阐述。二者之间的区别,照我看来,更像是完整的和片断的之间、成人的和未成年的之间、有秩序的和混乱的之间的区别。但是默里先生的确指示出来的事实是,对待文学,对待每一件事物,都至少有两种态度,而且你不可能同时抱有这两种态度。默里先生所信奉的态度似乎暗示着另外一种态度在英国毫无地位。那是因为他把抱什么态度看成是一个民族和一个种族的

---

① 约翰·米德尔顿·默里,英国较有影响的散文家、编辑和文学批评家。他的文学批评是神秘主义的和浪漫主义的,他特别强调传记和作家心理的重要性。他的著作颇多,其中主要的代表作有《陀思妥耶夫斯基》(1916)、《济慈与莎士比亚》(1925)、《威廉·布莱克》(1933)、《文体问题》(1922)。他的《女人的儿子》(1931)对小说家劳伦斯做了心理分析研究。

② 贞德,法国民族女英雄。英法百年战争中,英军占领法国东部和北部。法国农村姑娘贞德宣称上帝赋予她神圣的使命保卫法国领土,把英国侵略者赶出法国。她率领法国军队,连战皆胜,但不幸被勃艮第人俘虏,移交给英方,英方以宗教法庭判决贞德犯异端邪说罪,贞德被当作女巫,遭到烧死的处分。

问题。

默里先生提的论点非常明确。他说:"天主教的教义代表这样一个原则,即承认存在于个人以外的不容置疑的精神权威。这也是文学中古典主义的原则。"在默里先生讨论的问题所涉及的范围内,我认为这是一个无可指摘的定义,尽管它当然没有把关于天主教教义或古典主义应该说的话都说全了。我们当中感到我们支持默里先生称之为古典主义的人都相信人类若不把自己奉献给自身以外的某件东西就不可能活下去。我意识到,"以外"和"以内"是一些为诡辩提供无限机会的词语,我也知道没有一位心理学家会容忍用这样不纯的货币蒙混过去的讨论。但是我愿假定,默里先生和我自己能够同意,为了我们的目的,这些伪造的硬币就够用了,并且能够采取一致行动不理睬我们的心理学家朋友们的劝告,如果你觉得你必须把它想象为在外面,那么它就是在外面。因此,如果某一个人的兴趣是在政治方面,我推测他必须宣称他对某些原则,或对某种形式的政府,或对某位君主是忠诚的。如果他对宗教发生兴趣,并信一种宗教,他必须宣称他对某一教会的忠诚。如果他碰巧对文学有兴趣,照我看来,他也必须承认他怀有正像我在前面一节文章里力图说明的那一种忠诚。可是,还有另一个可能,这个可能也是默里先生说过的。"英国作家,英国神学学者,英国政治家,从他们的祖先那里没有继承到任何的条条框框。他们只继承到这个:即一种感觉,那就是在别无他法的情况下他们必须依靠内心的声音。"我承认,这句话的确似乎适用于某些事例;它使劳埃德·乔治先生①的情况明白清楚地显示出来。但是为什么要"在别无他法的情况下"?那么他们是否直到万不得已的时刻总是避免听从内心声音的命令呢?我相信具有这种内心声音的

---

① 劳埃德·乔治,英国著名的政治家。青年时代,他是一位激进的下议院议员,反对英国政府的帝国主义政策。第一次世界大战期间,他担任英国首相。战后,他出席瓜分世界的巴黎和会。劳埃德·乔治的政治立场和态度,在漫长的政治生涯中有一些变化。

人们都很愿意听从它，而不愿听从其他声音。事实上，内心的声音听起来非常像一条古老的原则，这条原则曾被一位批评界的元老用现在大家熟悉的话制订下来，就是"想怎么干就怎么干。"①内心声音的占有者十个人乘坐一列火车车厢的分隔间去斯旺西②看一场足球比赛，同时静听着内心声音，这个声音低声唱着虚荣、恐惧和情欲的永恒启示。

默里先生会说，他这样说还似乎有一些理由，而我说的这种情况则是一种故意的歪曲。他说："如果他们（英国作家、神学学者、政治家），在他们追求自知之明的努力中，要是挖掘到足够深的程度——一种不是单纯用智力，而是用整个的人所进行的采矿活动——他们将会发现一个具有普遍性的自我"——这是我们的足球迷们的精力远远承受不住的一种锻炼。但是，它毕竟是一种锻炼，我相信天主教会对这种锻炼发生了足够的兴趣，以至于让人写出好几本关于如何实践这种锻炼的手册。可是，我相信天主教的实践者们，某些信奉异端邪说者作为可能的例外，都不是激动得心跳不已的自我陶醉者，因为天主教徒并不相信上帝和他个人是相等的。默里先生说："认真地质问自己的人最终将会听到上帝的声音。"在理论上，这个提法导致某种形式的泛神论，这种泛神论我坚持认为是非欧洲的——正像默里先生坚持认为"古典主义"是非英国的那样。要想知道古典主义的实际成果，人们可以参看《休底布拉斯》③的诗行。

我没有意识到默里先生是一个相当大的宗派的代言人，直到我在一家尊严的日报编者栏里读到下面的话："虽然古典主义天才在英国

---

① "批评界的元老"指马修·阿诺德。阿诺德对"想怎么干就怎么干"的批判见《文化与无政府主义》，第2章。
② 斯旺西，英国南威尔士一个大城市。
③ 《休底布拉斯》（第1部，1663；第2部，1664；第3部，1678），十七世纪英国诗人撒缪尔·巴特勒(1612—1680)的讽刺长诗。它的讽刺对象是英国的清教徒。撒缪尔·巴特勒一方面继承了玄学派诗人的语言技巧，另一方面又预示了新古典主义讽刺诗传统的兴起。艾略特对他抱着赞赏态度。

一直有高贵的代表人物,但他们并不是英国性格的唯一表现。英国性格本质上顽强地保持着它的'幽默的'和违反准则的特色。"这位作家用了限制词唯一的,颇有节制,但他也毫不留情地坦率,把这种"幽默"的特色归因于"我们身上的未改造好的条顿民族的成分"。但我得到的印象却是,默里先生,还有那另一位喉舌,要不就是太固执己见,要不就是过于宽容。问题、首要的问题不是什么对我们来得自然或来得容易,而是什么是对的？要不就是一种态度比另一种好,要不就是它是很一般的,无关紧要的。但是这样一个选择怎能是无关紧要的呢？当然我们并不指望提到民族根源或仅仅说到法国人是这样,英国人是那样,就能解决这个问题,即两种对立的观点,究竟哪一种是对的？我不能理解为什么古典主义和浪漫主义之间的对立在拉丁民族国家里是意义深远的(默里先生是这样说的),而在我国却是没有什么意义的。既然法国人天生地就是古典主义的,那么为什么在法国会有任何"对立",甚至比在我国的对立还要多？如果古典主义并不是他们先天的本能,而是后天获得的,为什么就不能在我国获得它？难道法国人在公元一六〇〇年是古典主义的,而英国人在同一年却是浪漫主义的？照我看来,更重要的区别是,法国人在公元一六〇〇年已经有了更成熟的散文。

三

这个讨论可能似乎已把我们带到远离本文题目的地方。但是跟随默里先生对外部权威和内心声音所做的比较,对我来说却是很值得的。对于服从内心声音(可能"服从"一词不甚妥帖)的人们来说,我关于批评所能说的任何话将是毫无价值的。那是因为他们对于为了追求批评而努力寻找任何共同原则的这件事根本不感兴趣。既然有了内心的声音,何必再要原则？如果我喜欢一件东西,那就是我所求的一切。如果我们有足够多的人都喜欢这个东西,而且齐声叫喊,那也就应该是你们那些不喜欢它的人们所追求的一切。克拉顿-布罗克先生①曾说,艺术的法规都是惯例法②。我们不仅可以喜欢任何我们愿意喜欢的东西,而且我们还能够找到我们愿意找到的任何理由来说明为什么我们喜欢它。事实上,我们一点也不关心文学的完美性——对完美的追求是一种低微的标志,因为它表示作家承认了在他自身以外存在着一个不容置疑的精神权威,而他自己也企图遵奉这个权威。我们事实上对艺术并不感兴趣。我们不愿意崇拜偶像。"古典主义的领导原则是向官职或向传统致敬,从来不向个人致敬。"而我们要的不是原则,而是个人。

内心声音就是这样说的。为了方便起见,我们不妨给它取一个名字。我建议的名字是辉格党原则③。

四

那么让我们先不谈这些职业和选票都很稳固的人们,并让我们回到那些不光彩地依靠传统和时间积累起来的智慧的人们,还让我们把讨论的范围局限于那些对这个弱点相互同情的人们身上,于是我们就可以暂短地评论一下某一个人对"批评的"和"创造性的"这些术语的用法,这个人的位置,总起来说,是和较脆弱的弟兄们在一起的。照我看来,马修·阿诺德过于直截了当地把这两种活动加以区别。他忽视了创作本身所包含的批评的首位重要性。的确,一个作家在创作他的作品时他的劳动的绝大部分或许是批评性质的劳动:筛选、化合、构筑、删除、修改、试验等劳动。这些令人畏惧的艰辛,在同样程度上,既是创造性的,也是批评性的。我甚至坚信,一个有修养的和熟练的作

---

① 克拉顿-布罗克(1868—1924),英国批评家和散文家,他以文体优美见称,著有《雪莱研究》(1909)、《威廉·莫里斯研究》(1914)等书。他是费边派社会主义者。
② 惯例法,即根据以往判决案例所做出的决定而制订的法律,区别于成文法。
③ 辉格党原则,辉格党是现今英国自由党的前身,与托利党即现今的保守党相对抗。艾略特的同情显然是在托利党的一方。

家运用在他自己作品上的批评是最有活力的、最高一类的批评；而且（就像我以前说过的那样）有些创造性的作家高出于其他作家，仅仅因为他们的批评才能更为高超。有一种倾向，我认为这是一种辉格党原则的倾向，它贬低艺术家的这种批评性的劳动，提出这一论点，即伟大的艺术家是不自觉的艺术家，在他自己的旗帜上绣着这几个字：蒙混过关。可是，我们当中患内心聋哑病的人有时却有一颗谦卑的良心可以弥补我们的缺陷。这颗良心，虽然缺少神谕的熟练，却忠告我们要尽我们最大的努力，提醒我们使我们自己的作品尽可能地没有缺点（以弥补它们缺少灵感的不足），并且，一言以蔽之，使我们花费大量的时间。我们还知道，在我们身上如此难得有的批判的辨别力，却在更幸运的人们身上，在创作的白热化时刻，发出闪闪的光辉。我们并不这样以为，由于许多作品的创作没有明显的批评性劳动的表象，因此它们就没有经过任何的批评性劳动。我们并不知道以前有多少劳动为创作这部作品做了准备，也不知道创作者头脑中，在批评方面，一直进行了哪些活动。

但是这个论断却又反驳了我们自己。如果创作活动当中有这么大一部分实际上是批评活动，那么通常称之为"批评著作"的一大部分难道实际上不是创造性的吗？假若是这样，还有没有普通意义的创造性的批评？答案似乎是，二者不能等同起来。我曾假定，作为一条原理，一件创作，一个艺术品，它本身就是目的，而批评，按照它的定义来看，是关于它本身以外的某件东西。因此，如同你能使批评熔化于创作之中，你不能使创作熔化在批评里面。在艺术家的劳动中，在一种与创作活动相结合的情况下，批评活动才能获得它的最高的、它的真正的实现。

但是没有任何作家是完全自给自足的。许多从事创作的作家，他们的批评活动并没有全部倾注在他们的作品之中。有些作家似乎需要通过多方面地锻炼他们的批评能力以便使这些能力为它们的真正作品保持最佳的竞技状态。另外一些作家，在完成一部作品后，需要通过评论自己的作品来继续他们的批评活动。没有统一的规律。由于人们能够相互学习,采长补短,这些批评论文当中有一些曾经对其他的作家是有用的。有些论文对非作家们也曾经是有用的。

　　曾经有一个时期我倾向于采取极端态度,即认为唯一值得一读的批评家是那些从事他们所谈论的艺术的批评家,并且他们从事这门艺术所取得的效果是好的。当时我不得不拉长、拉宽这一框架,以便收入一些重要的人物。从那时起我一直在寻求一个公式,使它能够包括我想包括的一切事物,即使它甚至包括了多于我想要包括的东西。我所能够发现的最重要的一个条件(这个条件可以解释为什么从事创作的人们的批评活动特别重要)就是:批评家必须具有非常高度发达的事实感。这绝不是一个微不足道的或常见的才能。它也不是一种容易赢得大众称赞的才能。事实感是一件需要很长时间才能培养起来的东西。它的完美发展或许意味着文明的最高点。那是因为有这么多的事实领域需要去掌握,而我们已掌握的最外面的事实领域、知识领域,以及我们所能控制的最外面的领域,将被更外面的领域用令人陶醉的幻想包围起来。对于布朗宁①研究小组的成员,诗人们对于诗歌的讨论可能显得枯燥无味,是有关技巧性的,是有局限性的。事实上,这种讨论不过是从事创作的人们澄清了所有那些只能被该小组成员用最朦胧的形式加以欣赏的感觉,并且他们使这些感觉处于一种事实状态。枯燥的技巧,对于那些掌握了技巧的人们来说意味着一切使该小组成员大为激动的东西,仅仅由于技巧被变成某种精确、听话的、可以控制的东西。这至少是为什么从事创作的人的批评活动是有价值的一个理由——他在和他所掌握的事实打交道,而且他还能够帮助我们这样做。

　　我发现同一种需要支配着每一层次的批评。有一大部分批评文

---

① 指英国诗人罗伯特·布朗宁(1812—1889)。

章等于对一个作家、一部作品进行"解释"。这也和上述研究小组不属于同一层次。偶尔会发生这种情况,一个人会对另一个人,或对另一个从事创作的作家,有所理解,但他只能部分地传达他的理解,尽管我们觉得他的理解是对的,而且是有启发性的。困难在于如何用外部证据来证实所做的"解释"。对于任何一个熟练地掌握了这一层次事实的人来说,证据是充分的。但是谁又能证明他自己的熟练能力呢?在这一类文章中,相当于每一个成功的例子就有好几千个冒牌货。你要的是见解,得到的却是虚构。检验的方法是把它一遍又一遍地和原作对照,同时用你对原作的看法作为指导。但是没有任何人能够为你的能力写保票。我们又一次发现我们处在进退两难的困境。

我们必须判断什么是对我们有用的和什么不是。很有可能我们没有能力做出判断。但是这一点却是相当肯定的,就是"解释"(我谈的不是文学中的猜字游戏),只有当它根本不是什么解释,而仅仅是使读者得到一些在其他情况下所得不到的事实时,"解释"才是合理的。我曾有过一些函授讲课的经验,我发现只有两种方法可以引导任何学生用正确的爱好去喜欢任何东西:挑选一些关于一部作品的较简单类型的事实,把这些事实介绍给他们——例如,产生这部作品的条件,作品的背景,作品的起源——另一种方法是,突然把作品展示在他们面前,使他们来不及对作品有任何的先入成见。有许多事实可以帮助他们学习伊丽莎白时代的戏剧①:托·恩·休姆②的诗篇,只需要朗读给他们听,便可产生直接的效果。

---

① 伊丽莎白时代的戏剧一般指1588—1600年之间的英国戏剧,包括莎士比亚的早期剧作和他的先驱者们的戏剧作品。
② 托·恩·休姆(1883—1917),英国批评家和哲学家,在第一次世界大战中阵亡。他主张古典主义,反对人文主义和浪漫主义。艾略特大力推广休姆的思想。休姆的主要作品有《沉思集》(1924)、《关于语言和文体的笔记》(1929),以及《诗歌全集》(1911)。休姆提倡"坚硬的、干燥的意象"(hard dry image),与伊丽莎白时代戏剧中的意象相似。

我以前说过,雷米·德·古尔蒙①在我之前也说过(古尔蒙是一位掌握事实的真正能手。遗憾的是,有时当他讨论文学以外的问题时,他就变成一位关于事实的幻想能手),比较和分析是批评家的主要工具。显而易见,它们是一些工具,需要小心使用,并且不能用来研究英国小说中提到长颈鹿的地方究竟有多少处。许多当代的作家们使用这些工具,并没有得到显著的成功。你必须知道应该比较什么,应该分析什么。已故的卡尔②教授运用这些工具十分熟练。比较和分析需要的只是解剖桌上的尸体,但解释却总是不断地从它的衣袋中拿出尸体的部件,并把这些部件固定在适当的位置。任何一本书,任何一篇文章,以及《笔记和质疑》③中任何一条笔记,只要它们关于一件艺术品提供了哪怕是最平凡一类的事实,就是更好的一项著作,胜过期刊或书籍中十分之九的最自命不凡的批评文章。当然我们认为我们是事实的主人,不是事实的仆人,认为我们知道莎士比亚的洗衣费账单的发现对我们没有多大用处。但是我们在任何时候必须对宣称发现这些账单的研究是毫无价值的这一最后判断持审慎态度,因为有可能出现某位大才,他会知道这些账单该如何利用。学术研究,即便是最低下类型的学术研究,都有它存在的权利。我们认为我们知道如何利用学术研究,并且知道如何对它置之不理。当然,批评书籍和文章的大量增加有可能产生(我已亲眼看到它产生了)一种不良风尚,只去阅读谈论艺术作品的书,而不去阅读作品本身;这类书刊的大量增加可能提供见解,但却不能培养鉴赏力。但是事实不能败坏鉴赏力;在最坏的情况下,事实只是在幻想帮助别人的同时却满足了一种爱

---

① 雷米·德·古尔蒙(1858—1915),法国文学批评家和小说家。他的批评著作有《法语的美学》(1899)、《文体问题》(1902)、《文学散步》(1904—1913)等。
② 卡尔(1855—1923),牛津大学诗歌教授和伦敦大学英国文学教授,著有《史诗和传奇》(1897)、《黑暗时代》(1904)、《中世纪文学论文集》(1905)等专著。
③ 《笔记和质疑》,英国一家期刊的名称。该期刊创办于1849年,宗旨是为从事文学、艺术和科学研究的人们提供一个交流思想和信息的园地。它的格言是"若有发现,做一条笔记"(When found, make a note of)。

好——比方说，对历史或古代文物或传记的爱好。真正的败坏者是那些提供见解或空想的人。歌德①和柯勒律治②并不是无罪的——试问柯勒律治的《哈姆莱特》究竟算什么？它是在论据所允许的范围内所进行的可靠的研究吗？或是想把柯勒律治打扮起来出现在读者面前的一个尝试呢？

我们没有能够成功地找到任何一个人都能应用的检验方法，我们被迫不得不允许读者阅读无数的单调、冗长乏味的书籍。但是我想我们已经找到一个检验方法。人们只要学会了如何应用这个方法就能够消灭掉那些真正有害的书。有了这个检验方法，我们就可以回到本文关于文学和文学批评的功能的开场白。对于我们所承认的那些批评工作来说，存在着协作活动的可能性，同时还有另外一个可能性，即达到存在于我们身外的某件东西，这件东西可以暂时被叫作真理。但是如果有人抱怨说我没有给真理或事实或现实下明确的定义，我只能抱歉地说，这不是我本文目标的一部分所要做的事。我只打算寻求一个体系，如果真理、事实或现实是存在的话，也不论你把它们叫作什么名字，它们将在这个体系里享有适当的位置，成为该体系的组成部分。

1923 年

---

① 歌德(1749—1832)，德国诗人、小说家和批评家。他的批评著作主要有《诗与真》(1831 年完成)以及艾克曼写的《歌德谈话录》(1836)等。
② 柯勒律治的批评著作主要有《文学传记》(1817)和《莎士比亚演讲集》(1808)。

伊丽莎白时代四位剧作家
——为一本未写成的书作的序言

企图补充兰姆①、柯勒律治②和斯温伯恩对这四位伊丽莎白时代剧作家——韦伯斯特、特纳、米德尔顿和查普曼——的评论,我现在相信这项任务的完成时间已成为过去。我的目的是解释和说明一种不同于十九世纪传统的对于伊丽莎白时代戏剧的观点。对于伊丽莎白时代戏剧有两种被大家接受了的、明显地相反的批评态度,我想要努力去做的事是企图表明这两种态度实际上是完全一样的,我还想表明还有第三种态度也是可能的。此外,我相信这第三种可供选择的态度不仅是出自个人偏见的一种可能的区别,而且是我们这个时代的必然的态度。说明和解释关于如此重要的一批戏剧文学的信念,以及说明和解释对于英国所生产的戏剧文学事实上唯一明确的形式——伊丽莎白时代戏剧——应该是一件比训练头脑的机灵和鉴赏力的精确更为重要的事;应该对戏剧的前途产生革命性影响的一件大事。当代文学,和当代政治相似,由于时刻都在为求生存而挣扎,因此给人以混乱、模糊的印象;但现在该是时候了,我们必须检查一下那些根本的原

---

① 兰姆(1775—1834),英国散文家和文学批评家,编有《莎士比亚同时代英国戏剧诗人的样品,附注释》(1808),著有《莎士比亚的悲剧作品》(1811)等。
② 柯勒律治于1808—1819年期间曾在皇家协会做过七个系列的公开讲座,评论莎士比亚和其他英国诗人。

则。我相信戏剧已发展到一个阶段,在这个阶段上戏剧的根本原则应该经历一场革命。

随着查理斯·兰姆编著的《样品》出版问世以后,上述被大家接受了的对伊丽莎白时代戏剧的态度就已确立了。兰姆出版了他的这些选段,激发起人们对于诗剧的兴趣和热情,这种热忱至今未衰。与此同时,兰姆却又鼓励人们形成一种区分戏剧和文学的概念,这种概念我认为对现代戏剧是极为不利的。这是因为《样品》使人们有可能把剧本当作诗歌来阅读,而忽视剧本在舞台上的效果。由于这个原因,现代人关于伊丽莎白时代人的一切印象似乎都来自兰姆,因为现代人的整个看法都基于这个论点,即诗歌和戏剧是两个相互分离的东西,只有具有超凡天才的作家才能使二者结合起来。喜爱伊丽莎白时代戏剧的人们不怕他们自己也承认该戏剧作为戏剧的缺点;喜欢现代戏剧的人们也愿承认现代戏剧绝非好诗。这两种人的意见分歧,相对来说,并不重要。这是因为在这两种情况下,你都赞同这个看法,即一个剧本,尽管是个坏剧本,却可能是好文学;相反,它也可能是个好剧本,却又是坏文学——要不然就根本和文学不搭界。

一方面,我们有斯温伯恩,他代表剧本作为文学而存在的看法;另一方面,我们又有威廉·阿切尔先生①,他非常明确地、一贯地坚持剧本根本不必作为文学而存在的观点。没有任何两位伊丽莎白时代的戏剧评论家会像斯温伯恩和威廉·阿切尔先生那样相互对立了;但是他们的设想却在根本上是一致的,因为诗歌和戏剧的区分,被威廉·阿切尔先生明确地指出来,却也为斯温伯恩观的点所暗示;斯温伯恩和阿切尔先生同样让我们相信现代戏剧和伊丽莎白时代戏剧的区别就在于戏剧技巧的增加和诗歌的减少。

---

① 威廉·阿切尔(1856—1924),英国戏剧评论家和翻译家(主要翻译挪威剧作家易卜生的作品),著有《戏剧世界》(1894—1898)和《旧戏剧和新戏剧》(1923)。

阿切尔先生在他的才华横溢、激动人心的书①中，成功地使人们了解到伊丽莎白时代戏剧的一切戏剧上的缺点。但使他的分析失效的原因是他没有认识到为什么这些缺点是缺点，而不仅仅是不同的戏剧惯例。他所以能够明显地胜过伊丽莎白时代的人，那是由于伊丽莎白时代的人，他们自己也接受了和阿切尔先生所强调的相同的现实主义标准。从基德②到高尔斯华绥③的英国戏剧有一大缺点，就是它无止境地追求现实主义的效果。在一个叫作《每个人》④的剧本里，也许只是在这剧本里，戏剧表演是受到艺术的节制的；自从基德以来，自从《费弗沙姆的阿登》⑤以来，自从《约克郡的悲剧》⑥以来，英国戏剧没有任何艺术形式在某一点上来限制它的精神河流的流量，使它不要过度扩张，以至于枯竭于沙漠之中，干涸于与现实绝对逼真的不毛之地，而此现实不过是最平庸的头脑所能观察到的现实。阿切尔先生把缺点与惯例混为一谈；伊丽莎白时期的剧作家的确有缺点，而且乱用了他们的惯例。在他们的剧本中，有各种缺点：不一致、松散、粗俗，几乎到处都表现出粗心大意的缺点。但是他们最大的弱点也正是现代戏剧的弱点，这就是缺少戏剧惯例。阿切尔把莎士比亚作为例外，以便使

---

① 《旧戏剧和新戏剧》(1923)。
② 基德(1558—1594)，英国剧作家，著有《西班牙悲剧》(1594)，他追求舞台上的恐怖效果。
③ 高尔斯华绥(1867—1933)，英国小说家和剧作家。他的戏剧作品主要写社会道德问题，例如劳资纠纷、监狱制度、新兴资产阶级和世袭贵族阶级的对立和冲突等等。他写的剧本属于现实主义社会问题剧，和易卜生、萧伯纳近似。
④ 《每个人》(1495)是一出道德剧，可能是从荷兰文原文译成英文的。这出戏的主人公名叫"每个人"。当他受到死神召唤时，他请求他的好友们陪伴他一同赴约，但是他的好友(名叫"好朋友""好亲戚""世间财富""美容貌"等)当中没有一个人愿意陪他前往，只有"善行"肯去。但是由于"每个人"对他长期疏远，"善行"已疲弱不堪，需要"知识"和"忏悔"助他一臂之力，才能陪同"每个人"走上最后的旅途，进入坟墓。这个道德剧严肃庄重，但却感人肺腑。尤其难能可贵之处在于它的艺术形式精练、完美，直可与伊丽莎白时期戏剧的杰作相比拟。
⑤ 《费弗沙姆的阿登》(1592)，无名氏写的悲剧。这是一出通奸和谋害丈夫的家庭犯罪悲剧，是根据一个实有其事的谋杀案件写成的。
⑥ 《约克郡的悲剧》(1608)，无名氏写的家庭悲剧。

他自己的批判任务较易完成,并且避免得罪公众舆论;但是莎士比亚和他同时代人一样,目标是多于一个方向的。在埃斯库罗斯①的剧本里,我们并不觉得某些段落是文学,其他的段落是戏剧;剧中每一种风格的言辞都和全剧有关,由于这种关系它本身就是戏剧性的。对生活的模仿是受到限制的,接近日常生活的语言或远离日常生活的语言,这两种风格并不是互不相干或互不影响。重要的是,一件艺术品必须本身是一致的,艺术家必须自觉地或不自觉地为自己划定一个不得超越的范围:一方面,现实生活总是艺术的素材,另一方面,从现实生活中提取精华却又是艺术创作所不可缺少的条件。

　　让我们试图设想,如果我们具有在英语中从未存在过的东西:在一个由惯例组成的模式里所形成的戏剧——这些惯例或由单个的剧作家提供,或由好几位同时创作并用同一种形式创作的剧作家来提供——如果我们具有这样的戏剧,那么我们会怎样来看待伊丽莎白时代的戏剧呢?当我说到惯例时,我并不一定指的是人们已经使用过的、题材上、处理上、韵律上或戏剧形式上以及一般人生哲学上的任何特殊惯例或任何其他惯例。惯例也可以是题材上或技巧上一些全新的选择,或全新的结构或畸变,以及强加在行动世界上的任何形式或节奏。熟悉这些惯例,并且用这些惯例来表现自己的戏剧冲动的人们,我们愿意接受这些人的观点。从这个角度来看,像凤凰剧社的这一类的演出是很有启发性的。这是因为我所假定存在的戏剧将具有它的特殊的舞台惯例、演员惯例和剧本本身的惯例。上演一出伊丽莎白时代剧本的演员,无论他采取哪一种体系的台词、表情和动作,在处理上不是过于逼真,就是过于抽象。剧本总是在那里使他误入歧途。一出伊丽莎白时代的剧本,在某些方面和一出现代剧如此不相同,它

---

① 埃斯库罗斯共写了九十多个剧本,但保存至今的仅有七个,最著名的是《阿伽门农》和《被缚的普罗米修斯》。他既擅长戏剧艺术(例如,他最早引入第二个演员,使戏剧对话成为可能;他使用服装和道具,加强舞台演出效果等),又是一位想象力极强的第一流抒情诗人。

的上演几乎是个失传了的艺术,就好像它是埃斯库罗斯或索福克勒斯①的一出剧本。在某些方面,它比这两位大作家的剧本更难演出。这是因为用一种牢固的惯例来表现某件事所收的效果要比表现盲目地追求另外一种惯例所取得的效果,要容易得多。上演伊丽莎白时代剧本的困难在于:这些剧本容易被演得太现代化了,要不就又过于古香古色。阿切尔先生指摘《被仁慈害死的妇女》②一剧中的旁白,这些旁白为什么是可笑的? 因为它们不是惯例,而是一种花招;剧作家海伍德并没有假定旁白是别人听不见的,而是弗兰克福德夫人假装听不见温德尔的话。惯例并不可笑;花招却让我们感到极端不舒服。伊丽莎白时代戏剧的弱点不在于它的现实主义的不足,而在于它试图采取现实主义手法;不在于它的惯例,而在于它缺少惯例。

为了使一出伊丽莎白时代剧本,作为一件艺术品,给观众以满意的效果,我们应该寻找一种不同于上演当代社会剧的方式来上演它,同时还应该试图用现实生活中人们真实地表达感情的方式来表达现实生活中的一切感情;其结果就有些类似吉特里父子③所表演的《阿伽门农》④了。这种演出的效果,对于试图专门重新上演莎士比亚或其他十七世纪剧作家的剧本的演员们来说,是不幸的。这种演出要求演员表演大量的他不该表演的东西,而对于那些他应该受过训练的表演技巧,却不要求,而是听任他自行其是。演员的舞台个性必须由他的真正个性来提供,并且和他的真正个性混在一起。任何看过俄国学

---

① 索福克勒斯相传写有一百三十部悲剧和笑剧,最著名的作品是《俄狄蒲斯王》和《安提戈涅》。他的艺术才能十分全面,不仅擅长戏剧、诗歌,而且也精于音乐。他取消了传统的"三联剧"形式,把同时登场的演员增加到三人,增加了歌队人数,使悲剧表演更为集中、深刻,达到艺术形式的高度完美和精练。
② 《被仁慈害死的妇女》(1607),较有影响的剧作家海伍德(约1574—1641)写的家庭悲剧。乡绅弗兰克福德之妻安娜本是一位贤妻良母,不幸为恶棍温德尔引诱。二人之间的暧昧关系为弗兰克福德发现,他决心"用仁慈处死"他的妻子。他把她隔离在一座荒僻的庄园里,生活上满足她的一切要求,但却禁止她和丈夫、儿女见面。安娜悔恨而死,临终托人带话给丈夫,请求并得到了他的宽恕。
③ 吉特里父子(1860—1925;1885—1957),法国著名演员。
④ 《阿伽门农》,埃斯库罗斯的悲剧。

派的大舞蹈家之一表演的人可能会观察到我们所赞赏的男演员或女演员只是在演出时才有他或她的存在,他或她的生命只是一个个性,一个生命的火焰,不知来自何方,也不知消失到哪里去,它只有在它出现在舞台上的时刻是完整的和充分的。它是一个按照惯例行动的生命,这个生命只存在于艺术品中,也只为了艺术品而存在,这个艺术品就是芭蕾舞。在普通舞台上,一个大演员仍是一个人,这个人离开了舞台仍然活着,这个活人充当舞台上的某个角色,他用他的本人来扮演这个角色。一场芭蕾舞显然只有当它被表演时它才存在,而且它似乎更多地是由跳芭蕾舞的人,而不是由舞蹈设计者所创造的。事实并不是完全这样。芭蕾舞经过好几个世纪的发展才有了严格的形式。在芭蕾舞中,演员唯一的活动余地就是该演员所应表演的角色。总的动作都为他规定好了。他只能做一些有限的动作,他只能表现有限程度的感情。人们不要求他表现他的个性。一位大舞蹈家和一个仅仅够格的舞蹈家之间的区别在于有无生命的火焰。这是一种非个人的,如果你愿意这样说,也是一种非人的力量,这种力量在这位大舞蹈家每个动作与下一个动作之间都发散了出来。在戏剧的严格形式里也会是这样;但在现实主义戏剧(这种戏剧总在那里力求挣脱艺术对它的约束)中,个人总要介入。如果没有个人,如果没有这种介入,剧本就无法上演。这话适用于莎士比亚,也适于用亨利·阿瑟·琼斯①。一出莎士比亚的剧本和一出亨利·阿瑟·琼斯的剧本,基本上属于同一类型,区别在于莎士比亚要伟大得多,琼斯先生却更为精巧。二者都是更适宜于阅读而不适宜于上演的剧作家,因为正是在那必须依靠一个有天才的演员来做解释的剧本里,我们必须对演员保持警惕。当然,二者的区别是:如果没有天才演员,琼斯先生的剧本不值一文,而莎士比亚的剧本却依然有人要读。但是一出真正适合于上演的剧本,肯定并不依赖演员做任何事情,除了表演外。在同样的意义上,一场

---

① 亨利·阿瑟·琼斯(1851—1929),英国较有影响的剧作家。他受了易卜生的影响,创作了讨论人与人之间的社会关系和社会问题的剧本。

芭蕾舞要依赖舞蹈家来跳,此外也不要求他或她做任何别的事。为了避免任何人会陷入相反的误解之中,我想说明我丝毫没有让演员成为机器人的意思,我也不会同意活动木偶能够代替活人演员。一位大舞蹈家全神贯注在完成分配给他的那一项任务上面,通过他的动作来赋予芭蕾舞以生命;同样,戏剧也端赖一位受过良好训练的大演员来赋予它以生命。惯例对于演员的好处和惯例对于作家的好处恰好相似。没有任何一位艺术家,想要通过有意识的努力来表现他的个性,能够创作出伟大的艺术作品。他通过集中精力完成他的任务来间接地表现他的个性,正像一位机器师制作一件高效率的机器,或像一位陶瓷技师制作一个大壶,或像一位木匠师傅制作一条桌腿那样专心致志地完成任务。

伊丽莎白时代人们的艺术是一种不纯的艺术。如果有人持反对意见,认为我这样看待他们的艺术是一种偏见,我只能回答说,人们总要从某种角度来进行批评,我们最好弄清楚人们是从什么角度出发。我知道我和大多数[①]莎士比亚剧本的演出格格不入,因为我要的是艺术品和我自己之间的直接联系。我要的是这样一种演出,这种演出不会干扰或改变这种联系,正像当我把第二次审视一幅画或一个建筑物时所得的印象和第一次所得印象叠加时,我改变了或干扰了我和该艺术品之间的直接联系。换言之,我反对的是对艺术品的解释。我愿意让一件艺术品是这样的情况,即它只需要被每一次解释来补足它的意义,但不得被每一次解释改变它,使它走了样。显然,在现实主义戏剧中,你越来越多地要依靠演员。这也是为什么阿切尔先生想要的戏

---

① 莎士比亚剧本的真正好的演出,例如,老维克剧院和萨德勒矿泉剧场的极好的演出,有可能大大地增进我们的理解。——原注

老维克剧院(The Old Vic)是伦敦南城一家剧院,位于泰晤士河南岸,建于1818年,1833年该剧院命名为"维多利亚"(Victoria),"维克"是"维多利亚"的缩写。1912年,莉莲·巴利斯女士任该剧院经理,以演莎剧著称。1963年,老维克剧团正式成为英国国家剧团。萨德勒矿泉剧场是伦敦北城一家剧院,建于1765年。1844—1859年间,华纳夫人和费尔普斯夫人先后任该剧场经理,上演莎剧极为成功。

剧——即作为他那个时代的照相和留声的记录的戏剧——从来也不可能存在的另一个原因。一出戏愈是紧紧地建立在现实生活的基础上,一个演员对这出戏的演出就愈不同于另一个演员对它的演出,一代演员对它的演出也就愈不同于下一代演员对它的演出。此外,这也是明显的,即我们所要求的戏剧包含对某种兴趣做出相当大的牺牲。在有惯例可循的剧中,一个角色不可能像一出现实主义剧中的角色那样逼真,尤其是当后面这个角色由一位把这个角色据为己有的大演员来扮演时那样。我只能说,在你有了某种形式的情况下,你就不得不做出某种牺牲以换取你所得到的好处。

如果我们查看阿切尔先生所发现的伊丽莎白时代戏剧的缺点,我们有可能得出这样的结论(上面已经说过),即这些缺点来自该戏剧的某些倾向,而不是由于它的通常人们称之为它的一些惯例。我的意思是说,伊丽莎白时代戏剧的任何一个惯例,不论在舞台上显得多么可笑,本身却并不坏。独白也好,旁白也好,鬼魂也好,离奇情节和夸张表演也好,以及荒谬的地点或时间,这一切本身也都没有什么不好。当然,这个戏剧有它的具体的败笔、粗心大意之处,以及低级趣味的审美标准。对几乎任何一出伊丽莎白时代戏剧,包括莎士比亚的剧本在内,进行逐句逐行的检查,将会发现许多缺点的例子。但是这些缺点却不会动摇该戏剧的基础。根本上最要不得的是这一事实,即伊丽莎白时代戏剧一直没有任何确定的原则,根据这个原则来假定什么是惯例和什么不算惯例。缺点不在于鬼魂,但在于让鬼魂出现在不恰当的层次上,还在于混淆一种鬼魂和另一种鬼魂的界限。

《麦克白》①中三个女巫在一大批过于经常出现的模糊不清的鬼魂当中是正确使用超自然力量的光辉范例。严格说来,我认为莎士比亚在同一剧中引入属于如此不同范畴的鬼魂像三千女巫和班科②的鬼

---

① 《麦克白》,莎士比亚的悲剧。
② 班科,《麦克白》中人物,苏格兰一位将军。由于女巫预言班科的子孙将世袭苏格兰王位,麦克白派人暗杀了班科。受良心谴责,麦克白接二连三地看见班科的鬼魂。

魂那样,这样做仍是一种失误,尽管这个失误被每一场本身的成功相抵消了。① 伊丽莎白时代剧作家们的目标是一方面达到完全逼真的效果,另一方面又不放弃他们作为艺术家从遵守那些非现实主义的惯例所得到的好处。

我们考察一下四位伊丽莎白时代剧作家的作品,用我在上面所说明的观点来对他们进行分析。我们看一看阿切尔先生对每一位这些剧作家的反对意见,研究一下是否问题出在对于惯例和现实主义之间界限的混淆,我们还必须试图举例说明哪些是缺点,缺点和惯例之间有什么区别。当然,这些剧作家也表现出一些追求形式的倾向。他们还有一种笼统的人生哲学,如果够得上称为哲学的话,这种人生哲学是建立在塞内加②的和其他人的影响之上的,这些影响我们可以在莎士比亚身上,并同样在其他剧作家身上觉察到。这种人生哲学可以用一句话来概括:邓肯安睡在他的坟墓里③,正像桑塔亚纳先生④在一篇几乎没有被人们注意到的文章里说的那样。不仅这种人生哲学,甚至于连它的哲学基础——伊丽莎白时代人们普遍的对生活的态度——

---

① 这样批评莎士比亚似乎像托马斯·赖默批评《奥赛罗》那样学究气。但是赖默说的话很有道理。——原注

　　赖默(1641—1713),英国文物研究者和批评家,著有《悲剧短评》,批评莎士比亚的悲剧《奥赛罗》违背了新古典主义戏剧的三一律定律,并称《奥赛罗》是一出"流血的闹剧"。

② 塞内加(前4?—65),罗马哲学家和剧作家。他属于斯多葛哲学学派,主张人应追求美德,而不是幸福;人应超然于苦、乐之上,达到无动于衷的境界。他的人生哲学与基督教新教的严格的道德准则合拍,影响了伊丽莎白时代的人生哲学。他一共写了九部悲剧:《疯狂的赫剌克勒斯》《特洛伊妇女》《腓尼基少女》《美狄亚》《菲德拉》《阿伽门农》《俄狄浦斯》《提埃斯忒斯》和《奥塔山的赫剌克勒斯》。塞内加的剧作对文艺复兴时期的意大利、法国和英国悲剧作品都有极为重要的影响。

③ 邓肯安睡在他的坟墓里(Duncan is in his grave),这句话原是《麦克白》中麦克白回答麦克白夫人的话。这话表示麦克白内心充满了痛苦、不安和悔恨,流露出对死者邓肯安睡在坟墓中的平静安详无限羡慕。这里指伊丽莎白时代人们的人生哲学已经过时(安睡在坟墓中)。

④ 桑塔亚纳(1863—1952),西班牙出生的美国哲学家和散文家,哈佛大学哲学教授,著有《美感》(1896)、《理性生活》(1905—1906)、《存在诸领域》(1927—1940)、《最后的一位清教徒》(1935)和《人物和地点》(1944—1953)等。

也是无秩序的、分崩离析的、衰败塌坏的。事实上，他们的人生哲学和他们艺术上的贪婪是恰好类似的，并且二者的确是合二为一的。所谓艺术上的贪婪指的是对每一种艺术效果都渴望同时得到，以及不情愿接受任何限制，也不愿遵守任何限制。伊丽莎白时代的剧作家们实际上是那个前进运动或退步运动的一部分，这个运动以阿瑟·皮乃罗爵士①和欧洲当前的一大批剧作家②为发展顶峰。

约翰·韦伯斯特的例子，尤其是《莫尔非的侯爵夫人》，将为我们提供一个有趣的范例，说明一个非常杰出的文学和戏剧天才如何朝着艺术失控后的无定形方向发展。米德尔顿的例子也很有趣，因为我们有如此不同的剧本像《低能儿》《女人要提防女人》《女贼》和《一盘棋》③全都出自同一个人的手笔。在特纳的唯一的重要剧本④中，这种不一致的情况较不显著，但仍然是存在的。这些剧作家当中最有潜力成为伟大的艺术家的人似乎是查普曼；他的心灵受古典文学影响最

---

① 阿瑟·皮乃罗(1855—1934)，英国剧作家、演员和散文家。他主要写的是社会问题剧，受易卜生影响。他最成功的剧本是《第二位谭克雷夫人》(1893)，该剧被译成法、德、意语。皮乃罗是一位多产剧作家，共发表了三十九部剧作，但今日很少有人上演或研究他的作品。在机智和戏剧技巧上，他远远不如萧伯纳。他之所以突出，只是由于他周围的人太平庸了。

② 阿切尔先生称之为进步。他有某些先入的成见。他说："莎士比亚没有意识到那个重要的概念——这个概念足以区分当前的时代和所有的以往的时代——就是关于进步的概念。"在谈到整个的伊丽莎白时期戏剧时，他承认"可以感到各处有一丝微弱的人道主义感情"。

③ 达格代尔·赛克斯锐敏的观察对我有很大的启发。我同意他的意见，认为某些米德尔顿的作品并不是米德尔顿写的，但是似乎没有什么理由可以怀疑我提到的这几个剧本的作者不是米德尔顿。——原注

《低能儿》(1623)是谋害亲夫的诗体悲剧；《女人要提防女人》(1657)是爱情犯罪悲剧；《女贼》(1611)是反映十七世纪早期伦敦市民生活的现实主义喜剧；《一盘棋》(1624)是政治讽刺喜剧，攻击英国王室和西班牙王室的联姻。

④ 指《复仇者的悲剧》(1607)。这个悲剧运用讽喻手法来揭示纵欲、罪恶和复仇主题下的错综复杂的心理矛盾和宗教、道德、社会问题。特纳运用讽喻手法把感情和情欲浓缩成强有力的意象。文艺复兴时期肉体欲望的解放导致了纵欲的罪恶，清教徒的道德准则对此深恶痛绝。特纳在这部剧中运用讽喻形式来使清教徒道德具体化；他强烈地、集中地表达了个性解放后人们的复仇心理。特纳把这些因素都结合在一个艺术整体中，因此《复仇者的悲剧》被看作晚期伊丽莎白戏剧的杰作之一。

深，他的剧作在追求戏剧形式的倾向当中最有独创性——尽管表面上看起来他的剧作最无定形，最漠视戏剧的需要。如果仔细考察伊丽莎白时代的哲学、伊丽莎白时代的戏剧形式，以及几位不同的最伟大的剧作家笔下伊丽莎白时代无韵诗体节奏的各种变化，我们能够独立地做出同样的判断，我们就有可能得出一些结论，这些结论将使我们能够理解为什么作为伊丽莎白时代剧作家们的反对者，阿切尔先生却不自觉地成为他们的最后一位保卫者，为什么阿切尔先生会信仰进步，信仰人道主义感情的增长，以及信仰当前时代的优越性和高效能。

1924 年

伊丽莎白时代的塞内加翻译

没有一个作家比塞内加对伊丽莎白时代的思想或对伊丽莎白时代的悲剧形式产生了更广阔或更深刻的影响。为了把他的悲剧作品的伊丽莎白时代的译本放在它们的适当背景中来介绍，必须讨论三个起初看来只是勉强地联系在一起的问题：(1)这些拉丁悲剧作品本身的性质，它们的优点和缺点；(2)这些悲剧作品在哪些方面影响了我们的伊丽莎白时代的戏剧；(3)这些译本的历史，它们在扩大塞内加的影响过程中所起的作用，以及作为翻译和作为诗歌它们的真正优点。对于大多数都铎王朝①的重要翻译作品来说，这里所提出的几个问题并不存在。大多数颇为有名的译本都是译自具有无可置疑的内在价值的作家，这些译本也从被译的作家的价值和声望那里得到了一些威望。那些较有名的散文译文大多数具有一种文体的自然美，甚至于最无准备的读者也被吸引住了。但是对于《十部悲剧》②(它们来自几位作家的手笔)的译文来说，我们首先涉及的是一位拉丁诗人，他的声誉会使任何读者，除了最富于好奇心的人外，不敢问津。我们涉及的是一些水平参差不齐的译文，因为来自不同学者的手笔。我们还牵涉到把原作译成一种韵律——"十四音节诗行"，这种韵律表面上仅是一种

---

① 都铎王朝，指从 1485 年到 1603 年(包括伊丽莎白时代)的那个历史时期。
② 《十部悲剧》(1581)包括塞内加的九部希腊悲剧，还有一部罗马悲剧《奥克它维亚》，但后一悲剧是后人所作，不是塞内加手笔。

拟古的尝试,但对没有耐心使他们的耳朵和神经都习惯于这个节奏的读者来说,这种韵律是他们难以接受的。但是,如同我希望我能显示的那样,这些译文具有相当大的诗歌魅力和完全充分的准确性,而且偶尔也闪烁着真正的美。它们的文学价值继续保持着比我所参阅过的任何英语或法语的较后的译本的文学价值都要大。但是对于这些译文文学价值的欣赏是和对于原著的欣赏,以及对于原著的历史重要性的评价,不可分地联系在一起的。因此,虽然乍看上去对于一些历史问题的考虑可能显得是不相干的,但是到头来这种考虑却会加强我们对于这些译文作为文学的欣赏。

一

在文艺复兴时期,没有一位拉丁作家比塞内加更受敬重;在近代,极少有拉丁作家较塞内加更为一贯地受到指责。作为散文作家的塞内加,但丁的"道德教育家塞内加",仍享有几分不甚热烈的赞扬,尽管他没有什么影响。但作为诗人和悲剧作家,他却受到拉丁文学的文学史家和批评家们的最普遍的谴责。拉丁文学为不同的爱好提供不同的诗人,但是没有人爱好塞内加。例如,马凯尔教授①,他对拉丁文学的爱好几乎是包罗万象的,但他却在他的《拉丁文学简史》里,只用了半页的篇幅和常用的几个形容词,例如,"浮夸的",就把塞内加打发掉了。马凯尔教授的修养使他倾向于欣赏更纯正的和更典范的作家,但他的气质却使他倾向于欣赏最浪漫主义的:与辛斯顿②或某些其他的十八世纪诗人相似,塞内加处于古典主义和浪漫主义的中间状态。尼撒尔③在他的《衰亡时期的拉丁诗人》一书里花费了许多页的篇幅和

---

① 马凯尔教授,著有《拉丁文学简史》。
② 辛斯顿(1714—1763),英国较有影响的田园诗人,以写田园诗著称。他的主要代表作有《赫剌克勒斯的审判》(1741)等。
③ 尼撒尔(1806—1888),法国文学史家和文学批评家。他是拉丁诗人诗集丛书的主编。著有《法国文学史》(1844—1861)等书。他推崇十七世纪新古典主义。

大量的耐心来说明产生雅典的伟大悲剧的条件不同于那些仅仅产生了罗马的浮夸的雄辩演说的条件。在运用更属于文学的观点进行了更详细和更宽容的考察以后,巴特勒(《奥古斯都时期以后的诗歌》)表态同意下面这一有损于塞内加声誉的论断:"从文艺复兴到十九世纪后半叶,整个西欧戏剧的特点之一就是浮夸的雄辩演说过度地占据统治地位。这个情况应归咎于塞内加,更甚于其他任何人。"最新近的一位批评家,弗·劳·鲁卡斯先生①(《塞内加和伊丽莎白时代的悲剧》),承认"塞内加舞台上存在着令人气愤的、人为的演说,以及演说中牵强的和索然寡味的警句"。可是塞内加却是一位戏剧家,他被斯加里葛②推崇为胜过欧里庇得斯③,而且文艺复兴时期整个欧洲都以尊敬他为荣。因此想要把塞内加从他的错综复杂的声誉中解放出来,显然是一项相当困难的任务。

  我们首先必须承认,塞内加写的悲剧作品应受到那些落到它们头上的指责。另一方面,这可能是事实——我也相信这是事实——即,批评家们,尤其是英国批评家们,因对塞内加对文艺复兴时期的真正的或设想的坏影响抱有先入为主的成见,以至于把塞内加的赞赏者们的缺点也算在塞内加本人的过失之中。但是,在我们开始尽可能地挽救塞内加的名声之前,我们最好还是再接着讲一讲已成为塞内加评论中的老生常谈,即那些已被公认的责难和局限性。首先,大家都相当普遍同意,认为塞内加的剧本不是为了舞台公开上演,而是为了私人朗诵④写作的。这个理论可以减弱这些悲剧的想象中的"恐怖因素"。这些恐怖因素当中有许多,即使有了最精巧制作的用来产生舞台效果

---

① 弗·劳·鲁卡斯(1894—1967),英国作家和文学批评家。著有《浪漫主义理想的衰亡》(1936)、《最伟大的问题和其他随笔》(1960)等。
② 斯加里葛(1484—1558),意大利文学批评家。他认为文学应起道德教育作用。他的主要著作为用拉丁文写的《诗论》(1561),传播古典主义文艺思想。
③ 欧里庇得斯(约前485—前406),古希腊雅典三大悲剧诗人之一,著有《美狄亚》《特洛伊妇女》等悲剧。
④ 但是,我必须承认,这个观点新近受到有力的辩驳;见雷昂·海尔曼著《塞内加的剧作》(1924),第195页。——原注

的装置，若在舞台上表演出来，只能使观众感觉荒唐可笑。文艺复兴时期对于相反情况的设想使一种爱好变成合法化了。这种爱好，即使没有塞内加的许可，也很可能会被人们纵情地加以满足。如果这些剧本是为朗诵而作，很可能由一个人朗诵（"演说教练"是他的正式名字），我们就能够说明其他奇怪现象了。我用"说明"一词，我并不毫无保留地说，这个特殊的形式就是"原因"；因为最终的原因很可能是同一的拉丁民族的性格，这个性格使这样一个不被上演的戏剧变为可能。原因在于被拉丁语言所表达的拉丁民族的感受性。但是，如果我们想象这个不被上演的戏剧，我们就会立刻看到，与希腊戏剧相比较，这个戏剧和现实隔着一层。在希腊戏剧的对话背后，我们总会意识到一种具体的视觉现实，在这个视觉现实背后，意识到一个明确的感情现实。在词句戏剧的背后存在着动作戏剧，存在着声音的音色和声音，存在着高举的手臂或绷紧的肌肉，还存在着特殊的感情。被朗诵的剧本，我们所阅读的词句，都是一些符号，一种速记，而且往往的确是一种非常简短的速记，如同在莎士比亚最好的作品里那样。这些符号和速记代表被演出和被感受的剧本。这个被演出和被感受的剧本才永远是货真价实的东西。词句无论多么美，总是代表着更大程度的美。这仅仅是一个个别的例子，用以说明希腊文化的令人惊异的统一性：哲学上具体和抽象的统一，生活中的思想和感情、行动和思考的统一。在塞内加的剧本里，戏剧完全寓于词句中，而词句背后并不存在着更深一层的现实。他的角色似乎都用同一种声音说话，而且都在扯着嗓子喊话；他们轮流背诵台词。

我并无意暗示说，塞内加剧本的朗诵方法和希腊悲剧的朗诵法有本质上的区别。很可能前者比拉丁喜剧的朗诵方式更接近于希腊悲剧的朗诵。拉丁喜剧是由职业演员演出的。我设想塞内加的剧本是由他自己和其他业余爱好者朗诵的。我还设想雅典悲剧也很可能是由业余爱好者演出的。我的意思是说，希腊悲剧中词句之美只是一种更高程度美的影子，即思想和感情的美。在塞内加的悲剧中，价值中心从角色所说话的内容转移到他说这些话的方式上面。价值常常几乎等于机警的词句而已。虽然如此我们必须记住"词句"美仍不失为美的一种。

　　这些剧本为了在帝国有高度文化修养的听众面前朗诵改编得很好。这个听众虽然感受性比较粗糙,但对于语言技巧十分老练。这些剧本若搬上希腊舞台,根本无法上演,正像它们在英国舞台上不能上演那样。表面上,这些剧本看起来很修整,但对舞台来说,却是杂乱无章的典型。雅典人习惯于听使者们所做的大段演说。这些大段演说既使现代的演员、又使现代的听众感到为难。但这却是具有实际好处的一个惯例。雅典人的其他的大段演说通常都具有一定的戏剧目的,在剧本的整个设计中占有一定的位置。但是塞内加剧本中角色们的举动就像坐成一个半圆形的中世纪行吟诗人队伍中的成员,每个人轮流站起来表演他的"节目",或者用一支歌或一小段机智的对答来变换他们的朗诵。我不相信希腊听众会有耐心坐在那里听完《疯狂的赫剌克勒斯》头三百行诗。要等到第五二三行安菲特里昂①才发觉赫剌克勒斯从地狱里上来的沉重脚步声。在这个不合适的时刻,歌队又插入,占用了两三页的篇幅。当最后赫剌克勒斯出场时,他似乎是领着看守地狱大门的那只三头狗②,但不久这只狗化为乌有,因为几分钟以后它就已不在舞台上了。在安菲特里昂拐弯抹角地(但比预料中要简短得多)向赫剌克勒斯说明了他的家庭和国家面临紧迫危险③之后,赫剌克勒斯匆忙离开去杀死赖克斯。这场决斗的结果关系到每个人的生命,在赫剌克勒斯进行决斗的同时全家人却都镇静地坐下来倾听提修斯④关于阴间地域所做的长篇报告。这个报告并不是清一色的独

---

① 安菲特里昂,赫剌克勒斯的老父亲。
② 赫剌克勒斯的第十二项任务就是到阴间把看守冥府大门的三头狗(Cerberus)降服并带到阳间来。
③ 在赫剌克勒斯外出期间,赖克斯杀死了忒拜城的国王克瑞翁,篡夺了王位,并且威胁要杀死赫剌克勒斯的妻子和三个儿子。
④ 提修斯,雅典国王,赫剌克勒斯的好朋友,曾被赫剌克勒斯从冥府救了出来。

白,因为安菲特里昂不时带头提出一些关于地府的动物、行政管理和司法制度的启发式的问题。与此同时,赫剌克勒斯(与通常大家以为塞内加当着观众的面处死所有的需要处死的人的做法正相反)在幕后结束了赖克斯的性命。在剧本结尾处,当朱诺用疯狂来惩罚赫剌克勒斯时,剧中一点儿也没有说明他在台上或幕后杀死了他的亲人。伴随着这场杀戮的是安菲特里昂当场的连续评述,安菲特里昂的任务是告诉听众正在发生什么事件。如果孩子们是当着观众的面被处死,那么安菲特里昂的评述将是多余的。安菲特里昂还报道了赫剌克勒斯的晕厥;但不久赫剌克勒斯恢复了知觉,当然是在台上,而且发现了他的被杀死了的妻子和孩子们。除非我们设想这个剧本单纯是为了朗诵而创作的,那么上述的情景就很难使人相信。和塞内加其他的剧本一样,这个剧本充满了陈述,这些陈述仅仅对于看不见任何东西的听众是有用的。的确,塞内加的剧本很可以充当现代"广播剧"的最实用的样本。

我们不必过于仔细地研究那个时代的条件,那个时代没有产生真正的戏剧,但却允许这种奇特的、非上演的戏剧变种的存在。戏剧艺术的天赋并不是赋予每一个民族的,即便是这个民族具有最高的文化。在某些时期,它曾赋予印度人、日本人、希腊人、法国人以及西班牙人;较少地赋予条顿人和斯堪的那维亚人。它没有赋予罗马人,也没有大量地赋予罗马人的继承者——意大利人。罗马人在低级形式的喜剧方面曾经有过一些成功,而这个戏剧类型却是从希腊样板改编来的,但是罗马人的本能倾向于娱乐和竞技表演,正像那个创造了艺术喜剧①的较后的民族的本能那样,这种本能仍旧提供了最好的木偶剧,并给高尔登·克雷格先生②一个用武之地。我们说不出任何原因,

---

① 艺术喜剧,在十六世纪发展起来的一种意大利喜剧类型,运用陈旧的情节、临时凑成的对话以及固定的人物,例如,傻老头、身穿五颜六色衣服的丑角、温柔少女(傻老头之女,丑角的意中人)等。
② 高尔登·克雷格(1872—1966),英国戏剧理论家、舞台设计家、舞台监督。他在意大利佛罗伦萨城创办了一所戏剧学校。

因为每个原因要求一个进一步的原因。"语言的特征"是一个方便的提法,我们还要继续使用它,但是为什么那种语言选定了那种特殊的特征?无论如何,我们至少应该劝阻人们不要做出任何这样的评论,即在说明塞内加剧作的缺点和毛病时强调尼禄时代①的"颓废"。是的,在诗歌方面,塞内加无疑地是属于"白银时代",或者更确切地说,他不是拉丁语言中第一流的诗人。他远远不及维吉尔②。但是就悲剧作品来说,如果以为罗马的较早的和更英勇的时代有可能产生更好的作品,那将是极大的错误。塞内加的许多毛病看起来似乎是"颓废的",但归根结底却纯粹是罗马人的和(狭义的)拉丁民族的特性。

  人物塑造也是如此。塞内加的剧中人物没有细微的区别,也没有"私生活"。但是,如果以为他们仅仅是希腊样本中人物的更简单和更粗糙的翻版,那将是一种错误的想法。塞内加的人物属于另一个民族。他们的简单是现实生活中罗马人的简单,与希腊人相对而言。罗马人要比希腊人单纯得多。在最好的情况下,罗马人受的教育是对国家的忠诚,他们的美德是公众的美德。希腊人固然也有相当强的国家意识,但他们还有一种强烈的传统道德观念,这种观念似乎在他们和天神之间建立起一种直接的联系,不需要国家作为中介。此外,希腊人还具有对事物抱怀疑态度的和违反公认标准的精神。因此罗马人具有更高的效率,希腊人具有更大的兴趣。因此希腊斯多葛主义不同于罗马斯多葛主义——通过后一种形式的斯多葛主义,这个哲学学派影响了后代的欧洲。我们必须把塞内加的人物更多地看作是罗马的子孙,而不是他们那个时代的产儿。

---

① 尼禄(37—68),罗马皇帝(在位54—68),以暴虐、荒淫遗臭万年。
② 维吉尔(前70—前19),罗马文学中最重要的诗人,著有民族史诗《埃涅阿斯记》。

安提戈涅①的戏剧（塞内加没有尝试这个题材）几乎不可能搬过来适应罗马人的思想感情。在塞内加的戏剧里，除了激情、脾气，或欲望和外在的责任发生冲突外，没有任何其他的冲突。因此在文学上的后果就是在现代意大利仍继续存在着一种倾向，即对"雄辩术"的爱好。具有如此巨大规模的这种倾向可能归因于语言的发展超过了人民感受力的发展。如果你拿卡图卢斯和萨福②比较，或拿西塞罗③和狄莫西尼斯④相比，或拿一位拉丁历史学家和修昔底德⑤相比，你将会发现民族的特征只是另一种语言的特征而已，被失去的东西正是天赋的感受力。塞内加和希腊戏剧家的情况也是如此。因此我们应该把塞内加的大段豪言壮语，美丽的但不相干的描写，机警的、争辩性的轮流对白，看作拉丁语的一些特点，而不是看作剧作家塞内加的低劣的审美力。

分析斯多葛派哲学（禁欲主义和淡泊的处世态度）对于罗马人的思想感情的适宜性不是我的任务当中的一部分；企图确定在塞内加剧里的对话和人物塑造中哪些是由于斯多葛派哲学的影响，哪些应归于罗马人的思想感情，以及哪些是由于塞内加所选中的特殊文学形式，企图确定这些因素也是徒劳无益的。可以肯定的事实是剧中存在着大量的斯多葛主义因素，足以使我们有理由相信那些剧本和散文作品都出自同一个塞内加之手。的确，在剧本中比在散文书信和随笔中，斯多葛主义是用一种更容易讨文艺复兴时期人们欢心的形式出现的。

---

① 古希腊悲剧家索福克勒斯写过悲剧《安提戈涅》。在剧中安提戈涅是俄狄浦斯的长女，波吕涅刻斯是安提戈涅的弟弟。波吕涅刻斯攻打忒拜城阵亡。忒拜国王克瑞翁下令严禁埋葬波吕涅刻斯，因为波吕涅刻斯是忒拜人的敌人。安提戈涅不顾国王的命令，私下把弟弟埋葬，因而犯罪，被克瑞翁下令关闭在一座石墓里处死。但是安提戈涅又是克瑞翁儿子海蒙的未婚妻。海蒙在石墓里发现安提戈涅自杀，他也自杀在她的身旁。
② 萨福（公元前七世纪），希腊女抒情诗人。
③ 西塞罗（前106—前43），罗马政治家、演说家和哲学家，他的演说辞、修辞学著作、政治哲学论文对罗马演说艺术和散文的发展有重大影响。
④ 狄莫西尼斯（约前384—前322），雅典演说家和政治家。
⑤ 修昔底德（约前471—约前401），雅典历史学家，著有《伯罗奔尼撒战争史》。

伊丽莎白时代人们常说的话有一半——而且是更经常引用的一半——都是来自塞内加的语录。我们在下面还要提到,就是这种用说教式的格言和警句表现出来的伦理观比那些更早的希腊戏剧家们的道德准则更能投合文艺复兴时期人们的心理;文艺复兴本身更具有拉丁特点,而不是希腊特点。如同尼撒尔和其他人指出的那样,在希腊悲剧中道德说教并不是一种有意识的哲学"体系"的表现;那些希腊戏剧家进行道德说教只是因为道德准则是和他们的悲剧观念天衣无缝地交织在一起,他们的道德准则是一种经过一代又一代的人们培养起来的感情;这些道德准则是遗传的,也是宗教的,正像他们的戏剧形式本身是从他们的早期宗教仪式演变来的那样。他们思想上的伦理观念是和他们行为上的伦理标准相一致的。正像塞内加的戏剧形式不是自然演变的结果,而是一种人为的建造,同样他的道德哲学和整个罗马斯多葛派的道德哲学也都是这样。无论罗马怀疑主义是否像尼撒尔提出的那样是由于帝国过度迅速扩张和由于不同民族相互抵消各自的信仰的结果,而不是一种活跃的、探询的智力的产物,不论怎样,斯多葛主义的"信仰"是怀疑主义的一个后果;而塞内加剧本中的伦理观则是这样一个时代的伦理观,这个时代用一套道德态度和姿态来弥补道德习惯的匮乏。罗马的天赋的公众爱好也对此起了一定作用。塞内加的伦理准则是一种姿态。提供产生效果的最大机会的姿态,也就是为塞内加的道德哲学提供最大机会的姿态,莫过于死亡的姿态;死亡给塞内加的人物提供了发表他们最富于说教性的格言和警句的机会——这个提示是伊丽莎白时代戏剧家们非常乐于接受的。

　　当所有的有保留的话都已说完,关于作为戏剧家的塞内加我们还有很多为他辩护的话要说。我相信评价和欣赏他的正确方法不是通过比较和对照——就他的情况而论,人们对他的评论情不自禁地要进行这两种活动——而是通过孤立分析。我拿塞内加的《美狄亚》和《希波吕托斯》——或许是他最好的两个剧本——与欧里庇得斯的

《美狄亚》①和拉辛的《菲德拉》②分别做了仔细比较；但是我并不认为报道我这个研究的结果，无论是对照研究戏剧结构或研究对标题人物的处理，会有任何好处。这一类的比较已被人做过了；这些比较放大了塞内加悲剧的缺点，也模糊了塞内加悲剧的优点。如果要拿塞内加和别人比较，他应该和比他早的罗马诗人们相比，比韵律，比描写和叙述的能力，以及比审美力。这样的比较才是公平的，尽管比赛的结果塞内加的成绩并不很好。他的韵律比较单调；尽管他熟练地掌握了好几种韵律，但是他的歌队唱词听起来很沉重。有时他的歌队唱词的节奏似乎是在这两种节奏之间摇摆不定：一种是他的先驱者们的更灵活的韵律，另一种是中世纪圣歌的更死板的、但也是更震撼人心的拍子③。然而在达到他的雄辩目的的范围内，塞内加一次又一次地获得了辉煌的效果。在词语的扣人心弦的戏剧效果方面，从来还没有人超过他。对驾着她的车子行将离别的美狄亚，伊阿宋的最后呼喊是独一无二的；我想不起任何一个其他剧本留给最后一个字如此强烈的震撼力量：

　　穿过崇高、深邃的空间，进入太空；
　　证明你乘风翱翔之处，那里天神名存实亡。④

关于生或死的警句式的评论，一次又一次地在最有效的时刻，用最有

---

① 《美狄亚》（前431），讲的是一个被丈夫詹森遗弃的外国妇女美狄亚进行复仇的故事。
② 《菲德拉》(1677)，拉辛根据欧里庇得斯的悲剧《希波吕托斯》（前428）写成的。这个悲剧讲的是继母爱上了前房儿子的单恋爱情悲剧故事。曹禺的《雷雨》也部分取材于这个悲剧故事。
③ 例如，"噢！爱情的死亡是一服止痛剂，噢！荣誉的死亡是耻辱的最大点缀。"——（《希波吕托斯》，1188—1189行）——原注
④ 我认为此处译者理解得完全正确："证明你所到的地方，那里没有上帝的仁慈。"一位现代译者（编辑洛布译文丛书译本的米勒教授）译为："证明你所到之处，那里没有天神。"我认为如果我们理解为不论美狄亚到什么地方去，那里天神就不存在，这样的理解比仅仅是无神论思想的发泄要更为有效。但是旧的法纳比版本说"反对天神合理性的证明，或至少证明天上并无天神存在"。——原注

效的方式,表达了出来。塞内加并不是仅仅依靠他的简短的突然喊叫取胜。歌队致赫剌克勒斯被杀害的儿子们的那十六行诗(《疯狂的赫剌克勒斯》,Ⅰ.1135 及以下),经那位伊丽莎白时代的翻译家的高超翻译,对我来说是十分哀婉动人的。那些描写的章节经常十分迷人;有些词句料想不到地萦绕在我们的脑际。赫剌克勒斯的诗行,

> 我这是在哪里?在东方日出之处的下面,还是在冰冷的
> 　大熊座的极点下面?

一定是在查普曼的记忆里储存了很久才出现在《布西·丹布瓦》①剧中的下列诗行:

> 飞到人们感觉到处在
> 天体运转的巧妙轴线之下,或飞到人们感受到处在冰天
> 　雪地的大熊的战车下面。

虽然塞内加有冗长的毛病,但他并不松散;他也能够十分简要;他甚至刚劲得使人感到单调;但是他的许多言简意赅的话对我们如同对伊丽莎白时代的人们一样,都同样令人感到它们震人心弦的雄辩力量。试举一个不被人常引用的例子,这是当希腊人离去时赫卡柏②所发的怨言:

> 女孩和男孩都死了;
> 仗打完了。

---

① 《布西·丹布瓦》,查普曼最有名的剧作,出版于 1607 年。这是一出宫廷悲剧。
② 赫卡柏,特洛伊国王普里阿摩斯的皇后。她一共生了五十个孩子,个个都夭折了。

即使最富于格言和警句的斯多葛哲学的老生常谈,用他那样的拉丁文表达出来,仍能保持着它们的严肃性,因为拉丁文比任何其他语言都能更庄重地表达这些思想:

> 我们受命运驱使;屈从命运吧!
> 焦虑和烦恼都不能
> 改变用固定的纺锤纺出的生命之线。
> 我们凡人所忍受的一切,
> 我们所作所为,莫不来自上天;
> 命运女神手中的转轮
> 修改着她的绕线杆的决定。
> 一切事物都按照它的固定轨道运转,
> 第一天就已规定了最后一天要发生的事件。
>
> (《俄狄浦斯》,980 行)

但是引证塞内加算不上评论;这不过是企图吸引可能的读者的一种手段罢了。假如我们给读者留下这种印象,即上面引证的那些段落,以及类似的段落只是当塞内加表现得特别出色的时刻,而这些时刻并不能持久,假如是这样,那么我们的评论就是十足的拙劣评论。我们必须说明塞内加的一个主要特点就是他的作品的一贯性和它保持在同一水平上的持续性,他极少低于这个水平,也从不超出这个水平。塞内加不属于那一类诗人的行列,这些诗人由于间或达到了比他们更伟大的诗人们的语调和词汇而值得人们纪念。塞内加完全是他自己;他想要做的事情他都完成了,他创造了他自己的作品类型。这一点导致我们去考虑一个当我们研究他对后世影响时必须牢记的问题,这就是我们应否认真地把他看作一位戏剧家。批评家们倾向于把他的戏剧作品看作是一种冒牌的戏剧形式。但这是大多数戏剧评论家都容易犯的错误,因为戏剧形式如此众多,以至于极少有评论家在宣判什么是"戏剧的"和什么是"非戏剧的"时能够同时想到多于一个或两个戏剧形式。什么是"戏剧的"？如果我们非常熟悉日本诺戏①，熟悉跋娑②和迦梨陀娑③，熟悉埃斯库罗斯、索福克勒斯和欧里庇得斯、阿里斯托芬④和米南德⑤，熟悉欧洲中世纪的大众戏剧，熟悉洛佩·德·维加⑥和卡尔德隆⑦，以及伟大的英国和法国戏剧，如果我们对所有这些戏剧都同样熟悉（这是不可能的），我们难道不会在决定一种形式较另一种形式更为"戏剧的"时感到犹豫迟疑吗？而塞内加的戏剧的确是一种"形式"。它不能归类于任何一类戏剧性先天不足的类型。世上有所谓的"书斋戏剧"⑧，这些大多都仅仅是一些次等戏剧作品，例如，丁尼生⑨、布朗宁⑩和斯温伯恩⑪的这一类作品。（一个作家是否期望他的剧本被上演，这一问题无关紧要，关键是看他的剧本本身能否上演。）还有另一种，更有趣的类型。在这一类型中，作者企图做超出舞台所能做的事，或做不同于舞台所能做的事，但仍包括演出的含义，也就是说，在这一类型中，戏剧因素和戏剧以外的因素混杂

---

① 诺戏，一种日本戏剧的古典形式，伴以歌队音乐和舞蹈，利用传统故事题材、简单象征性的布景、复杂考究脸谱和服装，以及程式化的表演。
② 跋娑，公元三世纪印度梵文剧作家，以高超的叙述技巧、优美的诗歌和绝妙的舞台技术见长，共写了十三个剧本，最著名的是《惊梦记》。
③ 迦梨陀娑，公元四世纪印度另一位梵文剧作家，有"印度的莎士比亚"之称，除其他类型的作品外，共写了三个剧本，最著名的是《莎恭达罗》。
④ 阿里斯托芬（约前446—前388），古希腊雅典喜剧诗人，他的最著名的作品是《云》和《鸟》。
⑤ 米南德（约前342—前291），古希腊雅典新喜剧的代表作家，著有《坏脾气的男人》等剧本。
⑥ 洛佩·德·维加（1562—1635），西班牙剧作家，约写了一千八百个剧本，其中有四百二十六个流传了下来，他最著名的作品是西班牙历史剧。
⑦ 卡尔德隆（1600—1681），西班牙剧作家，共写了一百二十多个剧本，他的最著名的作品是《人生若梦》。
⑧ 书斋戏剧，这种剧本指的是只能阅读而不适合演出的剧本。
⑨ 丁尼生著有诗体历史悲剧《玛丽女王》（1875）、《哈罗德》（1876）、《贝克特》（1879）等。
⑩ 布朗宁共写了八个剧本，其中最有名的是《斯特拉福德》，这是一个诗体悲剧。
⑪ 斯温伯恩写了许多诗体剧本，模仿伊丽莎白时代悲剧和古希腊悲剧的风格，他最有名的戏剧作品是《阿塔兰忒在卡吕冬》。

在一起。这是一种现代的、发展了的复杂形式:它包括《列王》①、歌德的《浮士德》②,也可能包括《皮尔·金特》③(由于我没有看过这出戏的演出,因此我说此话时缺乏充分信心)。塞内加的剧本不属于这些类型中的任何一种。如果这些剧本的创作意图是为了朗诵(我是这样想的),它们就必须有它们自己的特殊形式。我之所以认为它们的意图是为了朗诵,只是因为它们的形式完全适合于朗诵——这些剧本朗诵起来比默读的效果更好。我完全相信,尽管我还没有外在的证明,塞内加本人一定有过大量朗诵剧本的实践。因此他可能曾是一个像莎士比亚或莫里哀那样有丰富实践经验的剧作家。他的戏剧形式是实践的形式。我甚至设想在我们的时代试图采用这种形式也可能是有趣的尝试,因为目前戏剧的复兴正在遭受到某些与塞内加时代相似的困难,这些困难使塞内加时代的舞台无法存在。

下面我们将要考虑的问题是:伊丽莎白时代的人们从塞内加那里学到了哪些经验教训?我们是否也能学到同样的这些经验教训?无论伊丽莎白时代的人们学习塞内加得到了好处,或者他们由于赞美和剽窃塞内加而自身受到了损失,我们必须记住:我们无法公正地估计塞内加的影响,除非我们首先能够不受他的影响的影响,对塞内加做出我们自己的判断。

二

塞内加对伊丽莎白时代戏剧的影响,受到学者们的重视大大超过文学批评家的重视。学者们对此影响作了详尽的历史叙述。卡斯特纳和查尔顿合编的威廉·亚历山大爵士、斯特令伯爵文集的极好版本(曼彻斯特大学出版社,第一卷,1921年出版)充分地论证了这个影

---

① 《列王》(1904—1908),哈代写的关于拿破仑战争的史诗剧本,共19幕,130场。
② 《浮士德》(1808,1832),歌德的诗剧。
③ 《皮尔·金特》(1867),易卜生的讽刺、幻想诗剧。

响——直接的和通过意大利和法国的间接影响。在这个版本的导言中也可以找到有关这个问题的最好的参考书目。弗·恩·博亚斯博士,特别是在他编辑的基德的戏剧作品集子里详细地讨论了这个问题。杰·乌·康力夫教授的专著《塞内加对伊丽莎白时代悲剧的影响》(1893年出版),在它限定的范围内仍然是所有的参考书中最有用的一部。康力夫先生还在他的另一部专著《早期英国古典悲剧》里更广泛地讨论了这个问题。塞内加的间接影响也有了详细的研究成果,例如,艾·穆·威瑟斯朋教授的专著《罗伯特·加尼叶①对伊丽莎白时代戏剧的影响》。另外,目前正在进行的有关早期戏剧的研究(见艾·乌·里得博士新近出版的《早期都铎王朝时代戏剧》,1926年),将使我们能够更好地了解塞内加的影响和英国本国的传统怎样结合在一起。让一个文学批评家回顾所有这些研究成果,那是不恰当的,因为无论他表示不同意或表示赞赏都是一种越职的行为。但是我们可以受益于这个研究成果,以便得出某些普遍的结论。

塞内加的剧作以多种方式产生了影响,并且导致了多种结果。这些结果可以分为三大类:(1)大众化的伊丽莎白时代悲剧;(2)所谓的"塞内加式的"戏剧,这是一种拟古典主义的戏剧,这种戏剧是由少数和当时的大众化戏剧没有密切联系或对它们不抱好感的杰出人物为像他们自己一样的少数人们创作的,目的主要为了抗议大众化戏剧的缺点和过火的毛病;(3)本·琼森的两部罗马历史悲剧②,它们似乎是介乎上面两个相反类型的中间的一类,似乎是一位积极实践的剧作家为了按照塞内加的样板来改进大众化戏剧的形式所做的努力,为了不是通过照猫画虎的模仿,而是通过改编,来把大众化戏剧改造成为完美的艺术品。至于以哪些方式塞内加影响了伊丽莎白时代的剧作家,

---

① 罗伯特·加尼叶(1544—1590),法国剧作家,虔诚的天主教徒,通过他写的抒情诗体悲剧宣传道德和宗教信仰,著有悲喜剧《布拉达曼特》(1582)和悲剧《犹太妇女》(1583)等。
② 本·琼森的两部罗马历史剧是《塞杰奴斯的失败》(1603)和《卡特林》(1611)。

必须记住这些方式从来不是简单的,而是变得越来越复杂。当时意大利的和法国的戏剧都已渗透着塞内加的影响。塞内加的剧作是学校课程设置中常设的部分,而希腊戏剧,除少数大学者外,是大家都不知晓的。每一个懂得一点拉丁文的学生都能背诵一两行塞内加的剧文。很可能在观众当中有相当大的一部分人能够辨认出有些大众化剧本中(例如,马斯顿①有好几处)偶尔用拉丁文引用的塞内加的片言只语的来源。等到《西班牙悲剧》和古本《哈姆莱特》②已在舞台上轰动一时的时候,英国剧作家所受的塞内加的影响已来自他自己的先驱者对他的影响了。在这里必须大书特书基德的影响的重要性:既然塞内加式的基德如此红极一时,那么对于任何一位勤奋努力而收入微薄的作家来说,这无疑地是取得成功的敲门砖。

我想做的一切只是讨论一下在我们对于伊丽莎白时代戏剧看法当中关于塞内加的影响我相信目前还很流行的某些误解,尽管这些误解不存在于学术著作当中。为了这个目的,当时的译本具有特殊的价值:无论这些译本是否大大地改变了人们对于塞内加的概念,或是否大大地扩散了塞内加的影响,它们至少反映了对于当时英国人来说塞内加究竟是个什么面貌。我并不是说现代评论夸大了或缩小了塞内加的影响;但我相信在某些方面他的影响的重要性说得太过分了,而在其他一些方面又说得不足。只有在一个问题上大家意见是一致的(很难多过一个问题),这就是:现代欧洲剧本的五幕区分法应归功于塞内加。我主要想讨论的问题是:(一)对自从塞蒙慈③时代以来被人们称作的血腥悲剧④,塞内加应负多大的责任——在多大程度上塞内

---

① 马斯顿(约 1575—1634),英国讽刺家和剧作家,著有《愤世者》(1604)、《荷兰妓女》(1603)等剧本。
② 古本《哈姆莱特》(约 1589),早于莎士比亚悲剧《丹麦王子哈姆莱特》(约 1601)流行于伊丽莎白时代舞台上的一出复仇悲剧,现已失传,有可能出自基德的手笔。
③ 塞蒙慈(1840—1893),英国历史学家、学者和翻译家,著有《意大利文艺复兴史》(1875—1886)。
④ 血腥悲剧即复仇悲剧,盛行于伊丽莎白时代伦敦舞台。

加是那些损害伊丽莎白时代戏剧容貌的恐怖事物的创始人;(二)他对伊丽莎白时代用辞风格中的故意夸大的特点要负多大责任;(三)他对莎士比亚和他同时代人的戏剧中的思想,或被当作思想的东西有多大影响。我认为第一点被估计得过高,第二点被误解了,第三点的估价偏低。

的确,在所有各国戏剧中,伊丽莎白时代的悲剧作品运用恐怖和令人震惊事物的程度是十分突出的。诚然,如果没有这种爱好和实践,我们也就不会有《李尔王》①或《马尔菲公爵夫人》②;简直不可能把美德和缺陷,把伊丽莎白时代悲剧作品当中的糟粕和杰作截然分开。对于把暴力和犯罪搬上舞台的这种风俗,虽然我们不可能喜欢它,但也不必严厉地责备它,因为要不是这样做了,我们对于人类的心灵就会缺少这个重大的实验;我们也不会完全悔恨这样做了,因为它给我们带来了有关灵魂的一些信息。即使把莎士比亚除外,世上也没有任何其他民族的天才能够如此巧妙地运用恐怖悲剧,使它成为马洛③的宏伟的闹剧,或成为韦伯斯特④的宏伟的梦魇。因此我们必须保留两种尺度来进行比较:一种尺度是用来比较当时较为低级的悲剧和当时最好的悲剧,另一种尺度(这或许是一种道德尺度,若是运用起来就会把我们带到离题太远的地方)则是用来比较作为一个整体的当时的悲

---

① 《李尔王》(约1605),莎士比亚的四大悲剧作品之一,剧中有李尔王在暴风雨中祈祷天地惩罚他的两个不孝女儿的惊心动魄的场面,以及葛劳斯特伯爵被暴君挖掉双目的恐怖场面。

② 《马尔菲公爵夫人》(1623),约翰·韦伯斯特(约1580—1625)写的悲剧,剧中有公爵夫人和他的两个孩子被勒死的恐怖场面。

③ 马洛著有《坦伯林》(1587)、《浮士德博士悲剧历史》(1601)、《马耳他岛的犹太人》(1633)、《爱德华二世》(1593)等剧本。《马耳他岛的犹太人》是一出复仇闹剧。主人公巴拉斯给粥里下了毒药,害死了自己的亲生女儿和整个修道院的修女。最后他自己掉入沸腾的汤锅,被活活地烫死。

④ 韦伯斯特的《马尔菲公爵夫人》是一出复仇悲剧。公爵死后,年轻的遗孀下嫁给男管家。她的兄长认为她玷污了贵族门第,于是雇用凶手对她进行精神折磨,最后把她和她的孩子勒死。凶手受到良心的责备,兄长也痛恨自己而发疯。全剧充满罪恶和精神痛苦,因此把它比作梦魇。

剧作品和另一种恐怖悲剧——我们想到但丁的乌葛里诺①和索福克勒斯的俄狄浦斯②,在这种悲剧中,最后精神似乎得到了胜利,战胜了物质力量。在这里,塞内加的影响这个问题是至关紧要的。如果说,对于恐怖事物的爱好仅仅是在学校里学习塞内加的结果,那么这种爱好就既无道理,也无兴趣。但是,如果这种爱好是这个民族和这个时代先天存在的东西,而塞内加仅仅是个借口和先例,那么这就是一个有趣的现象。即使说塞内加提供了一个先例和借口,也可能给人以假象,因为这样说意味着说:伊丽莎白时代的人们,如果不是受到塞内加的影响,就会因满足这样的爱好而感到一点良心的不安——如果这样认为,那是十分可笑的。他们只是设想塞内加的爱好和他们自己的爱好是相似的——这样设想并不完全不对。他们还设想塞内加代表了全部古代古典文学——这样设想却是完全错误的。塞内加起作用的地方是在他对情节类型的影响;他支持一种倾向,反对另一种倾向,如果没有塞内加,我们就会有更多的《约克郡的悲剧》③模式的剧本,也就是说,相当于《世界新闻》杂志的谋杀报告。塞内加,尤其是意大利化了的塞内加,鼓励对于外来的、遥远的或异国情调的事物的爱好。的确《马耳他岛的犹太人》或《泰特斯·安德洛尼克斯》④会使活着的塞内加感受到真正的美学享受的毛骨悚然,但是他的影响却鼓励了和

---

① 乌葛里诺(卒于1289年),意大利政党领袖,被政党逮捕,关入"饥饿的塔楼",和他的两个儿子和两个孙子活活地饿死,但丁《神曲》的《地狱篇》第33章有关于这个悲惨事件的动人叙述。
② 在《俄狄浦斯王》里,索福克勒斯表现了一个正直、聪明、追求真理的国王如何受到命运的嘲弄,犯了杀父、娶母等骇人听闻的罪行。真相大白后,母亲上吊而死,俄狄浦斯用母亲胸上的饰针刺瞎自己的双目。
③ 《约克郡的悲剧》(1608),一出根据1605年实际发生的谋杀案编写的剧本。情节是一个恶棍和赌徒,在醒悟后,由于悔恨和羞愧,害死了自己两个孩子,并几乎刺死了自己的妻子。作者不详。
④ 《泰特斯·安德洛尼克斯》(约1590年上演),莎士比亚早期作品之一,表现出艺术不成熟的缺点。情节是罗马将军安德洛尼克斯和哥特民族女王塔摩拉之间相互报仇的暴力、犯罪骇人听闻的故事。例如,塔摩拉的两个儿子轮奸了安德洛尼克斯的女儿,随后又割掉她的舌头和双手。安德洛尼克斯替女儿报仇,杀死了这两个凶手,随后把他们的肉做成肉饼,拿给塔摩拉吃。

他自己的作品很不相同的作品。

当我们考察塞内加的剧本时,其中实际存在的恐怖事物并不像我们所设想的那么凶残,那么众多。最令人触目惊心的血腥剧本要数《提埃斯忒斯》①,这个题材,据我所知,没有任何一位希腊剧作者试图写过。即使在这个剧本里,如果认为这些悲剧是为了朗诵而写的这个提法是正确的,那么有教养的罗马听众只是在听一个故事罢了,这个故事是他们所接受的希腊文化的一部分,它实际上也是民间传说的公共财产。这个故事年深月久,已被时间神圣化了。伊丽莎白时代悲剧作品的情节,对当时的听众来说,都是新奇的。《提埃斯忒斯》剧本的这个情节是任何伊丽莎白时代剧作家都没有采用过的,但这个剧本较任何其他一个塞内加剧本与"血腥悲剧",尤其和这种悲剧的早期形式之间的确有更多的相同之处。它有一个特别令人厌烦的鬼魂。它比任何其他剧都更强调复仇的动机,而这个动机不受任何天神的控制或正义的约束。但是即使是在《提埃斯忒斯》剧中,对于那些恐怖事物的演出也还是按照惯例处理得甚为得体;唯一看得见的恐怖事物就是那或许是无法避免的证据的显示——盘中孩子的头。

受塞内加影响的最重要的大众化剧本诚然要数《西班牙悲剧》②了,另外,基德又负有翻译加尼叶的拟塞内加的《科尔乃里亚》③的责任,这就标志着他是塞内加的信徒。但是在《西班牙悲剧》中还存在着另一个因素,这个因素往往和塞内加因素没有充分地区别开来。尽管

---

① 《提埃斯忒斯》的情节是两兄弟阿特鲁斯和提埃斯忒斯争夺王位,提埃斯忒斯胜利了,又和阿特鲁斯的妻子通奸。为了报仇,阿特鲁斯杀死了提埃斯忒斯的两个儿子,并请他吃酒席。在席间提埃斯忒斯误吃了儿子的肉,经阿特鲁斯说明,提埃斯忒斯诅咒阿特鲁斯全家。
② 《西班牙悲剧》(1592年上演,1594年出版),基德写的著名剧本,情节是西班牙元帅海罗尼莫报杀子之仇的悲剧故事。当海罗尼莫发现儿子贺拉旭被人谋杀并吊在他的花园里的树上时,悲伤到发狂,他用一同演戏的计策杀死了凶手们,自己则被逮捕。为了免受严刑供出同谋者,海罗尼莫咬掉了自己的舌头,随后自杀。
③ 《科尔乃里亚》,加尼叶模仿塞内加写的悲剧之一,是有关古罗马妇女科尔乃里亚的故事。她是罗马两位杰出的政治家的母亲。当一位贵妇人在她面前显示珠宝首饰,并请求看首饰时,她指着她的两个儿子向客人说:"他们就是我的首饰。"

这个因素和塞内加的意大利文艺复兴时期的后代可能有些关系,但它却和更加土生土长的东西结合在一起。诚然,在《西班牙悲剧》中塞内加的一套装备是相当可观的。例如,鬼魂和复仇神代替《提埃斯忒斯》中的坦塔勒斯①和司复仇的三女神之一,他们大量地使用了塞内加心爱的地狱典故——冥河、渡亡灵往冥府的摆渡神等等。暂时装疯也是塞内加很熟悉的一种手段。但是在《西班牙悲剧》的情节类型中,却一点也没有古典的或拟古典的成分。对塞内加来说,我们在《西班牙悲剧》中所看到的情节,在这个意义上的"情节",是不存在的。塞内加拿来一个大家都非常熟知的故事,使它引起听众的兴趣完全靠描写和叙述中的添加细节和润色,靠对话的机智和锋利,以及靠仅仅使用词句效果所产生的悬念和惊奇。《西班牙悲剧》像一系列包括莎士比亚的剧本在内的哈姆莱特剧那样,都具有和我们当代的侦探戏剧②相似的地方。海罗尼莫用演戏来达到他复仇目的的计策使这个剧和一小类,但是很有趣的一类戏剧联系在一起,而这类戏剧的确和塞内加并没有任何重要的师承关系。这一小类戏剧包括《非弗夏穆的阿尔登》③和《约克郡的悲剧》。这两出不寻常的剧本都是根据当时或前此不久在英国所发生的犯罪案件而写。除了《阿尔登》的收场白中暗示到天神的惩罚,这两出剧中没有任何迹象表示它们受了外国的或古典的影响。可是它们却也都是十足血腥的。《约克郡的悲剧》中的丈

---

① 坦塔勒斯,提埃斯忒斯和阿特鲁斯的祖父,也是佩劳普斯的父亲。坦塔勒斯杀死了自己的儿子佩劳普斯,并把儿子的肉献给天神。
② 我还提示读者:除《哈姆莱特》外,在莎士比亚的主要悲剧作品当中,《麦克白》和某种程度上的《奥赛罗》都具有这种"恐怖小说或电影"的兴趣,而这种兴趣并没有被引进《李尔王》《安东尼和克莉奥佩特拉》或《科里奥拉努斯》中去,这个兴趣也存在于《俄狄浦斯王》中。——原注
③ 我不同意博亚斯博士的说法,而同意多数人的意见,即认为《阿尔登》剧本的作者是基德,例如,弗雷、洛勃特森、克罗福德、达格代尔·塞克斯、奥里芬特。——原注
《非弗夏穆的阿尔登》(1592)的作者不详,有人认为是莎士比亚,有人认为是基德。这是一出谋杀犯罪戏。情节是:阿尔登的妻子和她的情夫莫斯比合谋,雇了两名凶手,杀死了阿尔登先生。谋杀罪被发现后,奸夫和淫妇皆被处决。这出戏是根据1550年发生的一个真正谋杀案件写的。

夫杀死了他的两个幼子,把女仆掷下楼梯,摔断了她的脖子,而且几乎刺死了自己的妻子。在《非弗夏穆的阿尔登》剧中,妻子和她的同谋者在舞台上把丈夫刺死——这出戏的其余部分都集中表演原始的但却是有效的警察的侦察活动。唯一令人诧异的事,就是这一类型的剧本没有更多的代表作,因为有证据可以证明当时公众对于警察法庭的恐怖案件的兴趣和今日人们对此的兴趣是同样强烈的。这些证据当中有一项是和基德有关。这是关于一个毒药谋杀案件的一个简单、有趣的记录,标题是《约翰·布鲁文被害记》。(稍晚一些,戴克①将用他写的关于伦敦瘟疫的小册子提供廉价报刊之不足)。不论《阿尔登》是否是基德或是他的一位模仿者写的,我们在基德身上看到了塞内加因素和本国因素的结合,而这一结合对二者都是有利的,因为在《阿尔登》剧的结构里可以觉察到塞内加的影响——《西班牙悲剧》的结构比《阿尔登》剧或《约克郡的悲剧》的结构更富于戏剧性,而《西班牙悲剧》的题材,像另外两个剧的题材那样,和塞内加的题材很不相同,对没有多少文化的听众来说更合口味。

在对伊丽莎白时代戏剧中令人厌恶的成分负责的问题上,能够被提出来的塞内加的最严重的过错只是他有可能给剧作家提供了把那些绝非塞内加式的恐怖事物搬上舞台的借口或正当理由。在当时,人们对这些恐怖事物的确有一种爱好,而这种爱好,不论塞内加是否写过剧本,在当时总会由剧作家加以满足。有人反对我举《约克郡的悲剧》为例,我可以回答说,这个剧本(有关的凶杀案仅仅发生在1603年)和《阿尔登》剧都是作于《西班牙悲剧》成功之后,而且对于恐怖事物的爱好,也是仅仅在它获得了塞内加先例所给予的许可之后才发展了起来。我不能证明与此相反的情况。但是必须承认大多数这些恐

---

① 戴克(1570?—1632),英国剧作家和散文家,他最著名的剧作是《鞋匠的节日》(1600)。他还写了许多散文小册子,例如,《不平常的1603》(写的是1603年伦敦发生瘟疫时的情景)《伦敦的七大罪恶》《从地狱传来的消息》《伦敦街头敲钟向公众报事的人》等。

怖事物都是如此过度,就连塞内加本人也是不能容忍的。在这些最令人不能接受的剧本当中的一个——这的确是有史以来最愚蠢和最无灵感的剧本之一,关于这个剧本令人难以置信莎士比亚曾插手写下任何部分,剧中最精彩的段落,若署上皮尔①的名字,就已经算是对这些段落加以十分过度的恭维了——也就是说,在《泰特斯·安德洛尼克斯》②这个剧中——丝毫没有真正是塞内加的东西。在这个剧中,人们任意地、毫不相干地犯罪,塞内加从来没有这种犯罪的任意性和不相干性的毛病。塞内加的俄狄浦斯弄瞎了自己的眼睛,这样写有传说为本,而且刺瞎眼珠这个行动的本身远不比《李尔王》中同一行动③那么令人厌恶。在《泰特斯》剧中,当着观众的面,主人公割下了自己的手,观众还目睹了拉维尼亚④被斩断双手和被割舌的表演。在《西班牙悲剧》中,海罗尼莫咬掉了自己的舌头。在塞内加的作品里没有这样的一些东西。

但是如果说这一切和塞内加很不相似,它却和同时代的意大利戏剧很相像。没有任何例子比意大利的和法国的塞内加式的戏剧之间的区别能够更好地说明文学"影响"的偶然性——这种偶然性是对发生影响的作品来说。法国戏剧从一开始就是有节制、有教养的。格雷维尔⑤、丹尼尔⑥和亚历山大⑦所写的塞内加式的戏剧是和法国戏剧,尤其是和加尼叶,联系在一起。而意大利戏剧则是极端残忍好杀的。

---

① 皮尔(1558? —1597?),英国剧作家和诗人,莎士比亚的先驱者之一,他最有名的剧本是《老妇谈》(1595)。
② 见杰·穆·洛勃特森著《莎士比亚真作研究导论》。——原注
③ 在《李尔王》第3幕第7场中,葛罗斯特伯爵的眼珠被康华尔公爵用脚踩出了眼眶。
④ 拉维尼亚,安德洛尼克斯女儿的名字。
⑤ 格雷维尔,英国作家和朝臣,他写的悲剧《穆斯它法》(1609)和《阿拉哈姆》(1633)讲的是宫廷中的政治事件,无怪乎兰姆称之为"政治论文,不是剧本"。
⑥ 丹尼尔(1562—1619),英国诗人和剧作家,著有十四行诗《月神》(1592)和塞内加式悲剧《克莉奥佩特拉》(1594)和《费洛它斯》(1605)。
⑦ 亚历山大(约1567—1640),苏格兰诗人和剧作家。著有塞内加式悲剧《帝王的悲剧》(1603—1607),共四部。

基德对这两种戏剧都熟悉,但他和皮尔同情、爱好意大利戏剧并沉湎于其中。我们还必须想到意大利最高度发展了演剧技巧和舞台装置——为了在英国上演最豪华的假面剧,意大利舞台监督、工程师和画家往往受聘渡海来到英国,想到造型艺术在意大利要比在别的地方重要得多,因此戏剧中壮观和惊人的因素得到了强调;还要想到意大利文明,简言之,具有足以使那些进入一个繁荣和奢侈时期的淳朴的北方人感到眼花缭乱。我对于这个时期的意大利剧本没有第一手的认识。很少有读者为了追求乐趣会去钻研这些剧本,但是它们的性质和它们在英国的影响却已得到充分的证实。可以说塞内加对于这个意大利戏剧几乎没有什么影响:他却被意大利戏剧利用了,而且被采纳进去了;对基德和皮尔来说,塞内加是彻底地意大利化了。

总之,血腥悲剧虽然大量采用了塞内加式的布局和设计,它却和塞内加的悲剧作品很少有相同的特点。血腥悲剧在很大的程度上是意大利式的。此外,它还增加了一个本国因素,这就是情节的新颖性和独创性。

如果我们想要寻找大多数伊丽莎白时代戏剧的残杀、嗜血性质的原因——这种性质一直延续到该戏剧的结束——我们就不得不允许我们自己就那个时代的特征做出一些大胆的结论。当我们考虑它的特征时,当我们回顾早于那个时代的大众戏剧——这个戏剧在《每个人》①剧中达到了它的顶峰——比伊丽莎白时代戏剧更加文雅,更为古典(在更为深刻的意义上),我不能不认为这种变化是由于从抑制里面获得某些彻底解放的结果。那些得到满足的爱好总是在人性里潜存着:在过去,这些爱好是由戏剧来满足,如同今日,它们由每天的报纸中的犯罪报道来满足。我们没有理由让塞内加对伊丽莎白时代戏剧的这一个方面负责,就如我们没理由把埃斯库罗斯或索福克勒

---

① 《每个人》(十五世纪),英国中世纪流行的一出道德剧(moralityplay),源于荷兰。剧中人物都是抽象概念,例如"每个人""死亡""知识""美貌""力量""善行""财产""朋友""亲戚"等。这个剧本形式精练、完美,气氛庄重,严肃,情节逼真动人。

斯和《无名的裘德》①联系在一起。我不敢说没有人做过这种联系,但没有人认为哈代通过勤奋学习希腊戏剧来训练他自己为写小说做准备。

在这里,我们可以恰当地考察一下,在使用恐怖事物这个方面,塞内加对那些少数自己宣称模仿他的"塞内加式的"剧作家有多大影响。但是这种核对也和塞内加对语言的影响这一问题有关,因此在进行核对比较以前,我们可以接着先考察这后一个问题。在这方面,塞内加的巨大影响是无可置疑的。我们可以引证一句又一句的塞内加的原话,一个又一个的类似词语。其中最显著的一些列举在康力夫的《塞内加的影响》一书里,其他的例子在鲁卡斯的《塞内加和伊丽莎白时代悲剧》一书里。这个影响是如此之大,以至于我们既不能说这是好影响,也不能说它是坏影响,因为如果没有这个影响,我们就无法想象伊丽莎白时代的戏剧诗体会是个什么样子。直接的影响限于马洛一群人和马斯顿。琼森和查普曼,各自以特有的方式表现为更精致微妙和更出类拔萃。稍后的或詹姆斯一世时期的戏剧家米德尔顿、韦伯斯特、特纳、福特②、鲍蒙特和弗莱彻③,把他们自己的语言建筑在他们自己的先驱者身上,而且主要建筑在莎士比亚身上。但是这些作家当中没有任何一位,当有机会这样做时,会对借用塞内加有任何顾虑。例如,查普曼的戏剧风格,包括优点和缺点在内,在很大程度上是他对塞内加学习和赞赏的结果。不过,说到那些形式上虽然不是塞内加式的,但在语言方面却受到塞内加深刻影响的剧本,最好的例子莫过于

---

① 《无名的裘德》(1895),托马斯·哈代写的最后一部小说,这部小说很像一出悲剧,表现肉体和精神之间的矛盾和冲突。小说中也出现了犯罪和凶杀的恐怖情节。小说的整个气氛是绝望和悲观。
② 福特(1586—1640?),英国剧作家,以写悲惨的悲剧见长,著有《可怜她不贞洁》(1633)和《伤心》(1633)等剧本。
③ 鲍蒙特和弗莱彻(1584—1616;1579—1625),两位合作的英国剧作家,他们合作的最佳成果是悲喜剧《非拉斯特》(1611)和悲剧《少女的悲剧》(1619)等剧本。

《约克公爵理查的真实悲剧》①，莎士比亚的《理查二世》②和《理查三世》③。这些剧本和基德的作品，和马洛、皮尔的作品，以及收集在莎士比亚作品外集④中的某些剧本，都有很多共同的地方。

那些明确抄袭和意译的地方已被我在上面提到的学者以及其他人士详尽地列举了。在基德和马辛杰之间的剧作家当中，没有一个人不是多次地受惠于塞内加。我不想重复学者们的这种劳动，我只想唤起大家对塞内加总的影响的重视。在塞内加大伞的庇护下，不仅生长出戏剧结构，而且无韵诗体的节奏也得到了发展。这样说绝不过分：要不是从前人手中继承了已被马洛的天才和塞内加的影响高度发展了的诗歌工具，莎士比亚就不可能形成像他留给后人，留给韦伯斯特、马辛杰、特纳、福特和弗莱彻的那样的诗歌工具。一六〇〇年前后的无韵诗体和在那个时代以后的无韵诗体相比较，是一种粗劣的音乐形式，但在十五年期间它的进步却是惊人的。首先，我认为把无韵诗体定为戏剧的表达媒介，而没有采用旧式的十四音节诗行⑤，或英雄偶句诗体⑥，也没有采用（这是可能发生的事）散文节奏的一种特殊形式，这一规定之所以得到巨大的支持，那是由于无韵诗体明显地是最近似塞内加的抑扬格诗体的庄重和分量的对等诗体。我相信，如果拿我国那个时期翻译作品的像小跑中马蹄声的拍子来和萨里⑦翻译的维吉尔

---

① 《约克公爵理查的真实悲剧》(1594)，一出无名氏写的关于理查三世的英国编年史剧。
② 《理查二世》(1597)，莎士比亚写的英国编年史剧。
③ 《理查三世》(1597)，莎士比亚写的英国编年史剧。
④ 莎士比亚作品外集(1908)收集了一些证据不足以证明是莎士比亚写的剧本，包括《爱德华三世》(1596)、《约翰·奥尔德卡塞爵士》(1600)、《托马斯·克伦威尔爵爷》(1602)、《非弗夏穆的阿尔登》(1592)、《约克郡的悲剧》(1608)等。
⑤ 十四音节诗行，十六世纪英国流行的一种诗体，每一诗行共有十四个音节，也就是共分为七个步，每个步都是抑扬格。
⑥ 英雄偶句诗体，两行（偶句）相互押韵、每行五步（十音节）、抑扬格诗体。之所以称为英雄诗体是由于史诗（亦称英雄诗）多采用这种诗行。
⑦ 萨里，英国诗人和朝臣。他用无韵诗体把维吉尔的《埃涅阿斯记》第2章和第4章译成英语。这是英诗中对无韵诗体（无韵的五步抑扬格）最早的尝试。

比较,将会显示出尽管前者具有它们自己的不能否认的诗歌之美,后者会让戏剧家的耳朵听到更多的声音。在马洛以前的韵律是能胜任的,但是极为单调。它简直就是单一的调子,没有包含马洛所引进的富于音乐性的配合旋律,也没有包括后来增加的个人谈话的节奏。

> 当我的灵魂的这种永恒的物质
> 像囚犯那样生活在我的贪图享乐的肉体里,
> 二者的功能是相互为对方的需要服务,
> 在当时,我是西班牙宫廷中一名朝臣。
>
> (《西班牙悲剧》的"开场白",XXX)

但是为了说明这种韵律早期在塞内加影响下是怎样被采用的,一出写得比《西班牙悲剧》差的剧本能够更好地达到我们的目的。由于它的塞内加式的内容,我们从《罗克林》①剧中引用大段剧中原文,这样做是有理由的。这是一出没有什么优点的早期剧本②。下面是一位第四流剧作家头脑中的文艺复兴:

> 亨伯:
> 　　我在那里能够找到无人烟的荒野,
> 　　在那里我能随心所欲地吐出我的诅咒,
> 　　并用我的谴责声音惊吓大地;
> 　　在那里,每一个回声的反响,
> 　　可以帮助我哀悼我的失败,
> 　　帮助我发出悲伤的哀叹?
> 　　在那里我能找到荒凉的山洞,

---

① 《罗克林》(1595),无名氏写的关于传说中英国国王罗克林的悲剧。
② 通常认为是格林(约1560—1592)写的,年代大约是1585年(见布鲁克,《莎士比亚外集》)。对我的目的来说,作者和年代都不重要。这出戏明显地是一位还没有受到马洛影响的人所写。——原注

让我尽情地诅咒、谴责、埋怨
上天、地狱、人间、空气、烟火,
让我咒骂苍穹,
我的咒骂声将污染天空,
并将降落在不列颠人罗克林的头上?
你们那些在哭河上号啕的丑陋幽灵们,
你们用咬牙切齿来表达你们的痛苦和悲伤:
你们那些在黑色忘泉上狂吠的恶犬,
用你们张大的血口来恐吓那些幽灵:
你们那些逃避这些恶犬的丑陋幽灵们,
投身于地狱火河之中:
你们这些恶魔,都来吧!用你们尖声哭叫
来伴随那个不列颠人的侵略军队。
来吧!凶恶的复仇女神,头发上长满了可怕的毒蛇,
来吧!丑陋的报仇女神,用你们的鞭子作武器;
主管地狱下面黑暗的深渊的三位法官,
以及所有的由你们的地狱魔鬼组成的军队,
用新发明的酷刑来扭伤骄傲的罗克林的骨头!
噢!天神们,星球们!天神和星球真该死,
它们为什么不把我淹死在美丽的海洋女神的领地里!
该死的海洋!它为什么不用残暴的海浪,
不用汹涌澎湃的潮水使我的船只碰裂
在高耸的凯拉尼亚山的岩石上,
或把我吞入它的水底深渊里?
但愿上帝我们到达了那个海岸,
就是波里非穆斯和那些独眼巨人们居住的地方,
或是那些凶残的食人生番们
用贪婪的血口吞食流浪的游客们的场地!

（阿尔巴纳克特的鬼魂上场）

　　为什么阿尔巴纳克特的鲜血淋淋的鬼魂来临，
　　给我们的痛苦带来了腐蚀剂？
　　遭受可耻的败溃难道还不够吗，
　　我们现在偏偏还要受到鬼魂的折磨，
　　受到可怖的幽灵的烦扰？

鬼魂：

　　报仇！报血仇！

亨伯：

　　原来没有什么能够安抚你那到处徘徊的幽灵，
　　除了可怕的复仇，没有什么，除了亨伯的灭亡，
　　因为他在阿尔巴尼征服了你。
　　但是，我以自己的灵魂起誓，亨伯宁愿被判决
　　去忍受坦塔勒斯的饥渴或伊克塞因①的车轮，
　　或忍受普罗米修斯的饿鹰②，
　　而不愿这一残杀从未发生过。
　　当我死去的时候，我一定要拖着你那可憎的灵魂
　　和我一起过那泥泞的阴间所有的渡河，
　　渡过地狱的湖上燃烧着的硫黄，
　　来减轻那炽热的愤恨的怒火，
　　这怒火折磨着我的不灭的灵魂。

鬼魂：

　　报仇，报仇。

　　　　（一同下场）

---

① 伊克塞因，希腊一个小国的国王。由于他企图向天神宙斯的妻子希拉求爱，被宙斯捆绑在一个不停转动着的火轮上。
② 普罗米修斯，希腊神话中一位天神，因偷盗天火，造福人类，受到宙斯的严厉惩罚。他被钉在高加索山崖上，白天饿鹰飞来吃掉他的心肝，夜间心肝又长好，日复一日，受到无尽头的折磨。

这就是被莎士比亚、琼森和纳希①所嘲笑的彻头彻尾的赫剌克勒斯式的②浮夸文体。从这种文体,即便是到达《坦伯林》,也还有一长段路程。用这种文体,即便来模仿嘲笑塞内加,也显得太可笑、太不自然了。但是这种文体的韵律却有些像塞内加。从这样的诗行到达下面一些诗行的悦耳的音乐效果,中间还有很长的距离:

> 现在我的情人像小鹿那样轻快地跑到我的面前,
> 她带来了我的朝思暮想,纠结在她的秀发里边。③

或

> 欢迎你,我的孩子:谁现在是那些紫罗兰,
> 点缀着新近来临的春天的绿色衣裙?④

或

> 请看:那披着赤褐色斗篷的黎明
> 踩着那东边高山上的露水散步:⑤

也就是说,从《罗克林》的诗行到达无韵诗体的抒情诗的阶段,即在莎士比亚把它发展成为真正的戏剧类别以前,中间还隔着很长一个阶

---

① 纳希(1567—1601),英国较有影响的政论家、小说家和剧作者,著有讽刺剧《夏日的最后遗嘱》(1593)、小说《不幸的旅客》(1594)等。
② 在英国的古老戏剧中,赫剌克勒斯是一个大喊大叫、夸夸其谈的角色,通常由扮演暴君的演员充当。
③ 出处不详。
④ 莎士比亚,《理查二世》第5幕,第2场,第46—47行。
⑤ 莎士比亚,《哈姆莱特》第1幕,第1场,第166—167行。

段。《罗克林》的诗行属于这个初级的或演说体的阶段。但是这种演说体，如果不是在成就方面，至少在动力方面，是塞内加式的。英国诗歌的进步，不是通过抛弃了这种诗行，而是通过把这种诗行分解成为具有特殊性质的不同产品。

下一个阶段也是在塞内加的一个提示的帮助下才达到的。好几位学者，特别是巴特勒，都唤起过我们的注意，让我们注意到塞内加在下一个短语里重复上一个短语里的一个词的惯用手法，尤其是用于轮流对白①中，当第一个说话人所说的话被第二个人说话人打断并把他的原意加以歪曲时。这是一个有效的舞台手法，但它不仅如此，还是一种样式的节奏和另一种样式节奏杂交的结果。

　　——那个仆人对你来说难道比我们的江山还重要吗？
　　——那个仆人害死了多少个国王呀！
　　——那么为什么他要做国王的奴仆，并且忍受奴役呢？

(《赫剌克勒斯》)

通过把诗行分割成最小的应答轮唱的单位，塞内加也得到一种双重的样式：

　　国王应受到敬畏。
　　　　我父亲曾经是国王。
　　你害怕战斗吗？
　　　　在高处，战斗是合法的。
　　阵亡。
　　　　我情愿。

---

① 轮流对白是古希腊戏剧中一种特殊形式的对话，用于激烈的争辩，参加争辩的人每人念一个诗行，对方接念下一个诗行。莎士比亚在《理查三世》第4幕第4场中用了这种轮流对白，即在理查三世和伊丽莎白皇后之间的对话。

　　　　　逃跑。
　　　　　　　逃跑是要后悔的。
　　　美狄亚，
　　　　　我将成为。
　　　　　　　你是一个母亲。
　　　　　　　　你看我是谁的。

(《美狄亚》168 行及以下)

一个像马洛那样的人，甚至于在学识上和在用词的天才上不及马洛的人们，也不难从这里学习到一些东西。至少我认为对塞内加的学习在像下面诗行的形成中是起了它的作用的：

　　　——不要弄错了她的出身，她是皇室血统。
　　　——为了挽救她的生命，我要说她是无辜的。
　　　——只有她的出身才是她的生命的最大安全。
　　　——只有在那种安全当中她的兄弟们才丧失了生命。

仅隔着一步（几个诗行之后）就到了这样的双关语：

　　　的确是亲戚，但是却上了他们的叔叔的当。①

在像《理查二世》和《理查三世》这样的剧本中的某些效果的确溯源于马洛以前，例如：

　　　我有过一个爱德华，直到一个理查杀死了他；

---

① "亲戚"原文为"Cousins"，"上当"原文为"Cozen'd"。"Cousin"和"Cozen"发音相同。

我有过一个亨利,直到一个理查杀死了他;
　　你有过一个爱德华,直到一个理查杀死了他;
　　你有过一个理查,直到一个理查杀死了他。

这种效果甚至已在《罗克林》剧中出现,例如,

　　狂暴的北风雷鸣般地吼叫着报仇,
　　坚硬似铁的岩石喊出强烈的报仇要求,
　　多刺的灌木也宣布了进行残酷报仇的决心,

但是在下列来自克来伦斯的噩梦的那些诗行中我们看到在运用地狱比喻设计方面较《罗克林》有了巨大的进步:

　　我好像渡过了那条黑暗的河,
　　伴随我的是诗人们所写的那位可怖的摆渡船夫,
　　进入那永远是黑夜的国土。
　　在那里,第一个向我这个陌生人的灵魂打招呼的人
　　是我那位伟大的岳父,著名的瓦立克公爵;
　　他大声喊道:"对于发假誓的罪行,什么样的惩罚
　　这个黑暗王国给不诚实的克来伦斯准备就绪?"①

那"永远是黑夜的国土"和最后那两个诗行的确是英文诗中真正近似塞内加最好的拉丁诗的宏伟、壮丽的例子;它们远远不是一种单纯的模拟。塞内加最好的精华已被吸收到英诗里面。

　　在《理查二世》中(这个剧的写作年代通常被认为略早于《理查三世》),我发现韵律上有许多如此有趣的变化,使我相信它是一个稍后

---

① 我以前曾发表看法,说这些诗行肯定是莎士比亚写的。现在我对此已不像以前那么自信了。见杰·穆·洛勃森著《莎士比亚的真作》,第二部分。——原注

的剧本①,若不是这样,我相信在这个剧中有更多的部分是莎士比亚写的。这里有和莎士比亚一样的文字游戏:

> 允许理查活到理查死了为止。
> 他脸上闪耀着脆弱的光辉;
> 他的脸和那光辉一样脆弱。

但是却有较少的轮流对白,较少的简单的重复,而且还有一种熟练的技巧,能够以更大的自由和更少的明显的推敲来保持并发展同一种节奏。(见第3幕,第2场和第3场中理查的长段台词,并把这些台词拿来和《理查三世》,第4幕,第4场的玛格丽特皇后的痛斥演说中更加细心安排的均衡诗行加以比较。)

当无韵诗体已经达到这个阶段,并且已落入最伟大的无韵诗体艺术家的手中,我们没有必要再去寻找塞内加影响更多的注入。塞内加已完成了他的任务,对今后戏剧无韵诗体唯一的影响就是莎士比亚的影响了。但这并不是说今后剧作家不再大量利用塞内加的作品了。查普曼利用他,并且运用老的布局和设计;但是塞内加对于查普曼的影响主要是在查普曼的"思想"上。琼森有意识地利用塞内加;"妒忌"和"苏拉的鬼魂"的极好的开场白②是塞内加的鬼魂开场白形式的改编,而不是从基德那里继承来的。马辛杰是一位极有造诣的剧作家和诗人,有时却拙劣地求助于鬼魂和奇特的场面。但是,无韵诗体已经定型,塞内加不再对它的缺点或优点负责了。

诚然,伊丽莎白时代的夸张语言可以追溯到塞内加;伊丽莎白时代的人们自己也嘲笑对塞内加的这种模仿。但是如果我们思考那个时代前半叶戏剧诗歌的整体,而不是那些荒唐的、过火的例子,我们会

---

① 我不否认《理查三世》有些部分,或有些诗行,是较晚于《理查二世》的。这两个剧本都有可能不时地经过修订,无论如何它们的写作年代一定是很靠近的。

② 见本·琼森的罗马历史悲剧《卡特林》。

看到塞内加和这个戏剧诗歌的优点和进步发生了像他和它的缺点和它的停滞不前同样多的关系。诚然，这一诗歌完全是"浮夸的"，但是如果它不是浮夸的，它又会是什么呢？诚然，回到《每个人》剧本的朴素、准确的语言，回到神秘剧①的简明、淳朴，会给人以宽慰；但是如果新的影响没有进来，如果旧的式样没有衰微，那么我们的语言岂不会使它的一些最巨大的潜力没有得到发挥？要是没有夸张的语言，我们就不会有《李尔王》。我们必须记住：戏剧语言的艺术，接近演说和接近普通语言或接近其他诗歌的程度是一样的。除非我们已经取得了粗犷的效果，我们就没有理由去尝试文雅、华美的效果。如果说伊丽莎白时代人们在某些方面歪曲和丑化了塞内加，如果说他们从塞内加那里学到了一些他们使用得很不熟练的窍门和手法，他们也从塞内加那里学到了雄辩诗体的要素。他们以后的进步是这样一个过程，即把原始的修辞技术加以分裂，从那里面发展出来会话的精妙诗歌和精妙的语调，最后做到没有任何其他派别的戏剧家所能做到的事，即把演说的成分和会话的成分融合在一起，把复杂的和简单的东西，以及把直接的和间接的效果融合在一起；因此他们能够写出和任何剧本相比仍旧能被看作是剧本的作品，同时也能写出和任何诗歌相比仍旧能被当作诗歌来阅读的作品。

从讨论塞内加对血腥悲剧和对伊丽莎白时代剧作家语言影响的问题转到讨论其他问题而没有提到一组主要在彭布罗克伯爵夫人②赞助下创作的"塞内加式的"剧本，那是不合适的。这一类剧本的历史，与其说是属于戏剧史，不如说是属于学术史和文化史。它在某种意义

---

① 神秘剧，又称奇迹剧，指的是中世纪欧洲和英国盛行的大众化戏剧，取材于《圣经》故事或圣徒传记。
② 彭布罗克伯爵夫人(1561—1621)，英国诗人菲利普·锡德尼的妹妹，她是一位热心的文学赞助者。

上是从托马斯·莫尔爵士的家人①开始的,因此通过贾斯帕·海伍德②它和我们现在所讨论的问题有着双重的关系。这一类剧本的历史在剑桥大学几位学者的谈话里得到了继续,他们是阿斯卡木先生③、沃森先生④和切克先生⑤(后来成为约翰爵士)。最早公开攻击大众戏剧的人是菲利普·锡德尼⑥爵士,他的话大家是熟悉的:

"我国的悲剧和喜剧作品(受到指责是不无道理的),既不遵守合乎礼仪的教养规则,又不遵守精巧诗歌的规律,只有《戈博达克》⑦是个例外(我再一次声明仅限我自己见闻的范围内),可是这个剧本,尽管它达到了塞内加风格的高度,因为它充满了庄严的台词,也因为它充满了非常令人愉快地教导的道德,因此达到了诗歌的真正目的,尽管如此,事实上这个剧本在细节上还有许多缺陷,这使我感到遗憾,因为它不能保持可供一切悲剧模仿的真正典范的地位。它在地点和时间方面都是有欠缺的,而这二者是身体行动的必然伴侣……如果《戈

---

① 托马斯·莫尔爵士是英国政治家和人文主义者,著有《乌托邦》(1516),这是一本用拉丁文写的空想社会主义的著作。莫尔爵士也热心赞助文学家(诗人和剧作家)和艺术家。他本人对戏剧很感兴趣,也曾写过剧本。莫尔爵士的家人主要指剧作家和出版家约翰·拉斯陀(约1475—1536)和约翰·海伍德(约1497—约1580)这位多产的剧作家。拉斯陀是莫尔爵士的妹夫,又是海伍德的岳父。拉斯陀和海伍德都住在莫尔家里,和莫尔一同搞戏剧创作。
② 贾斯帕·海伍德,伊丽莎白时代英国翻译家。他把塞内加的剧本译成英文,出版于1560年。
③ 罗杰·阿斯卡木(1515—1568),文艺复兴时期英国人文主义者,也是剑桥大学希腊文教授,著有《嗜射者》(1545)和《老师》(1570)等论教育的专著。
④ 托马斯·沃森(约1557—1592),英国诗人、学者和翻译家,著有《百首热烈爱情诗》(1582),这是一百首"十四行诗",但每首诗却由十八个诗行组成。
⑤ 约翰·切克(1514—1557),文艺复兴时期英国人文主义者,他是剑桥大学希腊文教授,阿斯卡木的前任。
⑥ 菲利普·锡德尼(1554—1586),文艺复兴时期英国诗人、学者、军人和朝臣,著有《阿卡迪亚》(1590),这是一部牧歌传奇,主要是散文作品,中间穿插着很多抒情短诗,以及《爱星者和星星》(1591)这组十四行系列诗。
⑦ 《戈博达克》(1565),最早的一出英国的塞内加式的悲剧,也是最早的一出用无韵体诗行写的英文剧,还是最早的一出英国历史剧。作者是托马斯·诺尔顿(1532—1584)和托马斯·萨克维尔(1536—1608)。

博达克》是有这些毛病的,那么其他那些剧本的毛病就更多了。在这些剧中,你看到亚洲在这一边,非洲在那一边,还有这么多的附属王国,以至于演员登场时必须首先告诉观众他在什么地方;若不这样做,故事就无法理解。现在你看见三个女士边走路边采花,那么我们必须把舞台看成一个花园。过了一会儿,我们在同一地方听到沉船的消息,要是我们不把那个地方看作一块礁石,那么过错就落在我们身上。"①

锡德尼去世后,他妹妹彭布罗克伯爵夫人企图召集一群才子按照正规的塞内加风格编写剧本,来和当时大众化的通俗剧抗衡。伟大的诗歌应该既是艺术,又是娱乐;在像雅典人那样人数既多、又有文化修养的观众当中,伟大的诗歌可能既是艺术,又是娱乐;而彭布罗克夫人的小圈子里的脱离群众的隐士们是注定要失败的。但是我们不应画一条太严格的分界线来区别那努力试图在英国创造一种古典戏剧的小心翼翼的作家和那些为剧院的成功粗制滥造的供应者;这两种人之间并不是没有交流的,早期塞内加的模仿者所做的工作并不是没有成效的。

在这篇论文的下一节里我将讨论《十部悲剧》在这个塞内加传统中所起的作用。在这里,我只想唤起人们注意格雷维尔、丹尼尔和亚历山大的作品中,即在最后已定形的塞内加式的悲剧中的某些特点。我只想提醒读者这些最后的塞内加式悲剧的写作是在人们已经丧失了对于改变或改造英国舞台的真正希望之后进行的。在伊丽莎白时代的早期,出现了一系列的悲剧作品,大多数都是由学法律的大学生或律师演出的,因此不是大众化的作品,若在有利的条件下这些作品还是有可能导致一个有活力的塞内加戏剧的诞生。这些作品主要是:《戈博达克》(上面锡德尼已经提到)、《交卡斯它》②、《萨来恩的吉斯

---

① 见锡德尼用散文写的文艺理论著作《为诗一辩》(1595)。
② 《交卡斯它》(1575),一出用无韵诗体写的悲剧,它是从一个意大利剧本翻译成英文的,这个意大利剧本又是根据欧里庇得斯的悲剧《腓尼基妇女》改编成的。这出英文悲剧是盖斯科因(约1525—1577)和金威尔马希合写的。

蒙德》①(康力夫编辑的《早期英国古典悲剧》中所包括的四部剧中的三部)。当《西班牙悲剧》来到时(如同我在上面提到的那样,带着它的格外非古典成分),这些微弱的烛光就被掐灭了。下面我想谈谈完美的塞内加成品,因为我感兴趣的事情只是弄清楚塞内加对于那些自称是,并且也真正是,趣味高雅和有文化修养的人们的影响,这些人是他的孜孜不倦的欣赏者和模仿者。

在我们列的剧目表上最后的剧本是斯特令伯爵亚历山大写的帝王的悲剧,这些剧本是在学者国王詹姆斯一世②的赞助下编写的。它们是相当差的作品;我想这些剧本对于英格兰和苏格兰合并的历史比对戏剧史更为重要,因为它们代表一个由于偶然性爬上高位的苏格兰人所做的用英语代替苏格兰方言写诗的选择。这些剧本的缺点也是这一批剧本中其他剧本的缺点;但是亚历山大的这些剧本却没有其他剧本的优点。布鲁克勋爵,即福克·格雷维尔(他是锡德尼的好友和传记作者)所写的两个剧本具有一些极为精彩的段落,尤其是在歌队的唱词中;格雷维尔具有写出充满警句的雄辩演说的真正才能。但是他的剧本也有很多沉闷乏味之处;而且它们没有像亚历山大或丹尼尔的剧本那样忠实地模仿塞内加。格雷维尔不仅不能坚持只用一个歌队,而且为了某一个场合任意引入一个由"土耳其高级军、政官员或穆斯林国家民事法官"所组成的歌队,而在下一幕之后却又引入一个由"穆斯林教士们"所组成的歌队;他还引入利用超自然人物这种更难令人接受的做法,例如"善神和恶神的对话",甚至一个由两个寓言人物所组成的歌队:"时间和永恒"(以"永恒"所唱的美丽的诗行结束:"我是衡量幸福的标准")。最优秀的,最持续优秀的,最有诗意的,并且是最抒情的,是撒缪尔·丹尼尔的两部悲剧作品:《克莉奥佩特拉》和

---

① 《萨来恩的吉斯蒙德》(1591),一出塞内加式悲剧,又是一出爱情悲剧。剧情来自薄伽丘(1313—1375)的一个故事。这出悲剧的作者共有五人,其中较有名者是哈顿(1540—1591)和维尔莫特(1568—1608)。

② 詹姆斯一世(在位1603—1625),苏格兰国王兼英国国王,著有《魔鬼论》(1599)、《对烟草的强烈反对》(1604)等著作。

《费洛它斯》。它们包含许多华美的段落，它们从头到尾都使人爱读，并且它们的结构也很完整。

那么，和通常被认为是塞内加对伊丽莎白时代悲剧作品中残暴行为的影响，以及被认为是他对戏剧语言的不良影响相对照，我们在那些把塞内加当作楷模来攻击大众化舞台的人们的戏剧作品里所看到的又是什么情况呢？例如，在攻击大众化舞台时，丹尼尔在《克莉奥佩特拉》剧首对彭布罗克伯爵夫人的献辞中宣称他自己同"粗俗、残暴"为敌。在这些人的悲剧作品里，自然会出现死亡，但是他们没有一出悲剧在处理死亡问题上，不比血腥悲剧甚至塞内加本人要更有节制，更为慎重，更加适度。剧中人物死得这样得体，离舞台这样远，关于他们的死亡的报道被隐藏在使者们充满了众多道德格言的冗长的台词中，以至于我们可以继续读下去而不意识到剧中有关的任何人已经死了。一方面，大众化的剧作家模仿塞内加的夸张和残暴，另一方面，塞内加的门徒们模仿他的节制和得体。至于说到戏剧语言，这里也存在着对塞内加的不同解释。我们对于"浮夸"和"修饰"的概念是多么模糊呀！因为这两个概念必须包括像基德和丹尼尔的如此不同的风格和词汇。由于在相反的方向都超出了限度，塞内加的门徒们和大众化的剧作家都招致了同一的指责。事实上，丹尼尔的语言是纯洁的、有节制的；他的词汇是精选的，他的表达是明晰的；没有牵强的、花哨的，或违反常情的东西。克莉奥佩特拉。

> 什么！难道我的面孔还有魔力去赢得情人吗？
> 难道这片撕碎了的零头布还能够如此为我增光，
> 以至于它竟然能够揭开凯撒的秘密阴谋，
> 探明他对我以及对我手下的人们的意图？
> 唉！不幸的容貌！你已尽了你最后的职责，
> 你还能为我做出最好的服务；
> 因为现在你已指明死亡的时间，

> 而你对我的服务到头来只是毁了我的一生。

头两行诗写到极好;其余的也都是很好的、有用的诗行;从《克莉奥佩特拉》一剧所引用的几乎任何一个段落都像上面这个段落一样好,有些段落甚至比这个还要好得多。整个剧本的趣味是高雅的。可是我们可以思考这一事实:即使丹尼尔和他的朋友们从来没有写过一行诗,我国全盛时期的诗歌照样会形成,不受丝毫影响;德莱顿和蒲柏更接近考黎;他们的成就主要归功于马洛,而不是十六世纪最高雅的趣味。丹尼尔和格雷维尔都是优秀的诗人,从他们那里是可以学到东西的;但是他们,还有和他们有些相似的约翰·戴维斯爵士①,却没有产生任何影响。彭布罗克夫人手下的英雄们当中发生影响的人只有埃德蒙·斯宾塞。

在一篇论文的篇幅内,只能泛泛地讨论塞内加对伊丽莎白时代人们的"思想"所产生的影响,更确切地说,即对他们尽量能够用文字加以系统阐述的对待人生的态度所产生的影响。在这里,我只想提醒读者塞内加对于戏剧形式、对于韵律和语言、对于情感和对于思想的影响,最后必须统筹考虑;这些方面是不能分割的。塞内加的影响,在伊丽莎白时代人们的头脑里,和其他人的影响,比方说和蒙田和马基雅维利的影响之间究竟有什么关系,对这个问题我不清楚;我认为这个课题尚待研究。在伊丽莎白时代的剧本中,每当需要对道德问题做出评论时,人们经常引用塞内加的原话,或引用最终溯源于塞内加的一个思想或修辞手段,这种经常性太突出了,使人们难以忽视。当一位伊丽莎白时代的英雄或恶棍临死时,他通常是在塞内加的气息中死去。这些事实,学者们是熟悉的;但是文学批评家们即使知道这些事实,也通常对之加以忽视。例如,在比较莎士比亚和但丁时,人们设想但丁依靠一套被他完全接受了的哲学体系,而莎士比亚却创造了他自

---

① 约翰·戴维斯(1569—1626),英国诗人,属于斯宾塞学派。

己的哲学体系；人们或者设想莎士比亚获得了一种比哲学还要优越的超理性的或在理性以外的知识。这种玄妙的知识有时也称为"超自然知识"或"顿悟"。莎士比亚和但丁都仅仅是诗人（莎士比亚还是一位戏剧家）；我们对于他们所吸收的思想原料的估价并不影响我们对于他们诗歌的评价，不论是把他们独立起来评论，或者把二人相对起来评论。但是这一事实必定会影响我们对他们的看法以及我们如何来利用他们，举例来说，就是但丁以阿奎那①为靠山，而莎士比亚依靠的却是塞内加。或许这正是莎士比亚的特殊历史使命来完成这一特殊的结合——或许这正是他的特别高出于他人之上的一个方面，即用最不平凡的诗歌来表达较平凡的哲学思想。这的确是他唤起我们对他抱惶恐和敬畏心理的原因之一。

> 一切事物都按照它的固定轨道运转，
> 第一天就已规定了最后一天要发生的事情。
> 上帝也没有权力改变这些连锁反应，
> 它们按照自己的规律在运行。
> 这个任何意志都不能使它静止的运动体系
> 都要降临到每个人的身上。
> 不幸的是，许多人对它感到恐惧。
> 许多人祈祷自己的命运，
> 因为他们对死亡感到恐惧。
>
> （《俄狄浦斯》）

拿这一段引文和《爱德华三世》②，第四幕，第四场（见康力夫著《塞内

---

① 托马斯·阿奎那(1225—1274)，中世纪的基督教神学家和经院哲学家。
② 《爱德华三世》(1596)，一出英国历史剧，作者不详，但也有人认为剧中有些段落出自莎士比亚的手笔。

加的影响》,第87页)相比较,并和《一报还一报》①,第三幕,第一场相比较。还有

> 人类不需忍受
> 他们离开这个世界时的痛苦,
> 正像他们来到世上时那样,
> 成熟就是一切。②③

三

《十部悲剧》在大约八年当中分开翻译和印行,除了《底比斯城之歌》是纽顿在一五八一年为补齐他所编辑的全集翻译的。这些分开出版的译本的次序和出版年代是饶有兴趣的。最早的,也是最好的一位译者是贾斯帕·海伍德④:他译的《特洛伊妇女》《提埃斯忒斯》和《疯狂的赫剌克勒斯》分别于1559年、1560年和1561年印行。亚历山大·乃维尔译的《俄狄浦斯》(译于1560年)印行于一五六三年。在一五六六年出版了纽斯译的《奥克它维亚》,在一五六六年还出版了斯

---

① 《一报还一报》(1604),莎士比亚的后期喜剧作品之一,第2幕第1场有公爵论生死的长段对白。
② 引自莎士比亚的《李尔王》(1608),第5幕,第2场,第9—11行。
③ 弗·鲁·卡斯先生在他的《塞内加和伊丽莎白时代悲剧作品》一书中(第122页)说:"我必须彻底地说对于那些被认为是莎士比亚从塞内加那里借来的东西当中的绝大部分,人们越来越感到怀疑。"对于他这样彻底地所说的话,我不便有所争论,但我想说明我在这里谈的不是莎士比亚"借来的东西"(在这一点上我表示同意),而是把莎士比亚看作他生活的那个时代的喉舌,这个喉舌通过诗歌发出声音,这个声音,在谈论有关生死这些最严重的问题时,最经常听到的是塞内加的声音。我同意康力夫的意见(同书,第85页):"(在《李尔王》中)我们不仅在悲剧结局里,而且在该剧的全过程中,不断看到塞内加的绝望的宿命论。""我们对于天神就像苍蝇对于顽童;他们以杀死我们为消遣。"——原注
④ 贾斯帕·海伍德,曾任万灵学院研究员,后来成为一位杰出的耶稣会会士;但人们主要纪念他因为他是约翰·多恩的舅舅。阿·屋·里德写的《早期都铎王朝时期的戏剧》一书中包含有关海伍德及其家属的大量资料。——原注

达德里译的《阿伽门农》《美狄亚》和《奥塔山的赫剌克勒斯》。斯达德里译的《希波里特》或许出版于一五六七年。大约过了十四年,纽顿才出齐了他编译的全集,我们还可以设想他之所以翻译《底比斯城之歌》也是为了出全集的目的①。

虽然有纳希尖酸刻薄的奚落,从来没有人认为任何一位伊丽莎白时代的戏剧家对这些译作有很大的借鉴②。如同我在前面提到的那样,我们可以设想大多数剧作家在学校里都曾读过一点塞内加的作品;在一个重要时刻产生了决定性影响的两位大众化剧作家——基德和皮尔——熟悉好几种语言,因此他们本身也接受了好几种影响。但是如果我们注意一下年代,我们就不会忽视这一可能性,即上述这些译作有助于指引事态发展的方向。(除了一部外)这些译作出版于一五五九年和一五六六年之间。称得上是大众化的塞内加形式的最早的一些剧本是萨克维尔和诺顿的《戈博达克》(出版于1561 年)、盖斯科因的《交卡斯它》(1566)和《萨来恩的吉斯蒙德》(1567)。当然我们也必须注意到塞内加的剧本和模仿塞内加的一些剧本在大学里是直接用拉丁语上演的③。《特洛伊妇女》在剑桥大学三一学院于一五五一年用拉丁语上演。一五五九年——海伍德译的《特洛伊妇女》出版的年代——三一学院重演了这个拉丁剧。从一五五九年到一五六一年之间该学院用拉丁语上演了四部塞内加的剧本。在六十年代期间,牛津和剑桥两个大学领先,随后伦敦律师团体相继按照塞内加的模式编制并上演了一些拉丁语的剧本。当然,即使海伍德一点也没有翻译塞内加,这种现象照样会发生。但是毫无疑问:海伍德的翻译表明了人们对一种用来和古典戏剧抗

---

① 这些事实在康力夫《塞内加的影响》一书里有简要的叙述。早期各译本与1581 年出版的译本之间的微小的原文差异在斯皮令写的《塞内加悲剧的伊丽莎白时代的各种译本》一书中被列了出来。——原注
② 见斯皮令,同上著作。——原注
③ 关于在整个欧洲,特别是在英国,塞内加运动的简要概况,见上述卡斯特纳和查尔顿编辑的《亚历山大作品集》。——原注

衡的、新型的、用通俗语言演出的戏剧开始发生了兴趣,而且海伍德的翻译,回过头来又促进了这一新型戏剧的诞生。就在这繁忙的时刻,又发生了另一件非常重要的事件,这个事件与有关塞内加的工作结合起来产生了英国悲剧。一五五七年出版了萨里用新的无韵诗体翻译的《埃涅阿斯记》第二卷。若是没有无韵诗体这一媒介,伊丽莎白时代戏剧就不可能存在。最早的成果《戈博达克》并不是了很不起的;但是这个剧本标志着一个新的时代;在全部英国文学当中,没有比这个更清楚的界线了。

的确,在大约四十年的时期内,我们区别英国悲剧发展的三个不同阶段:第一个阶段,从一五五九年起到八十年代初的某个时间,这个阶段是由海伍德的翻译宣布开始的;第二个阶段是基德和皮尔的活跃时期,他们二人也都受到突然出现但不久就遭熄灭的马洛的天才的影响;第三个阶段是直到他的顶峰悲剧出现以前的莎士比亚的时期。随后就是詹姆斯一世时代的戏剧时期,虽然莎士比亚的最后的剧本属于这个时期的最初几年,这个时期,更多地属于鲍蒙特和弗莱彻,较少地属于莎士比亚:这不是典型的悲剧时期,而是悲喜剧传奇时期。

在上一节,我曾强调塞内加对于大众化戏剧的影响和他对那些努力遵守他的编剧法则的、过分考究的人们,也就是对那些塞内加信徒的影响这二者之间的区别。但是这种倾向性的区别在第一个时期中是几乎看不到的,或者说在基德和皮尔出现以前是难以看到的。在这个时期内,在两所大学建立起来的风尚被伦敦法律团体加以模仿。那些法律才子所编制的剧本有时在女王的宫廷上演。的确,法律团体和宫廷有一种正式的联系。在皇室宫廷演出的剧本,回过头来,又影响了更大众化的戏剧①。《戈博达克》之后有《萨来恩的吉斯蒙德》,《吉斯蒙德》之后还有大众化的和残暴的《罗克林》(我们几乎可以肯定地

---

① 见杰·木·曼里为弗·斯·密勒译的《塞内加的悲剧作品》(1907)写的导言(第5页)。——原注

说皮尔写了这个剧本的大部分);《亚瑟王的灾难》①可能出现得太晚了,没有在这个过渡中起多大作用。足以说明两个大学对大众化戏剧持续发生影响的另一个重要剧本是莱格写的《理查三世》②,这是用拉丁语写的编年史剧,于1573年在剑桥大学圣约翰学院上演,而且明显地在1579年和1582年两次重演。这个剧是《理查三世的真实悲剧》③的蓝本,因此也是整个一组编年史剧的祖先。

另一个我在上面已经考虑过的问题,但是我在这里必须从不同的角度重新提起,就是塞内加和意大利式的塞内加的关系,以及二者与当时英国本国的发展趋向的关系。在基德和皮尔时期以前,意大利式的塞内加并不显著;但是即便是在海伍德的译本当中我们就已能看到迹象,证明意式塞内加将不会不受到人们的欢迎。除了这些译本中其他我们必须考察的特点外,还有海伍德给《特洛伊妇女》一剧做了一个有趣的增补。在塞内加的剧中,阿基里斯的鬼魂并不出现;剧中只提到人们曾看见他的鬼魂。这个剧是最早被翻译过来的剧本,有理由相信这个译本是为了上演才完成的。海伍德编造的一些"形形色色的和各式各样的"增补使这一假设更为可信;由于译者着眼于剧本的上演,而非阅读,他更有可能做出这些增补。若是为了后面这个目的,读者就会要求他更忠实于原文。在《特洛伊妇女》第二幕和第三幕之间,海伍德任意插入了他自己编写的、新的一场,这就是长达十三诗节的阿基里斯鬼魂的长段独白。这个孤立的"鬼怪"的叫嚣的腔调是皮尔也难以赛过的:

> 用来自燃烧着的火湖的命运女神的愤怒,我发出恐吓,
> 也用除了成河的鲜血外没有东西能够熄灭的烈火,

---

① 《亚瑟王的灾难》(1588),用无韵诗体写的模仿塞内加悲剧的作品,弗朗西斯·培根(1561—1626)、托马斯·休斯(活跃于1587年间)等八人集体创作。
② 莱格(1535—1607),剑桥大学基斯学院的院长,他用拉丁文写的英国历史剧 Richardus Tertius 可能启发了莎士比亚。
③ 《理查三世的真实悲剧》(1594),无名氏的作品。

> 风暴和大海的盛怒将要击碎他们的船只,
> 地狱的深渊将要向你们报仇,
> 鬼怪惨叫,地球和大海发抖,
> 冥河将用沸开的水烫死忘恩负义的希腊人,
> 用被屠杀的人们的鲜血来为阿基里斯之死报仇。

值得一提的是乃维尔和斯达德里都是法律团体的成员;乃维尔在那里结识了《交卡斯它》一剧的作者盖斯科恩;海伍德认识,或至少听说过,在写作《戈博达克》以前的萨克维尔和诺顿。在这些翻译家们身上已经存在着趋向血腥悲剧的冲动,他们毫不迟疑地增补或篡改;对塞内加的歪曲是从对他的作品的翻译开始的。

这些翻译不仅作为伊丽莎白时代悲剧作品的萌芽形式具有文献价值,它们还反映了韵律的旧形式转变为新形式——因此也反映了语言和情感的变化。对于一个民族所能发生的事情很少有比创造一种诗歌新形式更为重要了。任何时候没有任何人的成就对任何国家的影响比亨利·霍华德(萨里伯爵)的成就对那时的英国的影响更大了。对于法国人或对于意大利人,这个事情不像对英国人那么重要。法国人或意大利人的情感已学会如何主要通过散文来得到表现:薄伽丘①和马基雅维利②在一国,编年史家——弗华萨尔③、朱安维尔④、科敏恩⑤——在另一国,他们已在形成本国思想方面做了巨大的工作。但是伊丽莎白时代思想,比同时代任何其他国家的思想,更是通过它的

---

① 薄伽丘(1313—1375),意大利散文家和诗人,著有《十日谈》(1351—1353)故事集等。
② 马基雅维利(1469—1527),意大利散文家和政治哲学家,著有《君主论》(1513)等。
③ 弗华萨尔(约1337—约1410),法国历史学家和散文家,著有《编年史》(1369—约1400),等。
④ 朱安维尔(1224—1317),法国编年史家,著有《圣路易的历史》(1305—1309)等。
⑤ 科敏恩(约1446—1511),法国编年史家和外交家,著有《回忆录》(1489—1490,1497—1498),等。

诗歌,而不是通过它的散文,生长并成熟起来。在艾里奥特①和培根②之间英国散文的发展的确是引人注目的;但是比较一下,例如,拉蒂谟③和安德鲁斯的风格,就会显示出比在下一个世纪同样长的诗歌发展,或同样长的散文发展中,演变的速度要慢一些。另一方面,对于从《戈博达克》到莎士比亚,以及到莎士比亚以后的韦伯斯特和特纳的作品里的无韵诗体的风格、句法和声音的抑扬顿挫的研究,揭示出一个完全令人叹服的过程。

《十部悲剧》肯定曾向当时对韵律十分敏感的人们毫无疑问地证明了十四音节诗行的时代已经过去了;萨里译的《埃涅阿斯记》的诗体在每一方面肯定都足以表观塞内加节奏的庄严和夸张特点的诗体。这个较慢的五步抑扬格也随之带来了词汇方面的变化。十四音节诗行曾很好地为简单的喜剧服务;它成功地表达了《罗伊斯特·道伊斯特》④和《葛尔顿奶奶》⑤二剧的轻快气氛和节奏。它不是严肃悲剧的媒介。奇怪的是海伍德和斯达德里居然利用它完成了很好的翻译任务。十四音节诗行和幕间插入的短剧⑥的类似的松散的韵律不适合于一种高度拉丁化的词汇;这些韵律只适用于一种包含很大比例的日耳曼语源的短词和单音节词的词汇;这种词汇在当时的文人看来,正像依我们看来,似乎过于朴素,"乡土气"太重,尽管这种词汇也令人感到

---

① 艾里奥特(约1499—1546),英国人文主义者、外交家和散文家,著有《统治者》(1531)等。
② 培根(1561—1626),英国哲学家和散文家,著有《随笔》(1597,1612,1625)等。
③ 拉蒂谟(约1485—1555),英国主教、传教士和散文家,著有《布道录》(1562)等。
④ 《罗伊斯特·道伊斯特》(约1567),现存最早的一出英国喜剧作品,作者尤德尔(1505—1556),是西敏寺中学校长。
⑤ 《葛尔顿奶奶》,第二部英国诗体喜剧(第一部是《罗伊斯特·道伊斯特》),作者是杰·斯蒂尔(1543—1608),另一说是威廉·斯蒂芬森。
⑥ 幕间插入的短剧是流行于十五、十六世纪英国的戏剧形式,它和道德剧(morality play)相似,但增强了喜剧或闹剧成分。它的诗体运用不规则的诗行,音节数目不固定。约翰·海伍德的作品属于这种戏剧类型。

新颖和有力。早期都铎王朝时代的语言在某些方面的确是乔叟①语言的退化。导致这种现象的原因之一无疑是由于语音的变化和某些音节的消失；旧语言的悦耳音调已一去不复返，随之消失的是旧语言的庄重、华贵的特点的一大部分；新的节奏，新成分从外面的注入，都是非常需要的。的确，在最初这些新东西的力量太强大了，以至于语言承受不住；伊丽莎白时代的夸张文风更多地是语言上的放纵，甚至比感情上的放纵更甚；一直要到德莱顿和霍布斯②的散文出现了，英语才平静下来，有了一点节制。

在查普曼的《伊利昂记》③译文中我们看到了新酒挤破了旧酒瓶的现象；他对这首诗的翻译是一个了不起的特技表演，在这场表演中查普曼有时成功地使一套新词汇和旧的"延伸的"韵律相适应。因此这首译诗只是一部有精彩段落的作品，而不是从头到尾始终优异的作品。海伍德和斯达德里——特别是斯达德里——并没有做这个尝试（即使新词汇与旧韵律相适应的尝试）；他们的十四音节诗行是属于早期都铎王朝的，而不是晚期的；他们的这个诗体和查普曼的诗体很不相同。只有在五步的、押韵的歌队唱词中他们的情感才变得更现代化；他们对话部分的诗体和歌队的诗体相映成趣。这里是任意抽取的斯达德里诗体的片段：

    噢！黑色阿非努思湖④的阴暗的入口，还有可怖的塔塔
     儿⑤土牢，

---

① 乔叟（约1343—1400），中世纪英国最伟大的诗人，他从法国和意大利文学引进新的诗歌形式和韵律，又从法语借来了大量的罗马语系词汇，使英语上升为优美的文学语言。
② 霍布斯（1588—1679），英国哲学家和散文家。他的散文风格简练、明晰、生动、有力。
③ 《伊利昂记》，古希腊诗人荷马的著名史诗，十六世纪英国诗人查普曼曾把它译成英文十四音节押韵诗行，于1598年出版。
④ 阿非努思湖，地狱里的湖名。
⑤ 塔塔儿，荷马史诗中所描写的地狱最底层的一年四季不见阳光的深渊。

> 噢！在忘川①里游泳的悲惨幽灵们的欢乐呀！
> 还有你们那些黑洞洞的大旋涡！消灭掉，消灭掉我这个坏人，
> 让我日日夜夜永远浸泡在痛苦的深渊里。
> 你们那些狞恶的妖怪，从下面的小河里走上来吧！……

大多数押韵的字都是单音节词。最响亮的和最富于音乐性的拉丁文名字都被缩短了（古典名字的音乐潜力留待马洛去发现，留待密尔顿②去完美地实现并使之达到令人着迷的咒语程度）。头韵经常出现，这是一种像《农夫皮尔斯》③里所使用的原始的头韵形式。例如，海伍德有

> 难道西绪福斯④的滚石，
> 那不停滚动的巨石压在我背上让我承受，
> 或许我的四肢将被旋转的车轮的飞快运动撕扯？
> 或许我的痛苦将是梯蒂吾斯⑤永远生长的心肝的痛苦，
> 他的生长着的内脏喂那阵阵的饥肠绞痛和那些不祥的恶鸟？

在显微镜下观察这些诗行，对待它们未免有欠公允。当我们一口气读完一个长的描写或叙述的段落，有力的词汇和轻快的节奏似乎产生了最佳的效果；在同一剧中（《提埃斯忒斯》）使者刘阿特鲁斯的罪行的

---

① 忘川是地狱中的河名。凡是喝了河水的人或鬼魂就把自己的过去忘得干干净净。
② 密尔顿成功地吸收了拉丁诗歌的音乐效果。
③ 《农夫皮尔斯》（约1362—约1387），中世纪英国宗教和社会讽刺诗，作者为兰朗德（约1332—约1400），一位教士。这首诗的诗体是押头韵长行诗，与古英语的诗体近似。
④ 西绪福斯，古希腊神话中的科林斯王，因欺骗众神，两次逃脱了死亡，因此受到惩罚，在冥府，他推石上山，但石在近山顶时又滚下，于是重新再推，如此循环不息。
⑤ 梯蒂吾斯，希腊神话中的巨人，死后在地狱里受到处罚，饿鹰不断啄食他的不断生长的心肝。

报道(第 4 幕)译得非常出色。

  在处理歌队唱词时,翻译家们就不那么小心翼翼了。当他们翻译对话部分时,他们尽最大的努力忠实于原文——偶尔有不准确或误译之处也在所难免——但在歌队唱词部分,他们有时加长或缩短,有时完全删掉,或以他们自己编造的东西加以代替。总的说来,他们的改动有助于使剧本更富于戏剧性;有时人们还会猜想他们给塞内加关于地位和权力空虚性的道德说教加上了一点政治影射。特别是在歌队唱词部分,我们时而会发现精彩语句的闪光。这个现象或许更多地存在于都铎王朝时代的翻译中较甚于存在于任何时期任何其他语言的翻译里。例如,海伍德译的《疯狂的赫剌克勒斯》第四幕末尾歌队唱词的全部就很好,但是最后六行照我看来有一种特殊的美;由于原文也很美,把原文和译文都引在下面是既公平又有趣的事。在这一段引文中,被称呼的人物就是被他在疯狂中刚刚杀死了的特洛伊已故的几个孩子。塞内加的原文如下:

    到阴间去吧,幽灵们,到避难所
    去吧,无辜的人们,你们刚跨过
    人生的门槛就被罪恶和父亲的疯狂
    扑灭了生命;
    去吧,去访问那些愤怒的国王吧!

海伍德的译文如下:

    去吧,无辜的灵魂们,你们被灾难扑灭,
    前不久你们刚刚来到人生的第一个门廊,
    就遭到父亲的疯狂,去吧,不幸的亲人,
    噢,我的孩子们,通过那悲惨的道路
      走上人人皆知的征途。

> 去见那严厉的阎王吧!

对于这样的翻译,我们无话可讲,除了说好极了。这是早期语言——乔叟的语言——最后的回声,还带有一点在伊丽莎白时代诗歌里消失了的基督教的虔诚和怜悯的陪音。歌队唱词译文的多数都缺少这种纯正的性质:让旧词汇表达新事物人们有一种奇怪的、不自然的感觉。旧世界和新世界之间的涨落起伏,二者之间变化的细微差别,值得我们思考和研究。新旧之间的模糊和含混或许赋予了这些译文一种独一无二的情调,这种情调只有通过耐心的反复阅读才能体会和欣赏。这些译文不能匆匆浏览;它们的优美性质不是轻易觉察得到的。

> 还没有凡人和天神有这样的交情,
> 他知道他明天肯定还活在世上。
> 扰乱和逆转人间事物的天神
> 　乘着一阵旋风滚动前来。

1927 年

莎士比亚和塞内加斯多葛派哲学

过去几年来,又爆发了莎士比亚研究热潮。利顿·斯特雷奇先生①介绍的莎士比亚是一位感到疲倦的侨居印度的英国人。米德尔顿·默里先生②介绍的是一位救世主般的莎士比亚,他带来新哲学和新的瑜伽③体系。温德姆·刘易斯先生④在他的有趣的书《狮子和狐狸》中介绍的是一位凶猛的莎士比亚,一位狂怒的参孙⑤。总的说来,我们大家都会同意这些不同的表现都是有益的。对于任何像莎士比亚这样伟大的作家来说,我们不时地改变看法也是有好处的。最后一个传统的莎士比亚被赶下了舞台,各式各样的不同于传统的莎士比亚

---

① 利顿·斯特雷奇(1880—1932),英国历史学家和传记作者,著有《维多利亚时代四名人传》(1918)、《维多利亚女王传》(1921)、《伊丽莎白和埃塞克斯》(1928)等。
② 米德尔顿·默里(1889—1957),英国散文家和文学批评家,著有《济慈和莎士比亚》(1925)、《致不为人知的上帝》(1924)、《耶稣的生平》(1926)、《风格的问题》(1922)等。
③ 瑜伽,一种印度哲学体系,通过体力和脑力的锻炼达到灵魂的解放和与上帝的合一。
④ 温德姆·刘易斯(1884—1957),英国画家、小说家、批评家和政论家。他是一位辛辣的讽刺小说家。文学批评著作有《狮子和狐狸:莎士比亚剧作中的英雄角色》(1927)等。
⑤ 参孙,《圣经》中的大力士。他爱上了非利士妇女德莱拉。德莱拉趁他熟睡之际,剪掉他的头发。参孙因此失去了气力。遂被非利士人俘虏,还被弄瞎了眼睛。非利士人强迫他在监狱中磨面粉。当非利士人举行节日庆祝时,参孙被带进神庙中供人捉弄、取笑。狂怒的参孙祷告耶和华,暂时让力气回到身上。用双手推倒神庙,压死了非利士人统治者,自己也同归于尽。

代替了他的位置。关于任何一位像莎士比亚这样伟大的作家,很可能我们永远也作不出正确的评论;如果我们永远作不出正确的评论,还不如让我们不时地改变我们犯错误的方式。真理最终是否能够胜利,这还是有疑问的事,而且也从来没有被证实;但可以肯定地说,没有什么东西比一个新的错误能够更有效地驱除错误。斯特雷奇先生,或默里先生,或刘易斯先生是否比莱默①,或摩根②,或韦伯斯特③,或约翰逊④,在一定程度上更接近莎士比亚的真相,这一点是难以肯定的;但这三位现代人在今年即一九二七年都肯定比柯勒律治⑤,或斯温伯恩⑥,或道登⑦更惹人喜爱。如果他们不能让我们认识真正的莎士比亚——如果真有其人——他们至少给我们提供了好几个时新的莎士比亚。如果要想证明莎士比亚的思想和感情并不和一八一五年,或一八六〇年,或一八八〇年人们的思想和感情一模一样,唯一的办法是

---

① 莱默(1641—1713),英国较有影响的批评家。他站在新古典主义立场上批评莎士比亚的悲剧《奥赛罗》违背了三一律,见所著《悲剧一瞥》(1692)。
② 摩根(1726—1802),英国较有影响的批评家,著有莎剧评论重要论文《论约翰·福斯塔夫爵士的戏剧性格》(1777),为福斯塔夫的勇敢辩护。
③ M. 韦伯斯特(1905—1972),英国出生的美国舞台剧女导演,导演了一系列的莎士比亚剧本(主要演员为英理斯·埃文斯),著有《愉快地演好莎士比亚的戏剧》(1942),讨论莎剧演出问题。
④ 约翰逊所编辑的《莎士比亚戏剧集》(1765),附有注释和评论,大大地推进了莎学的研究,他为这个戏剧集写的《序言》,公认为是对莎士比亚最全面、最公允的评论。
⑤ 柯勒律治为英国浪漫主义诗人、文艺批评家、湖畔派的代表。生于乡村牧师家庭。早年同情法国资产阶级革命,后转向封建立场。他做过一系列的论莎士比亚的演讲。在所著《文学传记》(1817)第 15 章里,柯勒律治区分一般的空想(fancy)和富于创造力的幻想(imagination),并举莎士比亚为例来说明二者之间的区别。柯勒律治认为莎士比亚不仅是诗人,而且是思想家。他把莎士比亚称作"我们的万脑人莎士比亚",又说到莎士比亚的"海洋般的头脑的深不可测的深度"。
⑥ 斯温伯恩在文学批评方面,以研究莎士比亚和莎士比亚同时代的剧作家著称。他的主要作品有《莎士比亚研究》(1880)、《莎士比亚的时代》(1909)等专著。
⑦ 道登(1843—1913),爱尔兰籍英国学者和批评家,著有《莎士比亚:他的思想和艺术》(1875)、《莎士比亚入门》(1877)、《莎士比亚引论》(1893)等。道登把莎士比亚写的剧本看作是莎士比亚本人生活经验和精神生活的反映,共经历了四个阶段:"在车间"(试验阶段),"在高处"(成熟阶段),"在深渊"(创作四大悲剧时的精神危机阶段),以及"在晚晴中"(恢复宁静后的炉火纯青阶段)。道登对莎士比亚精神所做的研究对二十世纪的莎剧评论有很大的影响。

表明他的思想感情和我们生活在一九二七年的人们的思想感情一样，那么我们就必须抱着感激的心情去接受后面这个选择。

但是这些莎士比亚的晚近解释者提出了关于文学批评和它的局限，关于一般美学以及关于人类认识的局限的一系列的思考。

当然，还有一些其他的对于莎士比亚做出的时新解释：即对莎士比亚的有意识的主张加以评论，就是所谓的范畴解释：这些解释或把莎士比亚说成是一个保守派的新闻记者，或是一名自由主义的新闻记者，或是一位社会主义新闻记者（虽然萧伯纳先生①曾经做过一些努力劝阻与他同信仰的人们不要去认领莎士比亚，也不要从莎士比亚的作品里寻求任何提高道德或推动社会进步的东西）；我们还有一位新教徒的莎士比亚，一位怀疑主义者的莎士比亚，而且还有理由可以证明莎士比亚是一位英国圣公会天主教教徒，或者甚至是一个信奉罗马天主教教皇至上的天主教教徒。我个人浅薄的意见是私人生活中的莎士比亚所持有的看法和我们从他那些极端多样化的已发表的作品中提取出来的观点有可能大不相同；从他的著作中找不出任何线索足以提示他在上次选举中可能投了哪方面的票，或在下次选举中将要投哪方面的票；至于他对修订祈祷书②抱什么态度，我们也完全一无所知。我承认我自己作为一名小诗人的经验有可能使我戴上黄色眼镜，影响了我的看法；我对下列的情况已习以为常：某些远方的热心人从我的作品（原原本本，未经修改）里提取出来一些宇宙的含义，这些含义却是我从来也没有想到的；还有人告诉我说我写的东西是上流社会

---

① 萧伯纳（1856—1950），英国较为有影响的剧作家、批评家，而且还是一位社会思想家。1884 年，萧伯纳参加了新成立的社会主义的费边学会。费边学会主张通过议会改革来逐步实现社会主义。学会的口号是"逐渐性的必然性"。

② 修订祈祷书，指 1927 年英国国会讨论对《公用祈祷书》修订时所引起的上、下两院的争议。从十六世纪中叶开始，英国教会礼拜仪式改用英语进行，代替原先使用的拉丁语。1549 年颁发了《公用祈祷书》，后经屡次修订，最后于 1662 年固定下来，供全国采用。到了二十世纪二十年代，英国圣公会主教会议于 1927 年提出修订《公用祈祷书》的新方案，于该年年底提交议会讨论。该方案虽经上议院通过，却被下议院否决。经修改后，该方案于 1928 年再次提交议会，再次遭到否决。

的消遣诗歌,而我的本意却是严肃的;还有人从我的作品中某些段落来重建我个人的传记,可是这些段落却是我从别人写的书里得来的,或完全是我虚构的,因为它们读起来很好听;有些人却对我确实根据我个人的经验写出的东西里面所包含的我的传记,总是加以忽视;由于上述这些原因,因此我倾向于相信人们关于莎士比亚所了解到的情况是错误的,其错误的程度则与莎士比亚优越于我的程度成正比。

还有一点个人的"说明":我相信我和任何活着的人对于莎士比亚作为诗人和剧作家的伟大性具有同样高的评价;我的确相信没有比他的作品更为伟大的东西。我想要说我胆敢谈论莎士比亚的唯一资格就是我没有任何错觉以为莎士比亚和我自己有丝毫相似的地方,或像我的本来面目,或像我愿意想象自己是什么样的人。我认为对斯特雷奇先生的莎士比亚,对默里先生的以及刘易斯先生的莎士比亚提出疑问的主要原因之一就是他们的这些莎士比亚和斯特雷奇先生、默里先生以及刘易斯先生各自是如此惊人地相像。我对于莎士比亚究竟是什么样子,并没有十分明确的概念。但是我不能想象他很像斯特雷奇先生,或很像默里先生,或很像温德姆·刘易斯先生,或很像我自己。

我们看到过人们用莎士比亚所接受的多种影响来解释莎士比亚。他被解释为受蒙田[①]的影响,也受马基雅维利[②]的影响。我猜想斯特雷

[①] 蒙田的怀疑主义哲学影响了莎士比亚某一时期的思想,例如,《哈姆莱特》即受蒙田长篇随笔《雷蒙·德·瑟朋的辩护》的影响。另外,莎士比亚《暴风雨》中贡柴罗引用了蒙田随笔《论食人生番》一篇随笔中的一段(见《暴风雨》,Ⅱ.i.143—160),大英博物馆所藏的一《随笔》译本(约翰·福罗里奥译,1603)上有"莎士比亚"的签名,恐系真迹。

[②] 马基雅维利的政论著作《君主论》(1513),该书在1580—1620年间对英国文学曾起过极大的影响。马基雅维利是一位爱国者,他写书的目的在于促成意大利的统一。他希望意大利有一位强有力的统治者,对现实政治有清醒的认识,使道德原则服从于最有效的政治手段,因此他区别了"正直"与"实效"两种概念。这也与弗兰西斯·培根的科学思想相吻合,但却是常人所难以接受的。在莎士比亚时代英国戏

奇先生也会用蒙田来解释莎士比亚,不过这也会是斯特雷奇先生的蒙田(那是因为所有的斯特雷奇先生心爱的人物都长着一副强烈的斯特雷奇面孔),而不是罗伯逊①的蒙田。我认为刘易斯先生,在上面提到的他那本极为有趣的书中,做出了真正的贡献,就是唤起了人们的注意,认识到马基雅维利对伊丽莎白时代的英国是何等的重要,尽管这个马基雅维利只不过是反对马基雅维利的人们心目中的马基雅维利,而丝毫也不是真正的马基雅维利。真正的马基雅维利是伊丽莎白时代人们难以理解的,正像乔治王朝时代②或任何时代的英国人都对他难以理解一样。但是我认为,如果刘易斯先生设想(他是怎样想的,我不能肯定)莎士比亚和整个伊丽莎白时代的英国都受到马基雅维利思想的"影响",那他这样想就很不正确了。我认为莎士比亚和其他的剧作家们利用大众对马基雅维利的概念来达到舞台效果的目的;但是这个流行的、大众化的概念和马基雅维利其人极不相似,正像萧伯纳先生对于尼采③的概念(不论它的具体内容如何)和真正的尼采极不相似一样。马基雅维利是一个意大利人,而且是一位罗马天主教教徒。

剧里,政治、政客和策略都成了坏名词,意味着残酷、狡诈、对道德标准加以凶暴的忽视,1576 年,法国新教徒作家让蒂耶写了一篇论文攻击马基雅维利的政治学说,但却忽视了他的爱国的动机。让蒂耶这篇论文于 1602 年译成英文,在英国广泛流传,因此伊丽莎白时代的英国人对马基雅维利的理解是片面的。大多数人只知道马基雅维利的名字,认为他一方面是残酷罪恶的化身,另一方面却又代表着文艺复兴时代的不受约束的精神和创造力。这两种特性的结合产生了伊丽莎白时代英国的戏剧中某些主人公的想象,例如,马洛的《帖木儿》(1590)中的帖木儿和莎士比亚的《理查三世》中的理查(在莎士比亚《亨利六世,第 3 部》,和《理查三世》中,理查自比马基雅维利)。

① 罗伯逊指 J. M. 罗伯逊,二十世纪上半叶英国学者。
② 乔治王朝时代英国指的是英王乔治五世统治时期(1910—1936)的英国。
③ 尼采(1844—1900),德国哲学家。尼采寄希望于"超人",他对萧伯纳的思想很有影响,例如,萧伯纳认为"超人英雄"(the Superman hero)是人类进步的急先锋,实际上,尼采的哲学更接近于存在主义。

莎士比亚和塞内加斯多葛派哲学

我想提出的是在塞内加①的斯多葛派哲学②影响下的莎士比亚。但是我并不相信莎士比亚受到过塞内加的影响。我之所以提出我的解释主要由于我相信在有人提出了蒙田的莎士比亚(这并不是说蒙田有任何哲学体系可言),还有人提出了马基雅维利的莎士比亚之后,一个斯多葛派的或塞内加的莎士比亚几乎肯定会被提出来。我仅仅想要在塞内加的莎士比亚还没有来得及出现以前就把他消灭掉。如果我这样做能够阻止他的出现,那么我的企图也就实现了。

我愿意把我关于塞内加可能对莎士比亚发生影响这一概念说得十分具体、明确。我认为莎士比亚很有可能在学校里念过塞内加的一些悲剧作品。但我认为这是很不可能的事,即莎士比亚对那一套极端枯燥乏味的塞内加散文作品,即一六一二年印行的洛奇③的译文有任何了解。莎士比亚具体受到塞内加的影响,那是通过回忆学校时期的

---

① 塞内加对复兴时期的欧洲,尤其是对1560—1620之间的英国戏剧,产生了巨大影响。其影响主要是三方面:(1)塞内加悲剧为伊丽莎白时代英国的复仇悲剧或仇杀悲剧提供了样板;(2)塞内加诗体和散文作品的表达风格也为伊丽莎白时代英国诗剧和散文提供了写作风格上的样板;(3)塞内加的斯多葛派哲学思想和清教徒的道德标准以及个人行为准则有吻合之处。流血、仇杀迎合大众化追求刺激的口味,严肃的道德训诫又把大众化戏剧提高到宗教和伦理的水平。这样的内容又用庄重、雄辩的塞内加风格表达出来,这就形成了伊丽莎白时代英国戏剧的特点,例如,莎士比亚的英国历史剧《亨利六世》和《理查三世》就把这几方面的特点很好地结合起来。
② 斯多葛派哲学,古希腊一个哲学学派,创始人名芝诺(公元前四世纪)。古罗马继承了这个学派,代表人物为艾庇克泰特斯(约50—约135)和塞内加(约前4—65)以及罗马皇帝马尔克·奥勒留(121—180)。斯多葛学派哲学教导人们应该追求美德,而不要追求幸福,应该不受苦乐的影响,做到无动于衷。一切存在都是物质的,灵魂也是物质的,美德也是物质的,但是人的灵魂具有主观能动性,支配人的身体,因此有智慧的人不受物质或肉体痛苦的影响,超然于苦乐之上。人们凭自己的判断追求美德,而个人的判断是和伦理原则一致的。斯多葛派哲学的某些伦理原则又和基督教的道德准则相符合,因此也符合文艺复兴时期人们有关高尚灵魂的理想。这样我们就能够理解为什么莎士比亚和他同时代人们的戏剧作品经常出现斯多葛学派的人生观和生活态度。
③ 洛奇(1558？—1625),英国诗人和文学家,他写诗歌、戏剧和传奇,著有十四行组诗《菲丽丝》(1593)、英国历史剧《内战的创伤》(1594)和传奇《罗萨琳德》(1590)等。他翻译的塞内加作品集标题为《勒·阿·塞内加的作品:道德的和自然的》(1614)。

默记,以及通过当时塞内加悲剧的影响,通过基德①和皮尔②,但主要通过基德。但似乎没有任何证据足以证明莎士比亚有意识地从塞内加那里取过来一种"人生观。"

可是,在莎士比亚某些大悲剧中出现了一种新的人生态度。这并不是塞内加的态度,但却来自塞内加;这态度与我们从法国悲剧,从高乃依或拉辛的悲剧中,所能发现的那种人生态度稍有不同;这是一种现代人的态度,这种态度在尼采身上达到了顶峰,如果人生观有所谓顶峰的话。我不敢说这就是莎士比亚的"人生哲学"。但是有不少人按照这个哲学来生活;也可能这不过是莎士比亚本能地认识到这种态度的戏剧用途。这是莎士比亚的某些主人公在悲剧最为强烈的时刻所采取的那种自我戏剧化的态度。这态度不是莎士比亚所独有的;它在查普曼剧中尤为显著:布西③、克莱尔蒙特④和

---

① 基德,莎士比亚在悲剧创作方面的先驱者。莎士比亚发展了基德最早对复仇题材的处理。基德模仿塞内加的悲剧,但他对塞内加的悲剧形式并不感兴趣;他感兴趣的是塞内加使戏剧性的恐怖和暴力与斯多葛派的哲学伦理训诫结合起来的这一贡献,这两个方面都是伊丽莎白时代英国的戏剧观众十分喜爱的。

② 皮尔使大众化的趣味和宫廷文雅相结合,在这一方面,他为莎士比亚树立了良好的榜样。基德在悲剧类型中,皮尔在喜剧类型中,都使伊丽莎白时代英国大众化戏剧上升到更高的艺术水平。

③ 布西,英国诗人、剧作家查普曼写的悲剧《布西·丹布瓦》中的主人公。布西出身微贱,受国王亨利三世的兄弟的提拔,在宫廷中当差。布西和吉斯公爵夫人相爱,引起吉斯的嫉恨。随后,布西又和蒙苏利伯爵夫人塔蜜拉发生爱情关系,又激怒了国王的弟弟,因为后者也在追求塔蜜拉。这一对情敌较量的结果,布西胜利了,他成为塔蜜拉的情人。最后,蒙苏利伯爵强迫塔蜜拉写信召唤布西,布西落入圈套,被蒙苏利伯爵处死。

④ 克莱尔蒙特,《布西·丹布瓦的复仇》中的主人公。他是布西的弟弟、吉斯公爵的密友。布西被害后,他的鬼魂督促克莱尔蒙特替他报仇。克莱尔蒙特是一位勇敢的、斯多葛派哲学的信奉者,他采取的报仇手段是光荣的决斗。他向懦弱的蒙苏利发出挑战,但后者不敢应战。布西的鬼魂又一次催促他替他报仇,于是克莱尔蒙特找上蒙苏利家门,强迫他决斗,并杀死了他,替兄长报了仇。随后,克莱尔蒙特得知赏识他的吉斯公爵遭人暗杀,他不愿再看到"这个罪恶时代的一切骇人听闻的事物",结束了自己的生命。在某些方面,这个悲剧和莎士比亚的《哈姆莱特》甚为相似。

比隆①,都是抱着这种种态度而结束自己生命的。马斯顿②——伊丽莎白时代最有趣和最少被人深入研究的作家之——采用了这种态度;马斯顿和查普曼特别具有塞内加的特点。当然莎士比亚比任何另一位剧作家运用这种态度更为高明,并且设法比别人更能够使这种态度成为他的人物性格中必不可少的组成部分。莎士比亚用词较少,但更真实。我一向认为我从来没有读过一段台词比奥瑟罗最后的那一段伟大台词更能无情地暴露人性的弱点——普遍人性的弱点。(我不知道是否有人曾提出这一观点,这个观点有可能显得极端主观和想入非非。)这一段台词通常都被人们按照字面意义来理解,也就是说表现一位高贵但易于犯错误的性格在失败中所保持的伟大和崇高的特点:

> 且慢,在你们未走以前,再听我说一两句话。我对于国家曾经立过相当的功劳,这是执政诸公所知道的;那些话现在也不用说了。当你们把这种不幸的事实报告他们的时候,请你们在公文上老老实实照我本来的样子叙述,不要徇情回护,也不要恶意构陷;你们应当说我是一个在恋爱上不智而过于深情的人,一个不容易发生嫉妒的人,可是一旦被人煽动以后,就会糊涂到极点;一个像印度人一样糊涂的人,会把一颗比他整个部落所有的财产更贵重的珍珠随手抛弃;一个不惯于流妇人之泪的人,当他被感情征服的时候,也会像流着胶液的阿拉伯胶树一般两泪泛滥。请你们把这些话记下,再补充一句说:"在阿勒波地方,曾经有一个裹着头巾的敌意的土耳其人殴打一个威尼斯人,诽谤我们的国家,那时候我就

---

① 比隆,查普曼的悲剧《比隆公爵查理的阴谋与悲剧》(1608)中的主人公。比隆为法国国王亨利四世立下汗马功劳,受到国王的奖赏和提升,但他的政治野心极大,屡次阴谋策划推翻亨利。阴谋败露后,比隆被判处死刑,从容就义。

② 马斯顿所著复仇悲剧《安东尼奥和迈立达》(1599)和《安东尼奥的复仇》(1599)两出悲剧,把斯多葛派哲学的理想主义与感情夸张、令人惊怖的大众化戏剧情节,以及强烈感人的诗歌段落三者结合起来,产生特殊的戏剧效果。马斯顿的悲喜剧《愤世者》(1604)的讽刺特点和主人公的作用颇似莎士比亚的《一报还一报》(1603—1604)和《哈姆莱特》。

一把抓住这受割礼的狗子的咽喉,就这样把他杀了。"①

在我看来,当奥瑟罗念这段台词时,他是在为自己鼓气。他在努力逃避现实,他不再想苔丝狄蒙娜②,他想的是他自己。谦卑是一切美德中最难获得的;没有任何东西比自我高度评价的愿望更难克服。奥瑟罗采取的是美学的而不是道德的态度,用他周围的环境作背景来突出他自己,这样他就使他自己成为一个可怜、可悲的人物。他把观众也包括在周围环境之内,但是人的动机首先是表现自己。我相信没有任何作家比莎士比亚更明显地揭示出这种"包法利主义",③也就是人的无视现实的意志和决心。

如果你拿莎士比亚的好几个主人公的死亡——我不说所有的主人公,这是因为只有极少的一般性结论能够适用于整个莎士比亚的作品——但主要是奥瑟罗、科里奥拉努斯④和安东尼⑤——来和那些有意识地在塞内加影响下写作的剧作家,例如马斯顿和查普曼的主人公的死亡作比较,你就会发现二者非常相似——区别仅仅在于莎士比亚的主人公的死亡更富于诗意,而且也更逼真。

你或许要说莎士比亚只不过在自觉地或不自觉地用实例来说明人性,而并不是在说明塞内加。但是我更关心的问题不是塞内加对莎士比亚的影响,而是莎士比亚如何举例来说明塞内加的和斯多葛学派的哲学原则。舍尔教授⑥最近证明了查普曼的塞内加思想多半都是直

---

① 朱生豪先生译文。
② 苔丝狄蒙娜,莎士比亚悲剧《奥赛罗》中女主角。摩尔人勇敢诚实的统帅奥赛罗,中了狡猾残忍的埃古的奸计,误认为妻子苔丝狄蒙娜不贞,将她杀死。
③ "包法利主义"指的是一种浪漫主义的无视现实的人生态度,来自法国小说家福楼拜的著名小说《包法利夫人》中女主角爱玛·包法利的性格。作品描写女主人公爱玛追求小市民的浪漫生活,结果自杀。
④ 科里奥拉努斯,莎士比亚的剧本《科里奥拉努斯》中的主人公。科里奥拉努斯是一个秉性耿直、骄傲、不会迎合群众心理的人,因而遭到放逐,后被敌人暗杀。
⑤ 安东尼,莎士比亚的《安东尼与克莉奥佩特拉》中的主人公。他因战败负伤,死在克莉奥佩特拉怀抱之中。
⑥ 舍尔教授,不详。

接从埃拉斯穆斯①和其他来源借来的。我所关心的是这一事实,即塞内加是罗马斯多葛主义的文学上的代表人物,而罗马斯多葛主义又是伊丽莎白时代戏剧的一个重要组成部分。在一个像伊丽莎白时代那样的时代,斯多葛主义的出现并不奇怪。最初的斯多葛主义,尤其是罗马斯多葛主义,其实是一种适合于奴隶的人生哲学;因此斯多葛主义也就被早期的基督教吸收进去了。

> 这个人使他自己和转动中的宇宙
> 联系在一起,并使自己能够适应各种情况

一个人并不想要和宇宙联系在一起,除非他没有其他的东西可以和自己相联系。那些能够参加繁荣兴旺的希腊城邦生活的人们是和比宇宙更好的东西相联系;基督教教徒们也曾有过更好的东西。对于一个处于过于广阔但却冷漠无情或敌对世界的个人来说,斯多葛主义是一个避难所;它是各种不同版本使自己得到欣慰的办法的牢固基石。尼采是现代人当中自我欣慰的最明显的例子。斯多葛派的态度正好是基督教谦卑的反面。

在伊丽莎白时代的英国,我们看到的情况显然和罗马帝国的情况截然不同。但伊丽莎白时代却也是一个思想解体和混乱的时期。在这样一个时期,任何一种感情态度看起来好像能给人们一些牢靠的东西,即便仅仅是"我和别人不同"这一态度,也会被人们迫切地采取。我几乎不需要指出——这也会超出我现在讨论的范围——在像伊丽莎白时代那样的时代,塞内加的骄傲态度、蒙田的怀疑主义态度,以及马基雅维利的玩世不恭的态度②,这三者多么自然地达到了一种相互

---

① 埃拉斯穆斯(1466—1536),荷兰较有影响的人文主义学者和文学家,他企图把文艺复兴时期意大利人文主义思想和基督教信仰结合在一起。著有多种拉丁文著作,其中最有名的是《愚人颂》(1509),辛辣地讽刺了教会人物。
② 我指的不是马基雅维利本人的态度,他的态度并不是玩世不恭。我指的是曾经听到过马基雅维利名字的英国人的态度。——原注

结合的程度,产生了伊丽莎白时代的个人主义。

　　这种个人主义、这种骄傲的罪恶之所以被利用,当然主要由于它在戏剧上有被利用的可能性。但是在这以前也存在过并不依赖这种人性缺陷的别的戏剧。你在《波利耶克特》①里找不到骄傲,在《菲德拉》②里也找不到它。即使是哈姆莱特,虽然他把事情搞得相当糟糕,造成至少三个无辜人和另外两个次要人物的死亡,在他临死时仍对自己所作所为表示满意——

> 霍拉旭,我死了;
> 你还活在世上;请你把我的行事的始末根由
> 昭告世人,解除他们的疑惑。……
> 霍拉旭,我一死之后,要是世人不明白
> 这一切事情的真相,我的名誉将要永远蒙着
> 怎样的损伤!③

安东尼说,"我仍是安东尼,"公爵夫人说,"我仍是马尔菲公爵夫人。"要不是美狄亚曾经说过:"美狄亚还活着,"④他们二人会这样说吗?

　　我不愿让人觉得我认为伊丽莎白时代戏剧中的主人公和塞内加悲剧里的主人公完全一样。塞内加的影响在伊丽莎白时代戏剧中比在塞内加本人写的剧本中要更为明显。一个人的影响和他本人不是一回事。伊丽莎白时代戏剧的主人公,在这个意义上,要比塞内加悲剧里的主人公更加具有斯多葛派和塞内加的特点。这是因为塞内加遵循的是希腊悲剧的传统,这个传统并不具有斯多葛派的特点。塞内加发挥了大家熟悉的题材,模仿了伟大的剧作家的蓝本;因此他的感

---

① 《波利耶克特》(1641),高乃依写的著名悲剧。波利耶克特是早期基督教教徒,为宗教信仰而丧生,成为圣徒。
② 《菲德拉》(1677),拉辛写的著名悲剧。女主角因爱情而自杀。
③ 朱生豪先生译文。
④ "美狄亚还活着",引自塞内加写的悲剧《美狄亚》。

情态度和希腊人的感情态度之间的巨大差别在他自己的作品中比较隐蔽,而在文艺复兴时期的作品中更加明显。伊丽莎白时代的主人公,莎士比亚的主人公,即便是在伊丽莎白时代的英国也总不是一成不变的。一个突出的例子是浮士德①。马洛——不把莎士比亚或查普曼排除在外,是伊丽莎白时代剧作家当中最有思想的和最有哲学头脑的——能够想象出骄傲的主人公,例如帖木儿②,但他也能想象出这样一位主人公,这位主人公已经陷入这样一种令人恐怖的境地,在这种境地里甚至骄傲也无补于事。艾丽丝-弗莫尔女士在她新近写作的《论马洛》一书中,从不同于我的观点的另一种观点出发,把浮士德的这个特点很好地表达了出来,但她用的词句却支持了我的看法:

> 马洛在跟踪浮士德越过意识状态与死亡之间的分界线这一方面比他同时代任何一位剧作家都走得更远。在莎士比亚笔下,在韦伯斯特笔下,死亡是和生命突然分离的行动;他们的剧中人物死亡时,直到最后始终能够意识到他们环境中至少某一部分,始终受到那种意识的影响,甚至受到那种意识的鼓舞,并且能够保持他们毕生的个性和特点……只有在马洛的浮士德身上,这一切都被搁置一边。马洛深入地窥探一个心灵的感受,这个心灵完全和它相的过去隔离,全神贯注于它自己消亡过程的实现。

但是马洛——在他同时代人当中最有思想、最亵渎神明(因此,或许也是最虔诚的基督徒)——总是一个例外。莎士比亚也是一个例

---

① 浮士德,莎士比亚同时代英国剧作家马洛写的著名悲剧《浮士德博士》中的主人公。浮士德渴望追求无限知识和无限权力,妄想成为全世界的大皇帝。为了满足渴望,他把自己的灵魂出卖给了魔鬼。
② 《帖木儿大帝》为马洛的剧作,共两部分。第一部叙述牧童、强盗出身的帖木儿如何上升为军事征服者,打败了波斯国王和土耳其皇帝,征服了埃及苏丹。他的骄傲和军事野心是无止境的。第二部继续叙述他的武功及其心爱的妃子齐诺克拉蒂和他自己的死亡。

145

外,但主要由于他的巨大艺术高超性。

在莎士比亚所有的剧本当中,《李尔王》经常被认为是最有塞内加精神的。康利夫①觉得剧中充满了塞内加的宿命论。在这里我们又一次必须区别一个人本人和他对别人的影响。希腊悲剧的宿命论、塞内加悲剧中的宿命论以及伊丽莎白时代剧作家的宿命论,三者之间的区别比较细微和含混;三者之间有继承性,但当我们远远看过去,三者之间也存在着强烈的差别。在塞内加身上,隐藏于罗马斯多葛主义下面的是隐约可见的希腊伦理学。在伊丽莎白时代剧作家身上,隐藏于文艺复兴时期无政府主义下面的是隐约可见的罗马斯多葛主义。在《李尔王》剧中,有几个有深刻含义的词句,例如康利夫教授所注意到的那些词句,同时也还有一种塞内加宿命论的调子:我们在受命运的驱使②。但是《李尔王》的宿命论比塞内加的要少得多,除宿命论外剧中还有更多的东西。正是在这一点上,我不得不同温德姆·刘易斯先生分手。刘易斯先生提出莎士比亚是一个纯粹的虚无主义者,一种决心要摧毁一切的智力。我在莎士比亚身上,既看不到像蒙田那样的有意识的怀疑主义,也看不到像马基雅维利那样的有意识的玩世不恭的态度,还看不到像塞内加那样的有意识的听天由命的态度。我看到的只是他利用了这一切东西来达到他的戏剧目的。你在《哈姆莱特》里或许可以得到更多的蒙田,在《奥赛罗》里得到更多的马基雅维利,在《李尔王》里得到更多的塞内加。但是我不能同意下面这一段话:

> 查普曼除外,在伊丽莎白时代剧作家当中,莎士比亚是我们遇见的唯一思想家。这当然意味着他的作品,除了包含诗歌、幻想、修辞或对风俗习惯的观察外,还包括了一批显示理性活动明显步骤的材料,这批材料会给像蒙田那样的道德哲学家提供为他写随笔的素材。但是这种思维活动——如同能够在莎士比亚的

---

① 康利夫,美国哥伦比亚大学英国文学教授。
② 塞内加的拉丁原文是:fatis agimur。

艺术的完美活动当中意外地被发现自然地流露出来那样——有时具有一种令人大吃一惊的力量,正像他那样的人的情况必然如此一样。尽管这种思维不成体系,它至少具有可以辨认的特征。

我所要向之提出挑战的东西正是这个对于"思维"的笼统概念。人们遇到不得不用同一个字眼来指不同事物的困难。我们含混地说莎士比亚,或但丁,或卢克莱修是一位有思想的诗人,又说斯温伯恩,甚至还说丁尼生是一个没有思想的诗人。但是我们真正指的不是思想性质的区别,而是感情性质的区别。有"思想"的诗人不过是能够表达相当于思想的感情等同物的诗人。但他不一定对思想本身感兴趣。我们平时谈话,似乎总认为思想是明确的,而感情是模糊的。实际上,感情也有明确和模糊之分。要想表达明确的感情,要求像表达明确思想那样强的智力活动。但是我所理解的"思维"是和我在莎士比亚剧中所发现的东西完全不同的东西。刘易斯先生,还有其他把莎士比亚看成是个伟大哲学家的人士,大谈特谈莎士比亚的思想力量,但他们没有表明莎士比亚思想的任何目的性;既没有表明莎士比亚有任何一贯的人生观,又没有表明他向世人推荐任何可以实践的方案。刘易斯先生说:"我们拥有大量证据足以说明莎士比亚关于武功、战绩的看法。"真是这样吗?或者说,莎士比亚真的提出任何看法吗?他所从事的工作只不过是把人类的行动转化成为诗歌。

我想说莎士比亚没有任何一个剧本有它的"用意",尽管如果说莎士比亚的剧本是毫无意义的这种提法也同样是错误的。一切伟大的诗歌都给人以错觉,以为它有一种人生观。当我们进入荷马、索福克勒斯、维吉尔、但丁、莎士比亚的世界,我们倾向于相信我们在理解一些事物,这些事物是能够通过理性表达出来的;这是因为每一种明确的感情都趋向于采取通过理性加以系统阐述的方式。

我们容易被但丁的例子所欺骗。我们以为,但丁的诗篇代表着一个严谨的思想体系;但丁有一套"哲学",因此每一位像但丁那样伟大的诗人也必然有一套哲学。但丁依靠的是圣托马斯①的体系,他的诗篇与托马斯的体系在每一点上都符合。因此莎士比亚也就依靠塞内加,或蒙田,或马基雅维利;如果他的作品并不在每一点上符合其中任何一位的或三者相结合的学说,那么他就必然自己不声不响地进行了一点独立思考,结果他就比这些人当中任何一位做他们各自所做的工作还要做得好。我看不出任何理由使我们相信但丁也好,莎士比亚也好,自行进行过任何独立思考。相信莎士比亚思考的人们总是那些自己不从事诗歌创作,而从事思考的人们,而我们大家都喜欢认为伟大人物也和我们自己一样。莎士比亚和但丁之间的区别在于但丁有一套连贯的思想体系作为他的后盾;但这不过是他的幸运而已,从诗歌的角度来看,这不过是个偶然的事件。碰巧在但丁的时代,思想是井井有条的、强有力的,而且是美丽的,而且还集中在一位最伟大的天才身上。但丁的诗歌从这一事实上得到了有力的支援(在某种意义上他的诗歌并不配享受这种支援):即它的后盾是圣托马斯的思想,而托马斯是和但丁同样伟大和可爱的人。作为莎士比亚后盾的思想却是比莎士比亚本人远远不如的人们的思想;因此就发生了两种二者择一的错误想法,其一是:既然莎士比亚是像但丁那样伟大的一位诗人,他必然从他自己的独立思考中提取了精华来弥补思想质量上的缺陷,这种缺陷就是圣托马斯和蒙田之间,或和马基雅维利之间,或和塞内加之间思想质量上的差别。其二是:莎士比亚低于但丁。事实上,莎士比亚也好,但丁也好,都没有真正进行过什么思考——这不是他们的职责;流行于他们各自时代的思想,也就是强加在他们各自身上的材料,他们不得不用以作为表达他们感情的媒介,这种思想的相对价值是无关紧要的。这种思想并没有使但丁成为一位更伟大的诗人,也并不意味着我们从但丁那里比从莎士比亚那里能够学到更多的东西。我们

---

① 圣托马斯·阿奎那(1224—1274),意大利哲学家和神学家,著有《神学大全》,使亚里士多德哲学与基督教教义相结合,成为中世纪经院哲学的经典著作。

的确从阿奎那①那里比从塞内加那里能够学到更多的东西,但那却完全是另一回事。当但丁说:

> 在他(上帝)的意志中存在着我们的安宁②

这是伟大的诗歌,而且还有伟大的哲学体系作它的后盾。当莎士比亚说:

> 我们对于天神就像苍蝇对于顽童;
> 他们以杀死我们为消遣。

这也是同等伟大的诗歌,尽管作它后盾的哲学并不伟大。但是最关键的是但丁和莎士比亚二人都用完美的语言表达了某种永久性的人类冲动。在感情方面,莎士比亚的话和但丁的话同样强烈,同样真实,也同样有教育意义——在诗歌寓教于乐的意义上,也同样地既有用又有益。

每一位诗人都从自己的一些感情出发。当我们追究到这些最根本的感情时,很难说莎士比亚和但丁谁优谁劣。但丁的责骂,他个人的肝火——有时蒙上旧约里先知们警告的薄薄一层伪装——他的思乡怀旧,他对失去过去幸福——或对已经成为过去、看起来好像是幸福的东西——的悔恨,以及他的勇气百倍的努力,企图从他个人的本能冲动中建造出永恒和神圣的东西——如同他在《新生》③里所做的那样——这一切都能从莎士比亚那里找到对等的东西。和但丁一样,

---

① 阿奎那,即圣托马斯。
② 见《神曲·天堂篇》,iii. 85。
③ 《新生》(1290—1294),但丁的早期作品之一。它由引首诗组成,主题是诗人对少女贝亚特丽奇的一见钟情。除引首诗外,作品还包括串连这些诗的散文部分,一方面叙述爱情发生的经过,另一方面评论并解释他的爱情的深刻意义。贝亚特丽奇成为一种使诗人灵魂不断提高、净化的精神力量的象征,是诗人接受上帝之爱的向导。

莎士比亚也从事于一场斗争——对于诗人来说，只有斗争才有生命——斗争的目的就是把个人的和私自的痛苦转化成为更丰富、更不平凡的东西，转化成普遍的和非个人的东西。但丁对于佛罗伦斯，或对皮斯托亚城，或对各式各样的人物和事件所怀的盛怒，莎士比亚全面的玩世不恭、愤世嫉俗和幻想破灭的感情，从他心灵深处不断地、汹涌澎湃地洋溢出来，这些都不过是诗人们巨大的努力，想要把私人的失败和失望加以性质上的转变，使之成为积极的东西。伟大的诗人，在写自己本人的过程中，也就写了他的时代①。因此尽管但丁几乎完全没有意识到这件事，他却成为十三世纪的喉舌；尽管莎士比亚几乎完全没有觉察到这一事实，他却变成十六世纪末的代表人物，代表着历史的一个转折点。但是你却不能肯定地说但丁相信或者不相信托马斯·阿奎那的哲学；你也不能肯定地说莎士比亚相信或不相信文艺复兴时期的混合的、浑浊不清的怀疑主义。如果莎士比亚当日根据的是比这个混杂的怀疑主义更好的哲学思想来进行写作，他就会写出比他现有的作品拙劣的诗。他的任务是表现他那个时代的最大的感情强度，但他所根据的材料却是他那个时代人们碰巧在思考的任何问题。诗歌并不是哲学或神学或宗教的代替物，如同刘易斯先生和默里先生有时似乎是这样认为的那样；诗歌有它本身的功能。但是由于这种功能不是理性的，而是感情的，因此不能用理性语言来充分说明诗歌的功能。我们能说的只是诗歌给人提供"安慰"：这是一种奇特的安慰，这种安慰可以同样由像但丁和莎士比亚如此不同的作家来提供。

　　我所说的这一切可以用哲学语言更准确地表达出来，但却要占更大的篇幅；这将要涉及哲学的一个领域，这个领域可以称之为信仰论（这不是心理学，而是哲学，或严格意义上的现象学②）——这就是迈

---

① 雷米·德·辜尔蒙在谈论福楼拜时说过类似的话。——原注
② 现象学，与本体论相对照的哲学领域。本体论研究的对象是存在（being）；现象学研究的对象是现象（phenomena）。现象学研究纯粹主观的感官经验。

农①和胡塞尔②进行过一些开创性研究的领域;也就是说,不同的人根据他们所从事的活动所抱有的信仰具有不同的含义。我不相信严格意义的信仰会进入一位伟大诗人作为纯粹的诗人的创作活动中。也就是说,但丁,作为纯粹的诗人,既不信仰也非不信仰托马斯·阿奎那的宇宙论或关于灵魂的学说;他仅仅利用了这个理论或学说,或者说利用了他开始时的感情冲动和某一学说相结合的产物,来达到创作诗歌的目的。诗人制作诗歌,形而上学家制作形而上学,蜜蜂制作蜂蜜,蜘蛛分泌线状物体;你很难说这些制作者当中任何人相信或不相信:他只管制作。

　　信仰的问题十分复杂,而且或许是无法解决的。我们必须考虑到在信仰的感情性质上不仅不同职业的人们之间存在着差异,例如哲学家与诗人之间的差异,而且不同时代之间也有区别。十六世纪末是这样一个时代,当时诗歌作品特别难于和思想体系或有条理的人生观相联系。我对于多恩的"思想"做了一些极为平凡的研究,我觉得完全不可能得出这样的结论,即多恩相信任何东西。看来在那个时代,世界上似乎充满了各种思想体系的不完整的残枝碎布,一位像多恩那样的诗人,就好像一只喜鹊,衔起各种映入他眼帘的闪闪发光的思想残片,把它们点缀在他的诗行的各处。拉姆齐女士在她的博学的和详尽的对于多恩作品出处的研究一书③中,得出结论说多恩是一位"中世纪思想家";我既看不出任何"中世纪主义",也没有看出任何思想体系,但只看出许多不连贯的学问的大杂烩,诗人从中提取材料,纯粹为了产生某些诗歌效果。舍尔教授关于查普曼出处的最新著作似乎证明查普曼从事的是和多恩所做的相同的工作;并且提出看法认为查普曼

---

① 迈农(1853—1920),奥地利哲学家、心理学家、新实在论者,著有《对象论》(1904)和《对象论在科学体系中的地位》(1907)等。
② 胡塞尔(1859—1938),德国哲学家,二十世纪现象学学派创始人,著有《逻辑探究》(1900—1901)和《纯粹现象学和现象学哲学的观念》。
③ 指她的著作《多恩作品中的中世纪思想》,牛津大学 1917 年出版。

的晦涩思想的"深刻性"和"难以理解"的特点主要由于他从像费奇诺①那样的作家的著作中断章取义地抽出整段的引文,并把这些引文完全脱离上下文混合到他的诗篇里去。

我绝不是说莎士比亚的方法与此有一点相像。莎士比亚和他同时代作家当中的任何一位相比,或者甚至和但丁相比,在把素材转化为诗歌的过程中表现出更高超的本领。而且他还不需要和别人有很多的接触就能够吸收他所需要的一切。他身上的塞内加成分是被他吸收得最完全的成分,但却也是变了形的成分,这是因为塞内加的影响在莎士比亚所接触的世界中已是播散得最广的因素。莎士比亚身上的马基雅维利成分或许是最间接的,而蒙田成分却是最直接的。有人说过莎士比亚缺少一致性;我认为人们可以同样有理地说主要是莎士比亚本人才能够产生出一致性,也就是说他能够把他那个的确是缺少一致性的时代当中的所有的思潮尽可能地都统一起来的结果所产生的一致性。莎士比亚身上有一致性,但却没有普遍性;没有任何人能够成为普遍的;莎士比亚不会在他同时代人圣特里萨身上发现共同之处。照我看来,塞内加、马基雅维利和蒙田的作品联合起来对那个时代所产生的影响,也就是通过莎士比亚最突出地表现出来的这种影响,是一种导致某种前所未有的自我意识的影响;这种影响产生了莎士比亚主人公的自我意识和自我表演,哈姆莱特仅仅是这些主人公当中的一员。这种影响似乎标志着人类历史,或进步,或退化,或变革的一个阶段,尽管这个阶段并不十分令人满意。罗马斯多葛派哲学在它那个时代是人类自我意识发展的结果。罗马斯多葛派哲学被吸收到基督教思想体系以后,在文艺复兴时期思想分解的过程中它又爆发出来成为一种新的思潮。尼采像我在前面提到过的那样,是斯多葛学派晚期的一个变种;他的态度是一种颠倒了的斯多葛主义;这是因为把

---

① 费奇诺(1433—1499),意大利哲学家和学者,著有《柏拉图灵魂不灭说的神学意义》等,企图使新柏拉图学说和基督教思想相结合。英国诗人斯宾塞和查普曼主要受他关于柏拉图式爱情解释的影响。

自己和宇宙等同起来与使宇宙和自己等同起来二者之间并没有多大区别。塞内加对伊丽莎白时代戏剧的影响,在戏剧形式和技巧方面,以及在词句和情节的借用和改编等细节上,已经被人们详尽地研究过了。探索塞内加感情的渗透却是一项更为艰巨的工作。

1927 年

弗朗西斯·赫伯特·布莱德利[①]

像布莱德利的《伦理研究》[②]如此有名和如此影响深远的一本书居然会如此长期地绝版,这是很反常的现象。这书的唯一版本出现在一八七六年:布莱德利拒绝重印此书的决心从未动摇。一八九三年,在《现象与真实》一书的一条脚注里,他用说明他本人性格的词语写道:"我觉得其他书籍的出版,以及我的书主要针对的那些迷信的衰退,使我能够在这个问题上得以自由地照顾到我自己的意愿。"他的三本书的出版年代:《伦理研究》,一八七六年;《逻辑学原理》,一八八三年;《现象与真实》,一八九三年,毋庸置疑地告诉我们他的意愿是不寻常的思考愿望,而不是普通的写作要求。对于他自己的著作,布莱德利总是抱着一种极端缺乏自信的态度,伴随着一种在不熟悉他的人们看来似乎是谦卑与嘲弄奇特地混合在一起的样子。他告诉我们(或更确切地说,告诉我们的父辈)说他的《伦理研究》并没有"建立道德哲学体系"的企图。他的《逻辑学原理》的"序言"是用下面的话开始的:"这本著作谈不上对逻辑学提供任何系统的论述。"《现象与真实》的"序言",他又是用这样的话引起的:"我把这部著作描述为形而上学

[①] 布莱德利,英国哲学家,功绩勋章获得者,法学博士。著有《伦理研究》(1876)、《逻辑学原理》(1883)、《现象与真实》(1893)和《真理与真实》(1914)等。

[②] 《伦理研究》,弗·赫·布莱德利著,第2版(牛津,克拉仑登出版社,伦敦,米尔福德)。——原注

随笔。无论在形式上,或在范围上,它都不具备体系的概念。"对每一本书的提法都几乎是相同的。许多读者,当他们回忆起布莱德利在论战中的嘲弄口吻和他对讽刺的明显爱好,以及他惯于用突然宣称自己无知、迟钝,或无法领会深奥思想的手法来击溃对方,因此得出结论说这一切都不过是一种姿态——甚至是一种不讲道德的姿态。但是对于布莱德利思想更深入的研究以后,我们深信不疑地认为他的谦虚是真诚的,他的嘲讽口吻是一位谦逊而高度敏感的人手中的武器。的确是这样:如果这是一种姿态,那么它就绝不会这样耐久,像它真正做到的那样。因此我们必须考虑布莱德利的影响究竟属于什么性质,以及为什么他的著作和他的为人能够如此强烈地吸引对他感兴趣的人们;还必须考虑到哪些理由可以说明他的永久价值。

的确,他仍然发出迷人的力量,而且他的永久价值也是不容置疑的,其原因之一就是他的巨大的写作才能和优美的写作风格。对于他的写作目的来说——而他写作的目的比人们通常设想的目的更为多样——这是一种完美的风格。这种完美性使它在散文选集和文学教程中不能大露头角,因为风格和内容完全结合在一起。从罗斯金[①]的作品中摘录出来的片断有极强的可读性,即便是对于许多对罗斯金如此热衷的东西一点也不感兴趣的人来说也是如此。因此罗斯金活在选集之中,而他写的书却遭到人们不适当的忽视。布莱德利的书从来不会遭到这样的忽视,因为他的书从来也没有达到这样高的知名度;他的书只达到这些人的手中,他们有资格以崇敬的态度来对待这些书。但是像布莱德利那样的风格与像罗斯金那样的风格之间更深刻一些的区别或许是前者具有更强的纯洁性和更集中的目的。人们感到罗斯金的强烈感情一半是他在生活中所遭受失败的折光,而布莱德

---

① 罗斯金(1819—1900),英国散文家和批评家。著有《建筑的七盏明灯》(1849)、《维尼斯的石头》(1851—1853)等。

利像纽曼①那样,却直接是,而且完全是,他自己本身。这是因为布莱德利风格最根本的特点,像柏格森的风格那样——如果不在其他方面,至少在风格方面他和柏格森很相像——就是对于一种智力方面的爱好给以强烈的全神贯注。

但是最近似的风格不是罗斯金的,而是马修·阿诺德的。人们还没有充分地注意到布莱德利运用的手段就是阿诺德的手段,他的目的也和阿诺德的目的相似。先拿最明显的相像为例,我们在布莱德利那里看到阿诺德和他的年轻朋友阿米尼厄斯所开的玩笑同一类型的玩笑。在《逻辑学原理》一书中有一段著名的文章,在那里布莱德利攻击贝恩②教授的联想学说,并说明根据这一原则一个婴儿如何意识到一块糖:

> 一个幼儿,或一个低等动物,有人在星期一给它一块圆糖,它把糖吃了,并且觉察到糖是甜的。在星期二,它看见一块方糖,就开始吃它。……星期二的感觉和星期一的印象不仅是相互分离的事实,这两个事实虽然相似,但并不相等;而且这两个事实在属性环境上都明显不同。那么,是什么原因引导头脑把二者之一当作另一个?
>
> 在这个关键时刻,怜悯孩子的困惑,原始的轻信女神突然鼓动快速的翅膀飞离天国。她向被困惑的婴儿耳中悄悄私语,告诉它:曾经发生过的事情还会再一次发生。糖过去是甜的,糖将来也会是甜的。原始的轻信立即被人们接受,成为我们生活的主宰。她引导我们的步伐,让我们走上经验之路,直到她的并不能

---

① 纽曼(1801—1890),英国宗教家、教育家和作家,著有《为我的一生辩护》(1864)、《给大学的概念所下的定义》(1873)等。
② 贝恩(1818—1903),苏格兰心理学家和生理学家。1860年,贝恩受聘为阿伯丁大学逻辑学教授,1876年,曾创办《心灵》杂志。所著有《感觉和理智》(1855)、《感情和意志》(1859)等。他用生理学方法来解释心理现象,把这些现象的起源归之于神经和大脑,他用联想学说来说明理智、情感和意志的作用。

弗朗西斯·赫伯特·布莱德利

永远使人愉快的谬误终于引起人们的怀疑。我们醒悟了,对这个女神如此长久用来欺骗我们的仁慈的骗局感到愤慨。于是她又摇动她的翅膀,飞回到她居住的星空,那里找不到哲学家,却把我们留在地上,受——我想不出什么东西——的指导。

这一种严肃的取笑正是阿诺德的赞赏者乐于欣赏的。但是不仅在开玩笑方面,或在他的中庸风格上,布莱德利和阿诺德相像;他们二人在辞藻绚丽的段落中也很相像。下面两段文章可以相互比较。阿诺德写道:

> 但当她(牛津大学)浸透在怀古幽情之中,在月光下展开她的花园,从它的钟楼上发出中世纪最后低沉迷人的声音,谁会否认牛津,用她无法表达的魅力,永远在那里召唤我们,向我们大家的真正目标走得更近一些,走近理想,走近完美——简言之,走近美,这不过是从另一个方面所看到的真理——或许比图宾根①所有的科学知识更要接近真理。值得崇敬的梦想家啊!您的心灵一贯是这样充满了理想!您如此慷慨地贡献您自己!把您自己献给我并不归属的方面和我并不支持的英雄人物,除此之外,您从不把您自己贡献给市侩或庸人!您给失败了的事业、被抛弃了的信仰,给不受欢迎的名字和令人难以想象的忠诚,提供了家园和避难所!什么样的榜样能像您这样鼓舞我们压抑自己身上的市侩、庸俗成分!什么样的导师能像您那样把我们从我们大家都易于接受的被奴役状态中拯救出来!这种被奴役状态就是歌德在他那哀悼席勒逝世的无比美丽的诗行里所提到的状态。作为对他的亡友最高的评赞(席勒对此崇高赞誉当之无愧),歌德说席

---

① 图宾根,德国城市,以图宾根大学(1477年创办)闻名于世。哲学家黑格尔(1770—1831)、谢林(1775—1854)、天文学家凯普勒(1571—1630)等名人都曾在此学习。该大学是十九世纪自然科学研究中心之一。

勒远离这种状态十万八千里——这种被奴役状态就是"束缚我们大家的东西：庸俗和平凡！"

摘自《逻辑学原理》一书的片段不像上段选文那样有名：

> 这样想法可能来自我的形而上学不足之处，或来自人性的弱点，它继续使我看不见真理，但是生命可能和我们所理解的情况一模一样的这种想法会像最枯燥乏味、最使人意气消沉的实利主义给人以冷冰冰和幽灵般的印象。尘世间的荣华富贵归根结底不过是现象罢了，这种看法会使尘世变得更光辉灿烂，如果我们感觉尘世是某种更充足、更丰富的宝藏的橱窗。如果尘世只藏着原子的单调的运动，只藏着摸不着的抽象概念的幽灵般的织物或无生命的逻辑范畴所跳的芭蕾舞，那么感官的帘幕遮盖的不过是一场骗局，一套骗人的把戏。虽然我们被迫做出这样的结论，我们不能接受这些结论。我们的推理原则整体，只有整体才能赢得我们的信仰和献身，正像把人也许是对的，但这些原则不是真实。这些原则不能构成体切成碎块来进行解剖不能构成我们心里所喜爱的那种温暖的和能呼吸的肉体美。

任何对风格有一点敏感的人将会觉察到口吻、拉力和节拍的相似性。我们不能完全肯定地说布莱德利的选段不比阿诺德的更好；至少阿诺德的短语"无法表达的魅力"一点也不耐久。

但是，如果说这两个人都用同样的武器来进行战斗——尽管布莱德利对阿诺德也进行过攻击，但基本上二人为之战斗的事业却是相同的——布莱德利的武器打得更重，瞄得更准。准确地说布莱德利为什么而战斗，以及他战斗的对象是什么，这个问题人们还没有完全了解；人们的理解受到布莱德利的逻辑论战所扬起尘土的影响而变得更糢糊了。人们倾向于相信布莱德利所做的事就是要摧毁穆勒①的逻辑学和贝恩的心理学。如果他真的做了这件事,那么他的贡献就要比他的实际贡献小得多;如果他真做了这件事,那么他就谈不上有什么贡献,因为穆勒的逻辑学和贝恩的心理学当中有很好的东西。但是事实上布莱德利并没有企图毁掉穆勒的逻辑学。任何读过布莱德利自己的《逻辑学原理》一书的人将会看到他的攻击矛头不是对准了穆勒的逻辑学的整体,而只是对着某些局限性、缺陷和滥用或误用。他保留住穆勒逻辑学的结构,绝没有想到要做别的事。但是,另一方面,《伦理研究》一书不仅摧毁了功利主义的行为理论,而且攻击了整个的功利主义思想②。这是因为,如同每一位读过阿诺德著作的人都知道,功利主义是庸俗王国③的一大殿堂。阿诺德砍掉了殿堂内的装饰物,推倒了一些偶像,阿诺德使用的最好的一些词语永远留在我们的记忆里,嬉笑怒骂,令人神往。但是布莱德利,在他对功利主义所做的哲学批判中,却毁坏了这个殿堂的基石。边沁的精神继承人,如同他们永远要这样做的那样,又重新建起殿堂;但是在为同一信仰建筑另一个殿堂时,他们至少得改用另一种建筑风格。这就是布莱德利的杰出贡献的社会基础,这个社会基础甚至比逻辑基础更值得我们感谢。布莱德利用一种比较更广泛的、更文明的和更普遍的哲学替代了一种粗糙

---

① 穆勒(1806—1873),英国哲学家和经济学家,著有《逻辑体系》(1843)、《论自由》(1859)《功利主义》(1863)等。
② 功利主义,一种伦理学说。根据这种学说,行为的好、坏或对、错,要看它的有用程度有多大,或者看它是否能够促进幸福。这种学说认为公众行动的目的和标准是"最大多数人的最大幸福"。穆勒造了"功利主义"这个新词,但是功利主义学派的创始人杰里米·边沁(1748—1832)却使用了"用途"(utility)一词来说明他的学说以"人类的幸福"作为衡量是非的唯一标准。
③ 庸俗王国,指的是居住在地中海东岸、与以色列人为敌的非利士人(Philistines)的国土。阿诺德借用"非利士人"一词特指那些庸俗的、只对物质利益感兴趣,而对文化和艺术不感兴趣的人。其来源是德语 Philister 一词,1689年耶纳(Jena)大学学生与当地市民发生斗殴,造成伤亡。大学牧师在讲道时引用《圣经》里的话:"让非利士人捉住你(The Philistines be upon thee)。"此后,耶纳大学学生就把当地市民叫作 Philister,表示轻蔑。

的、不成熟的和偏狭的哲学。他诚然受过康德①、黑格尔②和洛泽③的影响。但是康德、黑格尔和洛泽并不像某些热情的中世纪文化研究者想要让我们相信的那样不值得一提,而他们若和边沁学派相比较,他们肯定是更广泛、更文明和更普遍的哲人。布莱德利在七十年代和八十年代所进行的论战中,他的目的是在努力争取使英国哲学更加欧洲化,更加成熟,并且具有更高的智慧,反对一种狭隘、保守的、不成熟的,和胡思乱想的哲学。布莱德利所进行的战斗也就是阿诺德在他以前所进行的战斗。阿诺德攻击的对象是《英国旗帜》④、埃德蒙滋法官、纽曼·维克斯、德博拉、巴特勒、埃尔德里斯·波利⑤、诺伊斯教友⑥、墨菲先生⑦、有执照的客栈老板和旅行推销员。⑧

如果我们说阿诺德的工作需要重做,这并不是说阿诺德的工作是徒劳无益的。我们必须预先知道,如果我们准备战斗,战斗当中会有

---

① 康德,德国哲学家,著有《纯粹理性批判》《实用理性批判》《判断力批判》等。在《纯理性》一书中,康德认为人们有可能获得有关经验的理性知识。但是虽然理性能够认识作为感觉对象的东西,理性却不能认识事物的本质。《实用理性》一书是康德的伦理哲学。伦理学的基础是实用理性,也就是人的自由意志。由于道德规律是无条件的和普遍的,因此道德规律被称作无条件的必须履行的责任。我们关于上帝的知识是通过道德感情获得的,不通过纯粹理性。《判断力》一书包括康德的美学,他认为艺术对事物的表现达到对事物本质的部分认识。
② 黑格尔(1770—1831),德国哲学家,著有《精神现象学》(1807)、《逻辑学》《法哲学》(1821)等。
③ 洛泽(1817—1881),德国哲学家。著有《微观世界》(1856—1864)、《逻辑学》(1874)和《形而上学》(1789)等书。
④ 《英国旗帜》,一份于1847年创办的英国新教周报,水平较低。
⑤ 埃德蒙滋法官、纽曼·维克斯、德博拉·巴特勒、埃尔德里斯·波利,这几个人,英国作家海柏渥斯·迪克森(1821—1879)于1868年著书介绍美国的摩门教时曾谈到他们的所谓理论。阿诺德在《文化与无政府主义》一书第3章对迪克森作严厉批评时提及这些名字。
⑥ 诺伊斯教友,指约翰·汉弗莱·诺伊斯(1811—1886),他是美国一个名为"至善论者"(Perfectionists)宗教团体的创办人。
⑦ 墨菲,生卒年月不详,于1867至1868年间活动于伯明翰、曼彻斯特等城市作煽动性极强的反天主教演说,引起社会骚乱。
⑧ 十九世纪中叶,这些行业人士上书英国政府,要求为自己子女专设学校。1866年,当时的威尔斯王子开设批发商、雇员及布商学校,这预示了英国日后教育改革的动向。作为教育家的阿诺德对此不以为然。

休战、停火的时刻,但绝不会有和平。如果我们对一种事业采取最全面、最明智的看法,就不会有所谓的失败了的事业,那是因为世界上并没有所谓的成功了的事业。我们为失败了的事业而战斗,因为我们知道我们的失败和灰心可能是我们的继承人胜利的前奏,尽管他们的胜利也是短暂的。我们战斗,更多地是为了使某种事业继续生存,而较少期望它会胜利。如果今日布莱德利的哲学有一点过时了,我们必须指出代替他的哲学的东西,目前获得人们欢心的东西,大多数都是粗糙的、不成熟的和偏狭的(尽管显得更加专门和更加科学),而且到了一定的时候也必然要消灭。阿诺德排斥十九世纪中叶的激进主义思想,他评论道:"一种新的势力忽然出现了。"新势力总要出现的;但是那个新势力——它注定要替代那替代了布莱德利哲学的哲学——那个新势力很可能会比被它替代了的哲学同时具有更古老、更容忍、更易适应和更明智的性质。当代大多数哲学的主要特点是新奇和粗糙,不能容忍反对意见,在某一方面僵硬固执,在另一方面却又圆滑易变,还有不负责任和缺少智慧的一些毛病。布莱德利具有很大的一份智慧。智慧主要包括怀疑主义和并不玩世不恭的醒悟;这种智慧,布莱德利具有很大的一份。怀疑主义和醒悟对于宗教理解也是有用的特征;布莱德利也具有一份宗教理解。

  读过《伦理研究》的人们将会容易做出这样的评论,说布莱德利在这本书中,在一八七六年,证明《文学与教条》①无价值。但是这一事实并不意味着他们两人不站在同一战线上。这只说明《文学与教条》与阿诺德在他的《文学批评论文集》和《文化和无政府主义》中所提出的主要论点无关。还说明阿诺德所提倡的文化的最大弱点是他所受的哲学训练比较薄弱,也还说明布莱德利在哲学批评中展示出来的文化和阿诺德在政治和社会批评中所展示出来的文化是属于同一类型的。阿诺德涉足于一个领域,在这个领域里活动,他是装备不够的。

---

① 《文学与教条》,阿诺德写的一本散文著作,有关宗教批评。

布莱德利对阿诺德的攻击并不占许多篇幅,但布莱德利一向是言简意赅的。他只用了几段文字和给"结束语"加的几个脚注:

> 但是在这里"文化"又一次给我们以援助,并且在这里,如同在各处,使我们看到纯文学的研究有助于培养温顺的性格,这就使一切进一步的教育成为不必要。于是我们已经感到就好像在一片新鲜和可爱的智力阳光照耀下,形而上学笼罩在这个问题周围的迷雾正在消失中。当我们面朝着黎明的曙光,我们叹息可怜的黑格尔,他既没有读过歌德或荷马,又没有读过旧约和新约,也没有读过任何用来形成"文化"的文学作品,但是,他既不了解事实真相,又不读书,也从来不问自己"这样幼稚的问题,如存在究竟是什么",只坐在那里从自己头脑里纺出那些荒谬的文字游戏的细丝,这些东西欺骗不了博雅之士。

这里用的正好是阿诺德自己的武器,磨得像剃刀一样锋利,拿来向阿诺德进攻。

> 但是"潮流"和"趋势"热闹了一阵,依次完成了它们的使命,像上周的布告牌,现在退居背景的地位,于是我们终于认识到"永恒的东西"一点也不永恒,除非我们把这个字眼用来指一代人所看见发生的任何事物被当作已经发生过,并且还将要发生的事——正像我们盥洗的习惯可以称之为"永恒的不同的自我有助于清洁",或"早睡早起"被叫作"永恒的不同自我以促进长寿",如此等等——于是"永恒的事物",简言之,在我们的世界上成了不是别的东西,只是华而不实、为了哗众取宠的文字骗局。其后果是我们所得到的一切不过是这样的断言,即"正义"是"自救"或康乐,以及存在着与此事有关的"法律"和"权力"。在这里我们又不得不厚着脸皮承认我们对任何这些词句的含义并不理解,

而且还担心又一次追踪的是美丽的空话。

布莱德利用一条脚注继续用更轻快的风格来和阿诺德开玩笑：

"有没有上帝？"读者问道。"当然有"，阿诺德先生回答说，"我能用经验证明他的存在。""那么他是什么样子？"读者惊奇地问。"要有美德，一般说来你就会得到幸福，"阿诺德回答说。"那么上帝？"读者又问。"那就是上帝，"阿诺德先生说，"我不骗你，你还想要什么更多的东西？"我看我们的确需要大量更多的东西。我们当中的大多数人，当然阿诺德先生为之写作的读者公众也包括在内，需要的是一个顶礼膜拜的对象；他们不会在使抽象概念具体化的陈腐题词中找到这个对象——这些题词比"诚实是最好的精明行为"，或"说得到，做得到"，或各种其他教诲性的格言——这些格言还没有达到被奉为神明的程度——不见得更值得人们崇拜。

这类的批评是无法反驳的。它明显地是斗智的一大胜利，也给我们提供了很大的乐趣在一旁观战，看到一个人自己的战斗方法，几乎是他自己的习惯用语，就这样被拿来回敬那人自己。但是如果我们更仔细地推敲这些话的含义以及这些话所自出的那一章的全文，我们就会看到布莱德利不仅在论战中取得了胜利，而且他的理由是正确的。阿诺德尽管有他的一切长处，却总是不够容忍，或者说他除了想取得马上的成效以外，对别的事情都不够关心，因而他就免不了有自相矛盾之处——如同杰·穆·罗伯森先生辛勤地指出的那样。在《文化和无政府主义》一书里——这可能是他最伟大的一本书——我们听到他谈到"上帝的意志"；但是"上帝的意志"似乎在重要性上被"我们最佳的自我，或正确的理性——我们想要赋予这个东西以权威"——所代替；而这个最佳自我看起来非常像经过轻微伪装的马修·阿诺德。在我们自己的时代，我们最卓越的批评家之一，这位批评家在大多数问题上基本上是正确的，而且十分经常只有他一个人是正确的，这人就是欧文·白璧德教授。白璧德教授曾反复申述说古时候的阶级压迫、官方政府的统治和宗教的制裁，在我们的时代必须由他称之为"内心的约束"这个东西来提供。这个内心的约束看起来又很像马修·阿诺德的"最佳自我"；尽管白璧德教授用更广博的学问和更严密的推理来支持他的内心约束理论，它却或许会遭到同样的反对意见。在我们引用过的同一章里布莱德利说过一些乍看上去似乎是支持这两种杰出学说的话：

> 这个半人、半神的理想怎么可能成为我的意志呢？答案是，它绝不可能成为你作为私人个人的意志，因此你的私人个人必须成为完美无缺。你必须消灭你的私人个人来获得那个完美无缺的自我，而且通过信仰使你自己与那个理想合一。你必须决心放弃你自己的意志，也就是放弃仅仅是张三或李四的意志，而且你必须把你的整个个人，把你的整个意志，都投入神圣的意志之中。那必然成为你的唯一自我，因为它是你的真正自我。你必须既用思想，又用意志，来坚持你的真正自我，其他的东西，你必须放弃。

这些话——的确，还有布莱德利的全部哲学——如果朝着某一个方向往前再推一步，就会是相当危险的一个方向：这就是减少个人的价值和尊严，把个人作为教会或国家的牺牲品。但是，无论如何，这些话绝不能按照阿诺德的意思来解释。根据布莱德利的意思，区别不是划分在"私人个人"和"公共个人"或"高尚个人"之间，而是划在作为仅仅是他自己本人而没有其他更多的东西的个人，作为仅仅是一个编了号的原子的个人，与那个保持和上帝交流的个人之间。这个区别明显地是划在人的"私人的意志"和"神圣的意志"之间。我们还可以注意到布莱德利在说明这个方法时，特别注意到不要夸大一种意志或智力而贬低另一种。无论如何，这个方法是阿诺德也好，白璧德教授也好，都不能接受的。但是如果真有"上帝意志"的话，如同阿诺德在不经心的时刻所承认的那样，那么某种有关神的恩典的学说也就必须得到承认；否则所谓的"上帝意志"仍不过是我们大家时常从我们的人类同胞那里得到的——也是我们所怨恨的——同一种无效的仁慈罢了。最后我们所得到的只是失望和上当受骗。

重读《伦理研究》一书的人们和那些在读过布莱德利其他著作之后现在首次阅读这本书的人们，都会有深刻印象，感受到在布莱德利的三本书中和在他的论文文集中，他的思想是一贯的。但是这种一贯性并不是完全一成不变的一贯性。例如，在《伦理研究》中，他提到关于自我的意识，关于一个人自己不容置疑的、有个性特征的生存的知识。十七年后，在《现象与真实》一书里，他对这个问题看得更加深透；认识到没有任何一个孤立的经验"事实"是真实的，或可以作为证据来证明任何事物。布莱德利思想的一贯性不是一个从来不改变自己的想法的人所达到的一贯性。如果他在如此极少的场合才改变想法，那是因为他通常从一开始就看到他所研究的问题各方面的复杂性和各种联系——也就是说，用智慧的眼光看问题——也因为他绝不会受他自己所使用的比喻的欺骗——的确，他用比喻极为吝惜——他也从来没有受到使用目前流行的社会或政治改革方面的灵丹妙药的诱惑。

如果说布莱德利所有的著作，在某种意义上，仅仅是一些"随笔"而已，那不单独是由于谦虚或谨慎，肯定不是由于缺少热情，或甚至由于健康原因。真正的原因是他觉察到各不同思想领域之间的相互接触和相互延续的关系。他写道："对于道德的思考引导我们超越了道德的范围。简言之，它引导我们认识到宗教观点的必要性。"道德和宗教并非同一件事，但是二者超过某一点后就不可能被分开来讨论。一个伦理学体系，如果要全面，也就明确地或暗示地表明它也是一个神学体系。要建立起一套脱离宗教的、完整的伦理学理论的企图也仍然是采取对宗教抱着某种特殊态度的行动。在这本书里，如同在他的其他书里，布莱德利是彻底以经验为根据的，甚至于比他所反对的那些哲学还要经验主义。他的愿望仅仅是想确定在完全不涉及宗教问题的前提下，道德学当中有多大的部分能够牢固地建立起来。如同在《现象与真实》一书中一样，他设想我们日常生活中的普通知识，在它所涉及的范围内，大体上是真实的，但是我们不知道它所涉及的范围究竟有多大。所以在《伦理研究》一书中，他总是从这个假定出发，即我们对于责任、快乐、或自我牺牲的普通态度，在这个态度所涉及的范围内，是正确的——但是我们也不知道它涉及的范围究竟有多大。在这方面布莱德利完全属于希腊传统。他的伦理哲学基本上是常识哲学。

没有智慧的哲学是徒劳无益的。在较大的哲学家身上我们通常都能觉察到那一种智慧，为了强调的缘故，而且用它的最准确和最深刻的含义来理解，这种智慧我们甚至于可以称之为善于处世的智慧。当然，常识并不意味着大多数人的意见或目前流行的意见；常识并不是没有人生成熟经验，没有研究和思考就能获得的。缺少常识的结果就产生了那些例如我们大量听到的行为主义①一类偏颇的哲学。一个纯粹"科学的"哲学结果总要否定我们所知道的真实事物；而另一方面，实用主义②的一大弱点是它结果对任何人都没有用处。另外，人们容易低估黑格尔的价值，但是人们也容易过高估计布莱德利从黑格尔那里所得到的教益。在像布莱德利哲学这样的哲学体系中，布莱德利在某些点前面停了下来，这些点总是重要的点。在一个偏颇的或缺少文化修养的哲学中，术语习惯于改变它们的意思——如同黑格尔有时做的那样；否则这些术语就像被海盗非常残酷地蒙住眼睛，在突出舷外的板上行走而掉落海中；例如那些被约·布·沃森教授③从船上推

---

① 行为主义，一种心理学的学说。这种学说认为只有被人们观察到的行为才能给心理学提供可靠的数据。这种学说抛弃了心灵和意识的概念。
② 实用主义，一种哲学方法或倾向，由C. S. 皮尔斯和威廉·詹姆斯(1842—1910)所发起。这种方法企图通过概念的实用效果来确定它们的意义和真实性。
③ 约·布·沃森(1878—1958)，美国心理学家，行为主义的创始人。

入水中的术语,而这些术语我们知道是有意义和价值的。但是布莱德利,像亚里士多德①那样,以其严格认真的对术语的尊敬而著称,他要求术语的意义既不含混,又不夸大。布莱德利的工作是朝着使英国哲学更加接近希腊传统的方向而努力。

1927 年

---

① 亚里士多德(前384—前322),古代希腊哲学家,著有逻辑学、形而上学、伦理学、政治学、诗学等方面的著作。

欧文·白璧德的人文主义

谚语常说：破坏容易建设难；作为谚语的推论，读者领会作家思想中的破坏性方面要比理解其建设性方面更为容易。更进一步来说：当一个作者擅长破坏性的批评，公众对此感到满意。如果作者没有建设性的哲学思想，公众也就不提这方面的要求；如果作者具有建设性思想，他的建设性思想往往被人忽视。这种情况尤其适用于那些社会批评家，从阿诺德以来直至今日，都是如此。当我们评论所有的这些社会批评家时，我们采用一个共同的标准，也就是最低的标准：就是看他们对于当前社会上那些我们熟悉而且不喜欢的事物是否批判得有力和有效。这也是一个最容易采取的衡量标准。这是因为他们对社会进行批判时所讨论的问题是我们所熟悉的人世间具体的事物，也因为我们所评论的某位作者只是在用更漂亮的言辞重复着我们自己的思想；而建设性的思想所讨论的问题多是艰深的、我们所不熟悉的。这就是为什么门肯先生[①]受到公众欢迎的原因。

但是也有比门肯先生更严肃的社会批评家。对于这些人，我们必须提出这个问题：他们到底能够提出什么方案来代替他们所谴责的事

[①] 门肯（1880—1956），美国新闻记者、编辑、作家和语言学家。门肯主编《美国信使》（1924—1933），批评美国社会。他攻击清教主义、保守主义、宗教、大学教授（包括白璧德在内），以及胡佛、威尔逊、罗斯福等政治家。

物？例如，朱利安·本达先生①在他深思熟虑的计划中考虑到一条，就是不提任何方案；他对于批评的公正性有一种不切实际的看法，这就限制了他所关心的问题。温德姆·刘易斯先生②显然在勇敢地企图建立一套积极的理论，在他已发表的作品中却还没有做到这一点。但在白璧德教授最新出版的《民主和领导》③一书中，批判是和建设性的理论结合在一起，并且是以这个理论为依据的。书中没有全面地阐明这个理论，而是认为该理论已部分地为读者所接受。我打算在我现在写的这篇文章里向白璧德先生的建设性理论提几个问题。

白璧德先生哲学的中心是人文主义的学说。在他以前写的几本书中，我们能够不加分析地接受这个人文主义思想；但在《民主和领导》一书——这本书我认为是迄今为止他的理论的总结——中，我们不禁对他的理论发生怀疑。人文主义的问题无疑地是和宗教问题有关。白璧德先生在他这本书中却从头到尾随处都十分明确地表示出他不能采取宗教的观点——也就是说，他不能接受任何教条或启示；他还明确地表示人文主义是宗教的替换物。这就引出这样一个问题：这个替换物是不是就是一个代用品？如果是个代用品，那么人文主义和宗教之间的关系岂不是和"人道主义"和人文主义之间的关系一模一样吗？归根结底，人文主义是一种自足的人生观，还是从宗教中派生出来的东西？这种派生出来的人生观只能在历史上短期内起作用，只能对少数像白璧德先生那样有高度文化修养的人有效，而且白璧德先生从他的祖先那里所接受的是基督教的文化传统；像许多人那样，

---

① 朱利安·本达(1867—1956)，法国哲学家和散文家。他反对柏格森主义(Bergsonism)，谴责当代文学的感情主义美学思想，在他的论文《知识分子的背叛》(1927)中，他责备知识分子放弃了他们追求真理和正义的责任，成为政治思想的宣传工具，这是最大的背叛。
② 刘易斯要求绘画要有清晰的线条和明确的造型，要求文学要有明确、合理的思想。他反对现代西方文化的思想混乱，反对过度崇拜心理分析，反对政治中的官僚主义和福利国家。
③ 《民主和领导》(1924)，白璧德的政论著作。他把他的人文主义文学理论也应用到政治领域内。

白璧德先生和明确的基督教信仰之间只隔着大约一代人的时间距离。换言之,这种派生的人生观能否持续到一、二代人以后?

关于"人道主义运动的代表人物",白璧德先生写道:

> 他们情愿生活在自然主义的水平上,却同时又想享受过去人们希望通过一些人文主义的或宗教的锻炼所获得的好处。

这是一个很好的定义,但这个定义引起了我们的兴趣,看看我们是否能够换上几个字也给人文主义者做如下的描述:

> 他们情愿生活在人文主义的水平上,却同时又想享受过去人们希望通过一些宗教的锻炼所获得的好处。

如果这个改动是合理的,那么这就意味着区别就在于一步之差:人道主义者抑制了特有的人性,只剩下兽性;人文主义者抑制了神性,只剩下人性中一个成分,而这个成分,虽然他(人文主义者)力求使之升高,却有可能很快地又下降到兽性的水平。

白璧德先生是一位文化传统和持续性坚定的卫护者,凭着他的广博的、百科全书般的知识,他一定知道基督教是我们种族历史中一个重要的组成部分。因此,作为历史事实,人文主义和宗教一点也不相同;人文主义是时隐时现的,而基督教却是延续不断的。我们不必去设想,如果没有基督教,那么欧洲各民族的发展可能是个什么样子——也就是说,不必设想一个相等于事实上存在的基督教传统的幻想的人文主义传统。这是因为我们充其量只能说我们会成为非常不同于现在的欧洲人那样的人,或可能比他们更好,或可能比他们更坏,总之,与他们绝不相同。由于我们所讨论的问题是如何规划未来,我们只能依据过去提供给我们的材料来规划未来;我们必须利用我们继承下来的东西,而不应拒绝接受它。人类的宗教习惯,在一切地方,一切时代,以及对一切人来说,都仍然是很强的。人类并没有人文主义的习惯;我认为,人文主义不过是某些时代、某些地方、某些个人的心态罢了。人文主义若想存在,必须依赖某种其他的态度,因为人文主义本质上是批判的——我甚至想说它是寄生的。人文主义曾经是很有价值的,而且仍旧会有很大的价值;但是它绝不会向上帝的选民们提供大量的斑鸡或丰富的神赐食物①。

用白璧德先生的观点来给人文主义下定义,是颇为困难的,因为他倾向于让它和宗教排成战斗序列来攻击人道主义和自然主义;而我却企图把它看作宗教的对立面。白璧德先生很容易用这样的话语——"人文主义的和宗教的传统",这话也就暗示着你也可以说"人文主义的或宗教的传统"。因此我必须想办法利用白璧德先生好像特为我们举的几个例子,来尽我的可能为人文主义下一个定义。

我应该指出,他把孔子、释迦牟尼、苏格拉底和埃拉斯穆斯都看作人文主义者(我不清楚他是否把蒙田也算在内)。有些人会感到奇怪为什么孔子和释迦牟尼也在这个名单里,因为大家都把这两位看作是宗教的创始人。但白璧德先生所强调的总是人的理性,而不是超自然的启示。首先,孔子和释迦牟尼两人并非同舟共济。当然,白璧德先生对这两个人知道得比我要多得多;但即使是比我关于这两人知道得更少的人,也知道孔子的学说之所以能够延续下去是因为它和人民大众的宗教相符合,佛教之所以能延续下去是因为它明显地变成②像基督教那样明显的一种宗教——因为它承认人性与神性的依附关系。

最后,还有苏格拉底和埃拉斯穆斯对他们各自的地区和时代的宗教所持的态度,这些态度也很不同于我所认为白璧德先生对宗教的态度。苏格拉底究竟有多少信仰我们不清楚,我们也说不清传说中他请求杀一只公鸡作祭祀的牺牲品仅说明他的君子守信行为或甚至是一

---

① 指以色列人在旷野四十年中获得的神赐食物。见《圣经·出埃及记》,第16章。
② 我用"变成"这个词,但我认为佛教和基督教一样,真正是从一开始就是一个宗教。——原注

种嘲讽举动①；但是如果说这个举动就会相当于让白璧德教授去接受天主教或东正教的临终涂油礼，这是我目前难以想象的事。但是苏格拉底和埃拉斯穆斯二人都满足于批判，而不去触动当时的宗教结构。因此我觉得白璧德先生的人文主义和上面提到的那些人当中任何一个人的人文主义都大不相同。

这不是个小问题，但却是个困难问题。其原因并不是由于白璧德先生误解了这些人文主义者当中的任何一位，或由于他对于这些人各自的文化背景不完全熟悉。相反的是，他对于这一切都十分了解。我认为原因就出在他在对人文主义者每一位个人所发的启示——书中所表达的启示——都感兴趣的同时，却有一种忽视这些启示产生的条件的倾向。他向我们推荐值得我们景仰和模仿的这些伟人时完全脱离了他们各自的民族、地域和时代的背景。因此，我觉得白璧德先生也好像脱离了他自己的背景。他自己的人文主义实际上是一件和他的表率人物的人文主义极不相同的东西，但是，照我看来，却令人吃惊地和十九世纪的非常开明的新教的神学极为相似；事实上，它是垂死挣扎中的新教神学的产物——或副产品。

我承认一切人文主义者——作为人文主义者——总是个人主义者。作为人文主义者，他们对于人民大众做不出什么有益的事。但是他们一般都为人民大众保留了一席之地，不仅在他们各自的方案中，而且（更重要的是）在他们自己的头脑中也为人民大众留下了一个地盘。白璧德先生是一位十分严格和十分认真的新教徒，因此他不肯这样做；于是在他自己的个人主义（的确，超过一定的程度，唯理智论一定会成为个人主义）和他想要首先为美国民族以及为文明本身做一些有用的事的真诚愿望之间似乎存在着一条鸿沟。但是，照我的理解，历史上的人文主义者，到达某一点时就毅然止步，并承认理性不可能

---

① 柏拉图《对话录》记载苏格拉底临终留言："克利陀，我们欠艾斯库拉皮斯一只公鸡；去偿还给他，请不要忘记。"克利陀是苏格拉底的好友；艾斯库拉皮斯是希腊神话中司医疗之神。

走得更远,承认理性不可能靠吃蜂蜜和蝗虫生活①。

人文主义要不是宗教的代替物,就是宗教的附属品。照我看来,人文主义总是在宗教强盛的时候才兴旺;如果你发现一些反宗教的人文主义例子,或一些虽不反宗教、但至少反对当地区和当时代的宗教信仰,那么这一种人文主义纯粹是破坏性的,因为它从未找到任何东西可以代替被它破坏了的东西。当然,任何宗教都永远有僵化成仅仅留下宗教仪式和习惯的东西的危险,尽管仪式和习惯对宗教来说也是必不可少的。只有通过感情的觉醒和新生的虔诚,或者依靠具有批判力的理性,宗教才能复兴。具有批判力的理性可能就是人文主义所能起的作用。但是,如果事实果真如此,那么人文主义所起的作用,虽然必要,但终究是次要的。你不可能把人文主义本身变成一种宗教。

照我看来,白璧德先生在一个方面想要做的事情似乎是想让人文主义——他自己那种人文主义——不必借助宗教而起作用。若不是这样,我就不明白他的自治学说的真正用意了。这个学说贯穿在他整个著作当中,有时以"内心控制"的字眼出现。它似乎是纠正政治和宗教混乱的一种方法。作为政治方案,它似乎更为可取。随着政府的形式变得越来越民主,随着君权、贵族和等级制的外部约束日益消失,个人越来越有必要自我控制,因为个人不再被权威或习以为常的敬重所控制。在这个范围内,白璧德先生的学说显然是对的,而且是攻不破的。但白璧德先生似乎也以为随着一个正统宗教的"外部"约束的削弱,个人自我控制的内在约束就可以把宗教的外部约束取而代之。如果我对他做的解释是正确的话,这样一来他是在企图用新教的木板来搭起一座天主教的台子。按照传统,他本来就是一位个人主义者,注意保护个人独立思考的权利,但他同时却在努力建造一件对国家、民族和世界将会有用的东西。

由个人组成的人口总和,尽管大家都能很好地和有效地阻止和控

---

① 见《圣经·马太福音》,第3章,第4节:"这约翰身穿骆驼毛的衣服,腰束皮带,吃的是蝗虫野蜜。"这里约翰指的是受施洗的约翰(John the Baptist),在旷野里传道。

制自己，也绝不会构成一个整体。如果你像白璧德先生那样，非常明确地区别"外部的"和"内在的"约束，那么你就没有给个人留下任何东西足以使他能够借以控制自己，除了他自己私人的见解和自己的判断外，这些东西是相当不可靠的。事实上，当你离开政治领域来观察神学领域时，"外部的"和"内在的"区别就变得一点也不清楚了。即便是被赋予了具有最严密组织和世俗权力的僧侣统治，加上一切能够想象到的宗教法庭和残酷刑法的权力机构，宗教的概念仍然是内在的约束——宗教并不诉诸一个人的行为，而是要打动他的灵魂。如果一种宗教不能触动一个人的自我，因而最终他不得不控制他自己，来代替让他自己只受教士控制，正像他可能被警察控制那样，那么宗教就没有尽到它公开声称的职责。我猜想白璧德先生有些时候对有组织的宗教抱着本能的恐惧，害怕宗教会阻碍和破坏他自己理智的自由活动。如果真是这样，那他的确对此有一种错觉。

那么人们要问：所有这些几百万人，甚至这些几千人，或者几百个明智人士的残余，他们到底为什么要控制他们自己？白璧德先生的批评、判断力是极强的，他所发的几段议论，就其本身而言，没有一个是不能被接受的。但他的建筑物的接合处，而并不是他的建筑材料，有时显得不够牢靠。他说得很对：

> 各时代的人类都有这样一种经常的经验，就是单纯的理性主义使他们感到不满足。人类渴望有一种神秘灵感（按照这个词的某种含义，作"灵感"解，或指一种"宗教狂热"），这种灵感或狂热将会把他们提高到超越单纯理性自我以上的境界。

但是我们不清楚白璧德先生除了提供给我们用某种灵感来使自己被提高到超越单纯理性自我以上的境界的神秘灵感外，是否还有任何其他灵感可以提供给我们。的确，如果他能感化人们，使他们能够用灵感即便是达到理性自我的境界，那么他的成绩也就不算小了。

但是，照我看来，这一点正是"人文主义的约束"能够起作用的极限，如果人文主义的约束真能达到这一点的话。白璧德先生提到伯克①身上"宗教和人文主义约束"的基础，但我们想知道在这个基础当中宗教和人文主义各自所占的比重。尽管白璧德先生大谈特谈宗教在过去的作用，尽管他看到了神学的衰落和他憎恨的现代种种邪恶的滋生之间的一切关系，但他却显示出他自己毫不妥协地超然于任何宗教信仰之外的态度，也超然于即便是最纯粹"个人的"宗教信念之外：

> 做一个现代人实际上意味着日益自信，并富于批判精神，意味着拒绝接受某种权威强迫个人接受的任何东西，这个权威先于、外在于、超越于个人之上。我不反对那些仍坚持外在权威原则的人们。我关心的首先不是这些人。我自己是一个彻头彻尾的个人主义者，为那些和我自己一样无可挽回地献身于这个做现代人试验的人们写作。事实上，我在某种程度上之所以反对那些现代人的原因，就是因为他们还不够现代化，或者说，这就是一回事，他们还不够富于试验精神。

我们这些并不自称现代化的人们可能不被包括在白璧德先生所反对之列，但是，作为旁观者，我们倒想问问这一切现代化和试验究竟要把我们带到什么地方去。难道每一个人都应把时间花在进行试验上面？拿什么东西做试验？试验的目的是什么？如果这试验仅仅引出这样一个结论，即自我控制是有益的，那么这个结论对于我们追求"灵感"的努力来说，似乎给人以虎头蛇尾的感觉。如果没有什么东西是"先于、外在于，或超越于"个人之上，那么更高的意志究竟想要做什么？如果这个更高的意志必须有任何施加影响的对象，那么这个对象必须和外在的物体和一些客观的价值发生关系。白璧德先生说：

---

① 伯克（1729—1797），祖籍爱尔兰的英国政治家、散文家和思想家，著有《关于法国革命的思考》（1790）等著作。

使更高的意志居首位不过是换一个方式来宣称生命就是一个信仰的行动。人们可以根据肯定的证据在这个古老的基督教信条里发现一个深刻的意义,即我们获得知识不是为了我们可以相信,而是我们相信为了我们可以获得知识。

　　这话是完全对的;但是如果生命是一个信仰的行动,那么这个信仰行动的对象是什么呢? 我猜想,以萧伯纳先生①为首的生命力信徒们会说:"生命本身"就是信仰的对象;但是我不相信白璧德先生也会说出这样愚蠢的话来。可是,几页以后,他赋予意志更为具体的内容:意志就是文明。

　　因此,下一个需要考察的概念就是文明。表面上看起来,它的含义比较具体;事实上,"文明"这个词只指示一个框架,需要给里面填补具体的物件,而不指任何具体物件本身。我不相信当我坐下来思考文明三分钟之久时,我的头脑不会转向思考别的什么东西。我不是说文明只是一个空洞的字眼;这个词指示的是个完全实在的东西。但是那些够得上被称为"向往文明"的个人,他们的头脑里充满了按照时间、地点和个人的性格所决定的各式各样的他们所向往的东西;这些人所共有的特点,与其说是对文明的向往,还不如说是养成同一方向的习惯。除非你把文明当作物质进步、清洁卫生等含义来解释——这显然不是白璧德先生的意思;如果你指的是在一个高层次上精神和理智的协调,那么脱离了宗教,文明是否还能持续,没有教会,宗教是否还能继续存在,这是值得怀疑的。

　　我这里所讨论的问题不是讨论像白璧德教授所希望达到的那种

---

① 萧伯纳的社会学说包括对"生命力"(Life Force)的信仰(这种学说的思想根源是法国哲学家柏格森和德国哲学家尼采)。"生命力"信仰者认为人类的进步依靠每一代人当中涌现出来的天才(这是生命力进化的结果)。这些天才是人类进步的先锋突击手,他们必然遭到他们同时代人的反对和敌视,萧伯纳的生命力信仰可以说是一种新的宗教,其实质是一种创造进化论。

"人文主义的"文明是否值得向往;我只想问一下它是不是切实可行的。从这个观点来看,我认为这一类理论的危险在于它们有滑坡的危险。对于那些没有追随白璧德先生走得很远的人们,或者那些更间接地受到他的影响的人们来说,这种滑坡可能会使他们倒退到稍加掩饰的人道主义。对于那些如饥似渴地追随白璧德先生到底的人们来说,当他们发现马厩里没有干草吃时,这种滑坡很有可能会使他们倒退到毫无人文主义和批判精神成分的天主教那里,那会是一种丧失了信心的天主教。白璧德先生自己的话里已暗示到这个意思。

> 有人曾说,现代人最终将被迫做的选择是:或做一个布尔什维克或当一名耶稣会会士。在这种情况下(假定耶稣会会士指的是信奉教皇极权的天主教徒),人们似乎没有多少犹豫的余地。信奉教皇极权的天主教教义,不像布尔什维克主义那样,要砍掉文明的基石。事实上,在某些已部分地显现出来的情况下,天主教会或许是西方唯一被保存下来人们还能够指望维护文明标准的机构了。但是,也有这种可能:即既做一个彻底的现代人,同时又做一个文明人⋯⋯

最后一句话,照我看来,似乎有一点信心不足。但是关键在于白璧德先生似乎预先就向教会做出了更多的让步。多于许多比他更关心教会目前状况的人们所愿意做出的让步。白璧德先生比我信奉教皇极权的程度要大得多。人们可能对天主教教会(我理解白璧德先生所说的天主教教会指的是与罗马教廷保持一致的僧侣统治集团)抱有非常深的崇敬甚至爱慕的感情;但是如果人们研究天主教教会的历史和盛衰,它过去的和当前的困难和问题,人们就必然会对它油然赞美,肃然敬畏,但人们不会因此更情愿把人类的一切希望都寄托在仅仅一个机构上面。

但是我的目的并不是预言白璧德先生的哲学将收不到好的效果,

我的目的始终是想要指出，一旦关于"人文主义"的模糊不清的理解得到了澄清，我认为他的哲学所应采取的方向。我认为他的哲学应该引导出这样一个结论，即人文主义的观点从属于而且依附于宗教观点。对我们来说，宗教就是基督教；而基督教，我认为也包含着教会的概念。如果白璧德教授凭着他的学问、他的能力、他的影响，以及他对于当代最重要的问题的关心，能够得出这样一个结论，那将不仅是一件有趣的事，而且是一件极有价值的事。白璧德教授的影响，这样一来，就有可能和另一位哲学家——查理·莫拉①——的影响结合起来，而且的确能够纠正那一位作家的一些过火的地方。

这样一个结果却是不可能的。白璧德教授知道得太多了；我不仅指他的博学或见闻或学术成就。我的意思是说他知道的宗教和哲学实在太多了，他对这些宗教和哲学的精神实质吃得太透了（可能在英国或美国没有任何人比他能够更好地理解早期的佛教），以至于他不能献身于任何一个宗教或哲学。结果只能是人文主义。我相信最好还是痛快地承认人文主义的弱点，考虑到它的不足之处，以免它的结构在过重的压力下倒塌下来；以便我们可以做到对人文主义对我们的价值，以及人文主义的缔造者对我们的恩惠，予以持久的承认。

1928 年

---

① 查理·莫拉(1868—1952)，法国政论作家和文学批评家。他是《法国的行动》杂志的编辑，宣传天主教保皇主义。他写的《理智的未来》描述他对于秩序和传统主义的观念。他编写的《政治和文学批评辞典》(1932—1934)推崇文学和艺术中的古典主义。

关于人文主义重新考虑后的意见

一九二八年七月,我在《论坛》杂志上发表了论欧文·白璧德先生的人文主义一篇文章,这篇文章就是登在本选集中我这篇文章前面的那篇。据我了解,白璧德教授以为我没有正确地陈述他的观点;但是由于我直到现在还没有得到任何一位人文主义者对我进行较详细的纠正,我仍然不知自己错在哪里。很可能过错在我自己,因为在这期间我听到了一些对我表同情的友人们所作的评论,这些评论表明他们误解了我的意思。因此我现在写的这篇文章不是出于想要攻击任何人的愿望,而是出于把我自己的观点阐述得更加清楚的愿望。在这里,我觉得讨论诺曼·福斯特先生的卓越的《美国的批评》一书,比讨论白璧德先生的著作更为有用。作为一位门徒的著作,福斯特先生的书比白璧德先生的著作,似乎更清楚地暗示了人文主义有可能变成什么,以及人文主义有可能起什么样的作用,因为白璧德先生的著作更多地涉及他个人。

我感到抱歉,我上一篇文章被人解释成从一个狭隘的宗派主义观点出发对人文主义的"攻击"。我写的那篇文章没有攻击的意图。我自己开始时曾是白璧德先生的门徒,我的确感到我没有抛弃我认为是他的教导中任何积极有用的东西,因此我没有资格"攻击"人文主义。相反的,我关心的是如何指出人文主义的弱点,以便先发制人,保卫人文主义,以免某些它的真正的敌人利用它的弱点来向它进攻。人文主义可能具有——而且已经具有了——巨大的价值;但是人文主义必须在为时尚不过晚的时候受到批评。

  我所听到的对于我对人文主义的批评而提出的批评意见之一是这样的:从那些"相信"宗教的人们的观点出发,我对人文主义的批评是很令人满意的;但是如果说我成功地证明了没有宗教的人文主义是不够的,那么对于那些不肯相信宗教的人们来说,又有什么东西留给了他们? 我并没有想要摧毁人文主义阵地的愿望。但是我担心人文主义会染上越来越多的实证哲学①的性质——在我们的时代,任何哲学都有可能染上作为宗教教条代替物的性质。人文主义的实证哲学倾向令人深感不安。在导师的著作里,尤其是在他的门徒们的著作里,人文主义有一种发展成为实证的和排他的教条的趋势。如果你能设想一种没有那一切荒谬、过火东西的孔德主义②——而这些东西,我相信,却是孔德主义方案的一个非常重要的组成部分——那么你就会得出我想象中的人文主义可能变成大约是什么样子的图像。

  正像我试图说明的那样,人文主义者的实际立场是矛盾的:一方面承认在过去人文主义和宗教曾经结合在一起,另一方面却又相信在将来人文主义将有能力忽视传统宗教。在人文主义者的系统阐述中,这个奇怪的手法占一个很大的比重;在一种情况下把人文主义和宗教

---

① 实证哲学,十九世纪西方的一个哲学运动,它的创始人是法国哲学家孔德(1798—1857),实证哲学企图把自然科学的方法——观察和实验——应用到哲学、社会科学和宗教上面,以便促进社会改革和人类进步。实证哲学只承认用科学方法获得的知识才是真正的或实证的知识。孔德著有《实证哲学教程》(1830—1842),阐明了实证哲学的要点。实证哲学企图用社会学的伦理代替宗教和形而上学,它把人类的知识分成三个阶段:神学阶段的知识、形而上学阶段的知识和实证阶段的知识。实证哲学对十九世纪末和二十世纪初英、美思想界有很大的影响。

② 孔德主义,指的是孔德的实证主义哲学。孔德主义的荒谬、过火的东西指的是一套模仿天主教的宗教仪式。在他的晚年,孔德企图把社会学的伦理变成一种"人性的宗教",这个宗教有它的教条和信仰,还有一套个人的和集体的礼拜仪式,礼拜的对象是历史上的男、女英雄人物,这些人物也都有专门的圣徒节日活动。

等同起来,在另一种情况下又把二者对立起来。福斯特先生写道(第244页):

> 人文主义把一切都归属于一个中心,这个中心是一种向心力,它和那些各式各样的离心力的冲动起反作用,这个磁性的意志吸引我们的感觉磁通量朝着它的方向流动,而它自己处于静止状态。这就是产生宗教的实际存在的事物。纯粹的人文主义满足于这样用物理学的术语来描述宗教,把宗教描述成一项观察到的经验事实;人文主义不愿超越它的实证知识而对任何一个伟大宗教做出武断的肯定。人文主义不能促使它自己接受一套不顾理性建立起来的正规的神学体系(正如它不能接受浪漫主义的理想主义那样),因为人文主义主张超自然的直觉必须经过理智的检验。此外,人文主义还畏惧由于肉体和灵魂之间过于严格的善恶二元论思想所引起的宗教禁欲主义倾向,因为,如同我们在上面所说的那样,人文主义要求人的全面发展,情愿利用、而不是消灭具有危害性的力量。不同于宗教,人文主义分配给作为工具的科学和艺术二者同样重要的地位。可是人文主义又和宗教是一致的,它们都把伦理意志看作一种优越于普通个性的力量,看作一种非个人的现实,这个现实是一切人,不论个人脾性如何不同,大家所共有的,对于这个现实一切人都必须抱着愿意屈从的态度。这种认识,由于基督教的影响,在我们身上大大地加强了,但在古代希腊人的人文主义中就已存在着这种认识。古希腊人认为最不可原谅的罪恶是骄傲和狂妄,感情上或理智上过度自负的妄自尊大,以至于忘记了窥伺在与其地位不相称的一意孤行的人身旁的复仇女神。人文主义和宗教一样,也告诫人们养成谦恭的美德。

尽管我对福斯特先生合理的文学批评表示敬佩,尽管人们对他通常才华横溢的言论不乏赞赏,但我在上面所引用的这段文章,在我看来,却是由无知、偏见、混乱的思想和拙劣的文笔组成的。他的第一句话就使我感到不知所云，在那句话里他用了一个模糊的、伪科学的比喻；他的话"纯粹的人文主义满足于这样用物理学的术语来描述宗教"似乎把他的笔墨完全出让给了他所称之为的"自然崇拜"。他的第一句话，我认为，要不仅仅是一个借自十九世纪物理学的比喻——若是这样，比喻很难算是"描述"，没有人会满足于一个比喻——不然的话，作者是沉溺于以过时的物理学为基础的机械论的伦理学之中。"产生宗教的实际存在的事物"是一个令人想到人类学的某一个旧学派的用语；这个提法是一种谨慎的暗示，认为宗教不过是一种感情的状态，这种心态是由某些物质的或半物质的"实际存在的事物"和某些"事实"所产生的。福斯特先生"不愿"而且"不能促使自己"用表面上的审慎来掩盖他的武断。我认为他在这里把人文主义和人文主义者混为一谈。如果某一个人文主义者不愿或不能促使他自己，那是一种完全自然的、合乎人情的态度，人们对这种态度只有同情；但是如果这个人文主义者声称人文主义不愿而且不能促使它自己，那么福斯特先生就是在把这个"不愿"和这个"不能促使它自己"变成一句武断的话：人文主义的信条就是我怀疑。福斯特先生武断地说世间有一种"纯粹的人文主义"，它是和宗教信仰不相容的。当他进而区别人文主义和宗教时，说人文主义"主张超自然的直觉必须经过理智的检验"，那么人们不禁要问他在拿那一种宗教和人文主义相对照：因为早在人文主义一词尚未发明以前，教会就已主张使用这种检验标准。其次，对"禁欲主义的畏惧"，这不仅是人文主义的特点，也是自由开明的新教教派的特点，有时人文主义似乎和这个教派有一脉相承的关系。我同意，典型的人文主义者不能被想象成一位苦行僧；但是如果人文主义走得这样远，以至于在它的教义中也包括"我畏惧禁欲主义"，那么人文主义仅仅是在那里表态，赞助另一种反宗教的武断主张。福斯特先生说，人文主义"情愿利用、而不是消灭具有危害性的力量"；但是难道他真正相信基督教这个宗教，除了几种异端邪说作为例外而外，曾在任何时候想要消灭这些具有危害性的力量吗？另外，如果他认为宗教蔑视科学和艺术，我只能假想他的宗教教育是在田纳西州的山区里受的。他又说，人文主义和宗教只在一点上是一致的：二者都相信伦理意志。从前曾经有过一个叫作伦理文化会社的组织，星期天上午做礼拜；看来福斯特先生的人文主义颇有降低到这种开明宗教水平的危险。

事实上，福斯特先生的人文主义实在过于伦理化了，使人难以相信。这一切道德思想都是从哪里来的？照我看来，正统的宗教的优点之一就是它把道德思想放在它们的适当地位。虽然白璧德先生和莫尔先生①都对康德②做出严厉的（也是公正的）批评，人文主义的第二代人似乎把人文主义的伦理思想建筑在和康德的伦理思想相似的基础上。福斯特先生认为"经验当中最主要的现实是伦理性的"。对于有明确的宗教信仰的人来说，这样一句话具有一种含义；对于否定宗教的实证主义人文主义者，这话就必然有另一种含义。而那另一种含义却似乎只是建立在模糊的概念和混乱不清的思想之上的。我虽然能够理解但却不赞成以生物学和心理分析为基础的自然主义的道德体系（在这些体系中，凡是正确的成分绝大部分都是古往今来大家都已熟知的东西）；但是我却不能理解一种似乎只以它自己为基础的道德体系——这种道德体系的存在，我猜想，仅仅靠着它或和心理学或和宗教

---

① 莫尔(1864—1937)，美国批评家。他受了白璧德的影响，信奉新人文主义、古典主义和自我节制，著有《谢尔本随笔录》(1904—1921)、《希腊传统》(1921—1931)、《新谢尔本随笔集》(1928—1936)等。
② 康德的伦理思想要点是：人类的意识能够感觉到大自然的安排，也能够认识道德的和美学的价值。人的道德意识接受某些"无条件的、必须尽的责任"，例如，"不许说谎"。因此人的道德义务必须完成. 我们能够感觉到这个义务，虽然我们不能解释为什么必须如此。但是这个道德义务在实际生活中却是一个很好的行为准则，它让你"按照这个原则去办事，就好像这个原则将会变成一个普遍的自然规律"，它还让你尽全力为全人类谋最大的福利。这个最高的目标无法实现，除非我们假设宇宙也受到道德规律的支配，而制订和操纵这些道德规律的人就是宇宙的道德主人，就是上帝。形而上学把宗教和道德放在人类的知识领域之外，也就是说，把它们放在信仰的领域里。白璧德和莫尔都推崇理性，对康德伦理思想的宗教倾向表示不同意。

或兼和二者建立起非法的关系,视人文主义者个人的心态倾向而定。

  我认为人文主义在很大的程度上在"人的"这个词上大做文章;一般说来,它赋予这个词以明确的和清晰的哲学概念,而这些概念并非该词所固有的。我反对的是人文主义者在区分"人的"和"自然的"二者的界限时,却又利用了他所否定的"超自然的"这个范畴。我反对的原因是我深信如果这个"超自然的"东西被抹杀了(我避免用"精神的"这个词,因为它几乎可以指任何东西),人和自然之间的二元关系就立即瓦解了。人之所以为人,因为他承认超自然的现实,并不是因为他能够发明这些现实,人性中的一切或归因于自下而上的进化和发展,或必然有一些成分来自上面。这种进退两难的处境是不可避免的;你要不是一个自然主义者,就必然是一位超自然主义者。如果你从"人的"这个词抽去对超自然力的信仰所赐予人的一切属性,最后你只能把人看作比一个极端聪明、善适应的和喜欢恶作剧的小动物好不了许多的东西。如果福斯特先生的伦理观是伯特兰·罗素先生①的伦理观,那么他的伦理观就会更"合乎理性"了:可是,就目前他的伦理观本身而论,这种缺少宗教基础②的伦理观只能流于形式,站不住脚,而且是毫无意义的。

  当然,真正的毛病还是出在人总难免要出错的。福斯特先生和大多数人文主义者一样,我猜想是学文学出身的;他的人文主义带着学

---

① 伯特兰·罗素(1872—1970),英国二十世纪最杰出的哲学家、散文家和社会改革家。他的哲学思想继承了十八世纪英国哲学家休谟的怀疑主义传统,注重理性。他是数理逻辑的奠基人。他的语言分析和对现代物理及行为心理学与哲学思想之间的关系的研究影响了维也纳学派哲学家和剑桥大学批评家瑞恰兹和燕卜孙。在社会改革方面,他用理性对社会制度和风俗习惯及传统思想进行大胆的批判,与大家公认的道德标准和伦理思想对抗。他反对战争,主张和平主义和不抵抗主义,甚至反对保家卫国的正义战争。又例如,他主张未经合法结婚的自由同居(free love)等。他用理性来衡量一切道德行为。

② 福斯特先生的"理性",照我看来,似乎不同于任何一个希腊文对应词(λóros),由于它专指"人的",而希腊人认为 λóros 当中包含着一种无法解释的东西,因此 λóros 意味着神性中参与了人性。见前不久逝世的马克斯·谢勒著《人类和历史》(《新瑞士评论》),第 21 页。——原注

院文人的烙印。他对任何其他学科的研究都要通过文学。这是一个完全正当的研究方法;因为我们大家都一定是用那些我们所知道的事物作为有局限性的装备来着手研究我们所不知道的东西。问题就出在:对于一个现代人文主义者来说,文学本身就因而变成研究另一个学科的手段。如果我们试图用某物代替另外一种东西,那么此物就有可能仅仅成为那个东西的一种业余爱好者的代用品。福斯特先生可能会和我对我国大学的哲学研究目前普遍存在的枯竭现象①取得一致看法。但是,世界上的确存在着一种哲学训练,它并不等同于文学训练;哲学体育运动有一套有关其术语使用和解释的规则,而这一套规则不同于文学规则。人们可能认为研究哲学是徒劳无益的,这样人们就不应该尽谈大道理。人们很有可能在谈大道理时谈得并不高明,因为在谈大道理时他们是在无意识地谈道理。我反对的不是人文主义,而是反对福斯特先生还不够人文主义化;反对他不懂比赛规则就来参加哲学和神学的体育运动比赛。

福斯特先生的主张还有另一个方面,这个方面有可能为他赢得"最新的拉奥孔"②的称号;这就是下面这个有趣的想法,即认为让文学负担起哲学、伦理学和神学的工作,将会败坏人们的文学判断力和

---

① 但是这首先并不是教师们的过错,而是整个教育制度(哲学教学只是其中一个组成部分)的毛病。给不具备人文主义教育背景的年轻人教哲学,给不懂希腊文而且对古代史一无所知的青年学生讲授柏拉图和亚里士多德,是美国教育的悲剧性闹剧之一。我们的收获是一阵旋风,刮来了大批实用主义者、行为主义者等等。顺便提一句,贝特兰·罗索先生没有受过古典文学的教育,这对公众是一件不幸的事。人文主义所做的好事莫过于它对现代教育的批评。见白璧德先生数年前发表于《论坛》杂志上论哈佛大学校长艾略特的极好的文章。——原注
② 拉奥孔是特洛伊的祭师;因警告特洛伊人勿中木马计而触怒天神,和他的两个儿子一同被海蛇缠死。1506年在罗马发现古希腊拉奥孔雕像(公元前二世纪雕成),表现拉奥孔父子垂死时与海蛇英勇搏斗。德国诗人和批评家莱辛著有《论绘画与诗歌的界限》(1766),讨论绘画与诗歌的不同艺术特点。白璧德著有《新拉奥孔》(1910),讨论文学批评问题。福斯特虽然没有用拉奥孔这个名词作他的著作的标题,但他企图混淆哲学、伦理学和神学与文学之间的界限,因此艾略特称他为"最新的拉奥孔",指出福斯特与莱辛、白璧德的继承关系。

感受力;但是这个方面已在艾伦·退特先生①一篇文章中得到充分的揭露,我在这里就不多说了。但是我想提一下这个事实,就是福斯特先生,用他自己的话来说,在追求"一种从未存在过的精神气质"的过程中,求教于下列的权威:

希腊雕刻(属于哪一个时期?)、荷马、索福克勒斯、柏拉图②、亚里士多德、维吉尔、贺拉斯、耶稣、保罗③、奥古斯丁④、阿西西的法朗西斯⑤、释迦牟尼⑥、孔子、莎士比亚、密尔顿和歌德(第242页)。

虽然福斯特先生如履薄冰般地走向五英尺高书架上的文化,他并不像这个名单使他看起来这样十分可笑;他只是在混淆两种不同的观点。对文化来说(福斯特先生的文化是阿诺德文化的普及),这些大师正是这一类我们可以适当地期望向之请教的权威;任何人经常拜访所有这些大师将会成为,就这方面来说,一个更好的人(义为一个"更有文化修养"的人),优越于没有拜访过这些大师的人。这是尽

---

① 艾伦·退特(1899—1979),美国诗人和批评家。他是美国南方文学作家之一,思想比较保守。他的诗歌的特点是:注重古典形式、宗教象征主义、讽刺以及思想复杂性。在文学批评方面,他是新批评派一员健将。
② 柏拉图(前427—前347),古代希腊哲学家,著有《对话录》等。
③ 保罗(?—67),犹太人,早期基督教的使徒。
④ 奥古斯丁(354—430),罗马帝国北非行省人,擅长拉丁文学和修辞学。后在米兰讲学时,接受基督教的洗礼,最后成为希波(在北非)的主教。最有名的著作《忏悔录》,生动地记录了他接受基督教的经过。另一重要著作《上帝的城市》(413—426),为基督教辩护。
⑤ 阿西西的法朗西斯(1181?—1226),意大利修道士,圣方济会创始人,他对宗教的态度是欢乐的,他热爱大自然,把有生命的和无生命的东西都称作兄弟或姐妹,他甚至向鸟儿传教。有关他的传说和轶事,及其讲道稿和语录等,后人收集为《圣法朗西斯的小花朵》(十四世纪)。
⑥ 释迦牟尼(公元前五世纪),印度王子,佛教的创始人,佛教教义的要点是:痛苦是和生命分不开的,生命是罪恶;痛苦的主要原因是欲望;消灭欲望,就消灭了痛苦;通过佛教的锻炼就能做到消灭欲望,最后达到涅槃(无忧无虑的境界)。

可能获得的最好的教养和预先准备。但是对于一种"精神素质"的追求,这却是比福斯特先生所想象的要更为严肃和更为冒险的事;更有可能的情况是,福斯特先生最终只能做到高雅,而达不到完善。那些如饥似渴地追求正义,不满足于在快餐柜上吃一顿快餐的人们,他们要求的东西要更多;如果他们追随这些领袖中的任何一位,就不可能追随所有其他各位。把贺拉斯、艾尔根大理石群雕①、圣法朗西斯和歌德都放在一起熬烂,结果煮出来的汤相当稀薄。没有文化,什么东西本身都是不够的,但是,归根结底,只有文化本身也是不够的。

出于这些奇怪的、庞杂的动机,福斯特先生对莎士比亚不很重视,尽管他也傲慢地称赞了莎士比亚一两句。莎士比亚不是人文主义者。福斯特先生对莎士比亚的判断既不是文学的判断,又不是道德的判断。照我看来,他用错误的理由来贬低莎士比亚,正像我十分敬重的米德尔顿·默里先生,照我看来,也用了错误的理由来颂扬莎士比亚。如果像福斯特先生说的那样,莎士比亚从事的工作"更多的是像镜子那样反映生活,而不是解释生活",他从事的工作是服从"现实,而不是超越现实",那么我却要说这样一面好镜子,如果你把它叫作镜子的话,胜似许多种解释和评论,这样的服从要比大多数的超越强得多。如果你坚持文学判断,除非你能用详细的分析证实你的说法,你不能贸然说莎士比亚次于任何有写作经验的诗人;如果你由于他的人生观不够崇高而贬低莎士比亚,那么你就从文学批评领域里杀了出来,闯入社会批评的领域;你更多地是在批评他的时代,而不是他本人。我更喜欢那产生但丁的文化,胜过那产生莎士比亚的文化;但是我不能说但丁就是一位比莎士比亚更伟大的诗人,或者至少说但丁比莎士比亚的头脑更深刻;如果人文主义挑选了歌德而抛弃了莎士比亚,那么人文主义就分不清麸糠和小麦。

---

① 艾尔根大理石群雕,古代雅典巴特农神庙的一组雕像,现存伦敦英国博物馆,由艾尔根伯爵(1755—1841)带回英国。

福斯特先生是一位我称之为持异端邪说的人：那就是一个人，当他抓住了一条真理，就把它推向顶点，到达此顶点时，真理就变成了谬论。福斯特先生就是这样一个人。在他手中，人文主义变成了另外一件东西，一件更危险的东西，因为它比诸如行为主义一类的东西对最有思想的人更有诱惑性。我想试图分清真正的人文主义的功能和被一些狂热者强加在人文主义身上的功能。

（一）人文主义的功能不是为了提供教条，或哲学理论。由于人文主义是一般的文化，它和哲学基础无关；它和"理性"之间的关系少于它和常识之间的关系。当人文主义前进到要求对事物下定义的地步，它就变成不同于它自己的东西。

（二）人文主义导致宽容、信仰自由、不偏不倚和明智、稳健。它和狂热、盲信势不两立。

（三）没有宽容、信仰自由和明智，世界不能前进；同样，没有狭隘、偏执和狂热，世界就能前进。

（四）人文主义的职责不在于驳斥任何东西。它的职责在于劝说，这种劝说是根据它的不能定为公式的有关文化和判断力的原则进行的。例如，它不推翻像行为主义那一类谬论的各种理由：它靠审美力、靠由文化培养出来的感受力而起作用。人文主义是批判性的，而不是建设性的。人文主义对于社会生活和社会理论的批判，对于政治生活和政治理论的批判，都是十分需要的。

如果没有人文主义，我们就无法对付萧伯纳先生[①]，对付威尔斯先

---

① 萧伯纳主张政治上和经济上的社会主义，信奉创造性进化论的新宗教，反对在活动物身上做医学实验，主张吃素不杀生，宣传并实践拼写改革。

生①、罗素先生、门肯先生、桑德堡先生②、克洛代尔先生③、路德维希先生④、麦克弗森夫人⑤,或对付美洲和欧洲各国的政府。

(五)人文主义不可能关于哲学或神学提出一些明确的理论。充其量,它只能用最宽容的精神提出一个问题:这个特殊的哲学或宗教是有文化素养呢,还是没有文化素养?

(六)有一种类型的人,我们称他为人文主义者。对他来说,人文主义就够用了。这种类型很可贵。

(七)人文主义之所以可贵是由于(a)本身的原因:由于有"纯粹的人文主义者",他不愿树立起人文主义作为哲学和宗教的代用品,以及由于(b)辅助的原因:由于人文主义能够在建立在具体信仰基础上的积极文化中起作为一种调解和纠正因素的作用⑥。

(八)最后,人文主义只对极少数的个人有效。这些个人是由文化使他们团结在一起,而不是由于他们赞成一个共同的纲领或宣言。这样一群"精神贵族"没有使那些"世袭贵族"联系在一起的经济纽带。

像我在上面企图指示的那样来对人文主义做出宽松的限制(上面

---

① 威尔斯(1866—1946),英国小说家。他以写科学幻想小说、讽刺小说和历史及科学普及读物著称。他提倡社会主义、女权主义、进化论、理性主义,以及提倡推动科学进步等事业。著有《时间机器》(1895)、《历史的轮廓》(1920)、《世界史纲》(1922)等。
② 桑德堡(1878—1967),美国诗人。他同情社会主义,为威斯康星州的社会民主党工作,后来担任米尔沃基市第一任社会主义的市长秘书。
③ 克洛代尔(1868—1955),法国剧作家、诗人和外交家。他是一位虔诚、热烈信仰天主教的诗人,但他热爱物质世界的程度不亚于他热爱精神世界的程度。物质世界的美丽与和谐代表上帝的伟大。人类献给感情的巨大力量成为认识上帝的爱的媒介。
④ 路德维希(1881—1948),德国传记作家,以写伟大人物生动的、戏剧性的(有时是根据不足的)传记画像著称,著有《歌德》(1920)、《拿破仑》(1924)、《俾斯麦》(1926)等。
⑤ 麦克弗森夫人(1890—1944),出生于加拿大的美国人,她热衷于戏剧性极强、粗俗低劣的福音传道。
⑥ 把人文主义注入一个不平凡的宗教个性的有趣例子可以在新近去世的封·休格尔男爵写的《写给一个少女的信》中找到。——原注

列的各条并不是详尽无遗的或规定性的,而只包括了我立即能够想到的那些限制条件),这样的限制对于那些更乐观的、更有干劲的、立志改造世界的热心人士,将显得较为令人满意。但是我想严格地区别我认为是正确的和必然是宽松的人文主义和托·恩·休姆在《沉思集》一书的评论中所说的人文主义的不同。① 我同意休姆的话;我抱歉地承认许多现代的人文主义者正是明确地或含蓄地献身于休姆所谴责的那种观点;我也承认他们因此是文艺复兴时期的人,而不是我们自己时代的人。例如,休姆举出(他所理解的)人文主义者的一个特点是"不再相信人或自然根本上是不完美的"。我不禁想到:福斯特先生,甚至于白璧德先生都更接近卢梭②的观点,而不接近宗教观点。这是因为像福斯特和白璧德那样斥责浪漫主义关于人类的可臻完善性的梦想还是不够的;现代人文主义者的观点意味着人是或者可以改善的,或者能够无限制地得到改造,因为从那个观点出发,唯一的区别就在于程度的不同——于是总有达到一个更高程度的希望。休姆值得大大地称赞是因为他独自发现了存在着一个人绝对不能达到的绝对点。对于现代人文主义者,如同对于浪漫主义者,"罪恶的问题消失了,罪恶的概念也不复存在了。"这一点可从福斯特先生对于正常的或典型的人性所抱的幻想看出来。(如果福斯特先生遇见了耶稣、释迦牟尼、圣法朗西斯或任何一个丝毫不像他们的人,我怀疑这些人会给福斯特先生留下这个符合百分之百正常性理想的印象。)休姆把他所讨论的问题的要害放在下面一段文章里:

---

① 托·恩·休姆推崇古典主义,反对人文主义和浪漫主义。他认为人文主义错误地把人说成是"天生的"善良,并且能够经过改造达到完美。相反地,古典主义真实地把人描绘为"本性是恶的,而且是有局限性的,但是人经过秩序和传统的训练能够变成相当过得去的东西"。

② 卢梭(1712—1778),出生在瑞士的法国思想家。他歌颂大自然,歌颂人的自然状态。他认为在自然状态中人是善良和幸福的,罪恶来自社会和人为的枷锁。人应相信自己的本能和直觉,相信有一个赏善罚恶的神圣精神的存在,还应相信人的灵魂自由不灭。

我认为关于最高价值的宗教概念是对的,人文主义的概念是错的。从事物的性质来看,这些范畴并不是必然的,不像时间和空间范畴是必然的那样,但却是同样的客观存在。在谈论宗教时,我想把宗教讨论提到这个抽象的高度。我没有那些留恋过去的感情,没有那种对传统的崇敬,也没有那种重新捕捉安杰利科①兄弟感情的愿望,这种愿望似乎激发着大多数宗教的现代辩护士。这一切照我看来,都是胡说八道。重要的是大家似乎都没有意识到的东西——像原罪那样的教义,这些教义是属于宗教立场的那些范畴的最接近原义的表现。宗教立场认为人在无论哪种意义上都是不完善的,人是一个可怜的生物,可是人却能领悟什么是完善。因此我并不是为了宗教感情而勉强接受教义,而是为了教义而在可能程度上忍受这种感情。

上面这一段话值得福斯特先生和一切开明的神学家好好地想一想。大多数人都以为某些人,由于他们欣赏基督教宗教感情的高级享受和基督教宗教仪式的激动人心,容忍或假装容忍不能令人置信的教义。对有些人来说,这个过程恰好相反。理性上的同意可能来得较晚,理智上的深信不疑可能姗姗来迟,但是同意和深信是必然会来的,也不会违背诚实和天性。把感情调整好是一项靠后的而且是极为艰巨的任务:理智上的自由比完全的精神自由来得早些,也较易达到。

在宗教立场和纯粹的人文主义立场之间没有任何对立:二者相辅相成。由于福斯特先生牌号的人文主义照我看来不纯,我为整个人文主义的最终声誉表示担心。

1929 年

---

① 安杰利科(1400—1455),意大利画家,以画宗教题材著称。他本人就是一名天主教会修道士。他完成了佛罗伦斯圣马克修道院的系列壁画,后又去罗马为梵蒂冈教廷画圣劳伦斯生平故事的油画。

阿诺德和佩特

由于在一八七三年出版了《文艺复兴时期历史的研究》①一书，佩特同样适合代表十九世纪七十年代和八十年代。尽管如此，我在本论文集②中却愿专门讨论佩特作为后十年正当中的一八八五年的代表，这一年他的《享乐主义者马雷俄斯》一书出版。我提到的这两本书中的头一本无疑是更"有影响"的一本书；但是《马雷俄斯》说明了佩特著作的一个不同但却是有关联的方面。当然佩特著书立说直至九十年代，但我不相信任何人会认为佩特后期的专著和论文在社会史或文学史方面和上面我提到的那两本书相比，具有类似的重要性。

我写这篇文章的目的在于指出一种趋势，这种趋势从阿诺德开始，通过佩特，直到十九世纪九十年代。出现在这一趋势的背景上当然还有纽曼的孤独身影。

首先我们必须评价阿诺德的美学和宗教观点：在这两方面，我们可以引用他自己批评自己的话：二者都具有文学成分和教条成分。正像杰·穆·罗伯森先生在他写的《对现代人文主义者的重新评价》一书中所指出的那样，阿诺德思想的连贯性不强，他也不善于给概念下定义。另外，他也缺少持续地集中论证一个问题的能力；他的思想的

---

① 《文艺复兴时期历史的研究》是佩特的论著。
② 这个论文集标题是《十九世纪八十年代》，瓦尔特·德·拉·迈尔为皇家文学学会编辑，由剑桥大学出版。——原注

飞翔，要不是短程的，就是迂回的。因此他的散文作品中没有什么东西经得起非常严格的分析。我们很有可能感觉到他所使用的许多词语包含着很少的实际内容。他告诉我们，文化和行为是首要的东西；但是我感觉每重读他的文章一次，我对什么是文化和行为，就知道得更少。但是阿诺德却仍然吸引我们的注意力，至少凭着《文化和无政府主义》①和《友谊的花环》这两本书。我相信对我的同代人来说，阿诺德是一位比卡莱尔②或罗斯金更惹人喜爱的散文作家；但是阿诺德保持了他的地位，而且恰好也在同样的水平上达到了他的效果，靠的却是他的修辞力量和他所代表的一种特殊的观点，这种观点很难给它下一个全面的定义。

但是我们的时代重新恢复了对阿诺德的兴趣——我相信他受到人们的赞赏和被人们阅读，不仅胜过卡莱尔和罗斯金，而且还要胜过佩特——这个现象和他对他同时代人的影响却完全是两回事。我们阅读阿诺德，为了得到精神上的爽快，也因为他和我们的观点相似，可以做我们精神上的伴侣，而不是我们要做他的信徒。因此我在上面提到的阿诺德的那两本书，对我们来说总是有趣的。甚至于《文学批评论文集》也经不起经常阅读。《文学和教条》《上帝和圣经》，以及《论教会和宗教的最新论文》，都曾发挥过作用，但这些书不能从头到尾地通读。在这些书里，阿诺德企图写出一些极端客观的、严格不受个人情感影响的东西。写出这些东西，说理的本领最重要，但他在这方面并不见长。另外，阿诺德在书中为自己所提出需要解决的这同一个问题，我们现在已有了这个问题的现代解决者，而且这些人，或者这些人当中的某些人，在进行这种论证时，比阿诺德还要擅长，还要足智多

---

① 《文化和无政府主义》（1869）是对英国社会生活和政治生活的批评。《友谊的花环》（1871）包括他论义务教育的信札。
② 卡莱尔（1795—1881），苏格兰出生的英国散文家，著有《法国大革命》（1837）、《论英雄和英雄崇拜》（1841）、《过去和现在》（1843）、《菲特烈大帝的历史》（1858—1865）等。

谋。因此，这就是我要说的第一点：阿诺德的文化说比他的行为论更能经久，因为他所说的文化尚能幸免于定义的模糊性。但对阿诺德自己的时代来说，文化和行为二者都十分重要。

根据我们从《文化和无政府主义》、从《文学批评论文集》，以及从抽象的角度，来看文化，那么文化就呈现出三个方面的特点。在上面两本书的头一本里，文化以最佳的姿态出现。理由很清楚：在头一本书里，文化在和它正相反的背景衬托下，显得鲜明、突出。这一背景是由无知、庸俗和偏见的具体项目组成的。作为针对他那个时代产业主义所带来的粗鲁言行的抨击，阿诺德的这本书可以说是同类书中的佼佼者。和卡莱尔相比，阿诺德的书似乎思路更清晰，而在表达上的确要比卡莱尔更加明确。再拿阿诺德和罗斯金相比，罗斯金经常显得冗长和暴躁。阿诺德教导并赋予了英文散文——说明文和批评文——以它所需要的节制和文雅。在读阿诺德这本书时，我们很少停下来问一问文化的含义是什么；理由是：我们不需要这样做。即便是当我们读到文化"是对完美的追求"这句话时，我们在那时也不会感到瞠目吃惊，而想知道到底有多少文化似乎被人硬说成是来自宗教的。这是因为不久以前我们在该书中一直听到关于"上帝意志"的讨论，或者可以说，关于一个取名为"理性和上帝意志"的合资公司的讨论。在听到这些以后不久，我们又认识了作为文化的陪衬角色的布赖特先生和菲德烈·哈里孙先生。这样一来，文化就出现在居于上帝意志和布赖特先生之间的位置上。文化在这里得到了充分的勾画，人们不难认出它的面容。《文化和无政府主义》是和《过去和现在》或《直至今日》①属于同一类型的。阿诺德这本书的思想并不真正比卡莱尔书中或罗斯金书中的思想更明确——但这却是阿诺德、卡莱尔和罗斯金有如此广大影响的原因之一，这是因为思想的明确性和全面性并不总是有助于影响的产生。（当然，阿诺德还有另外一个特点：他能够唤起一种明确性

---

① 《直至今日》(1860—1862)，罗斯金写的政治经济学论文集。

和清晰性的幻觉；也就是说，他坚持把明确和清晰这两个性质作为文章风格的理想。）

的确，稍前于我应描述的时期的那个时期出了一些先知者。这些先知先觉的人各有自己独特的风格，却都擅长斥责，而不见长于提出建设性的建议。他们各自以不同方式使自己遭受到别人的指责，说他们好发令人厌倦的冗长牢骚和议论。作者提出一个概念，例如，关于文化的概念，就易于引起一些作者本人未能预见到的或许也是他自己所不喜欢的后果。在《文学批评论文集》中，"文化"一词就已经开始显得较以前更多一点学究气——我说的"开始"并不是时间先后的意思——较以前更显得苍白无力。当书中出现了查理斯·阿德利爵士和罗巴克先生时，书中就比文学批评部分多了生活气息。我认为，归根到底，阿诺德最擅长讽刺，擅长为文学辩护，擅长维护并阐明人们所需要的看法。

正像我说过的那样，对我们来说，阿诺德是我们的朋友，不是我们的领袖。他是一位卫护"思想"的战士，而他的大多数思想却已不再受到我们的重视。他的文化既无力对人们有所帮助，也不能起任何危害作用。但是阿诺德至少是我们现在称之为人文主义的一位先驱者。我必须在这里就人文主义说几句话，即便是仅仅为了拿它和佩特的唯美主义对照和比较。在多大程度上阿诺德应对人文主义的诞生负责，这是难以解答的问题，但我们至少可以说人文主义很自然地从他的学说里流了出来；我们还可以说查理斯·艾略特·诺顿①是人文主义的美国形式的主要负责人，还可以说因此阿诺德是人文主义的另一位祖先。这些相似之处太明显了，不至于被人们忽视。不同的是：阿诺德能够培养出显然是和人文主义极不相同的东西——瓦尔特·佩特的人生观。相似之处是：在阿诺德方面，文学或文化大有篡夺宗教的地

---

① 查理斯·艾略特·诺顿（1827—1908），美国教育家和作家。他曾任哈佛大学艺术史教授，并曾创办和主编《我国》杂志。

位之势。从某一种观点来看,阿诺德的艺术论和他的宗教观是十分和谐的,而人文主义不过是二者相结合而产生的更一致的结构。阿诺德的散文著作分为两大类:论文化的一类和论宗教的一类。他写的关于基督教的那些书似乎仅仅在重复一句话:基督教的信仰对信奉文化的人来说当然是不可能的。阿诺德的这些书都是千篇一律地对基督教持否定态度。但是这些书的否定态度却有它们自己的特殊方式:这些书的目标是断言基督教的感情能够而且必须被保存下来,但它却不愿保存基督教的信仰。从这个同一命题出发,两种不同类型的人能够得出两种不同类型的结论:(1)宗教就是道德,(2)宗教就是艺术。阿诺德对宗教进行的战役产生了使宗教和思想分家的效果。

在阿诺德身上,正像在他的大多数同时代人身上那样,都存在着清教徒道德的强有力的成分,尽管这些人是各式各样的。阿诺德的道德感情的力量——我们还可以再加上这种感情的盲目性——阻止他看到经他如此鲁莽地接连打击的建筑物所残留下来的碎片会变成什么怪模样。他写道:"基督教的力量始终在于它所激起的巨大感情。"这样写时,他一点也没有意识到他是在劝人尽可能得到基督教的全部感情乐趣,而不是费事去信仰它。这样写时,阿诺德也没有展望未来,没有预见到《享乐主义者马雷俄斯》,以及最终出现的《来自深渊》①。此外,在阿诺德论基督教的那些书中他似乎一心想要拿自己做例子来说明自己身上也具有那些他所责备的别人身上的偏狭毛病。在《上帝和圣经》一书的序言里,阿诺德以十分恭敬的态度,就好像他在引用雷南先生②的话时那样恭敬,写道:"德·拉弗来先生看到,正像任何一个明智的天主教徒都很有可能看到的那样,和天主教国家相比,基督教新教国家有更多的自由、更好的秩序、更大的稳定性和更强烈的宗

---

① 《来自深渊》(1905),王尔德在狱中写给他的好友的信,发出极端痛苦的呼声。
② 雷南(1823—1892),法国文学批评家、作家和学者,著有《耶稣传》(1863)、《基督教起源史》(1866—1881)等书。他用人物传记和心理活动的特点来研究宗教史,对后来的法国作家影响很大。

教热情。"阿诺德自满地继续写道:"新教国家的宗教使这些国家成为现在这个样子。"我这里不谈天主教和新教之间的真正区别;我只谈阿诺德在这本书的序言里,以及在全书中,所使用的口气,这种口气一点不比查理斯·阿德利爵士或罗巴克先生的口气更开明,也一点也不比"丁尼生①的魁伟、宽肩的英国绅士"的口气更开明。阿诺德(公开地)嘲笑赫伯特·斯宾塞②用不可知来代替上帝,而他自己完全没有意识到正是他自己所说的永恒事物,而不是我们读者群众,才恰好归结为和不可知是同一件东西。因此当我们读阿诺德论宗教的文章时,我们免不了要回过头来,存着戒心地仔细检查一下他所说的文化。

阿诺德的文化一眼看去显得如此开明、适度和合理,如此得体地和上帝的意志结伴而行,以至于我们有可能忽视这一事实,即他的文化倾向于制订出它自己的严格规则和限制条文。

> 的确,文化决不会使我们认为这是宗教的一个本质要素,即在我们的教规中,或者我们接受胡克③称之为"长老们的大众权威",或者我们接受主教的管辖。

的确,"文化"本身决不会使我们这样认为,同样它也不会使我们认为量子论是物理学的一个本质要素;但是对这个问题有一点兴趣的人们,不论他们如何有文化修养,都会相当强烈地坚持这一种或那一种看法,而阿诺德却在那里断言对文化来说,一切神学的和教会的分歧都是无所谓的。但对文化来说,这个断言却成了它所主张的一条过于肯定的教条。当我们一手拿着《文化和无政府主义》,另一手拿着《文学和教条》,我们的头脑逐渐变得模糊起来,由于我们疑心阿诺德之所

---

① 丁尼生的诗篇以歌颂英国的一切制度所表现出来的狭隘爱国主义为其特点之一。
② 赫伯特·斯宾塞(1820—1903),英国哲学家和社会学家。他把进化论的学说应用于哲学和伦理学的领域,著有《心理学原理》(1855)、《综合哲学体系》(1860)等书。
③ 胡克(约1554—1600),英国神学家,著有《教会组织的法规》(1593—1597)等著作。

以反对不信奉英国国教者,一半原因是这些人过度强烈地坚持他们的信仰,另一半原因是他们没有取得牛津大学的文科硕士学位。作为牛津大学的文科硕士,阿诺德理应在措辞方面有所顾虑。但在《文学和教条》一书第二版的序言里,他公开写道:

> 《卫报》①宣称"耶稣化为人身"这一奇迹对基督徒来说是"最根本的真理"。多么奇怪的事,这个任务竟然被移交给我,让我教导《卫报》说:对基督徒来说,最根本的事情不是耶稣化身为人,而是人应模仿耶稣的言行!

我们不很知道阿诺德本人对耶稣言行的"模仿"究竟好到什么程度,不过我们注意到他把"真理"和"事情"居然用作可以互换的名词:对他涉猎的领域稍微有一点知识的话,他就会明白神学中的"最根本的真理"和他用的不严格的语言所说的"最根本的事情",二者毫无可比之处。阿诺德的哲学所产生的总效果是把文化抬高到宗教的地位,并让宗教受到感情不可收拾状态的侵袭。于是文化成了大家都要用的一个名词,每个人不仅可以随心所欲地来解释什么是文化,而且的确也必须尽自己的能力来解释它。于是佩特的福音就自然而然地随着阿诺德的预言而诞生了。

早在七十年代开始以前,佩特似乎就写下了以下的话(尽管这些话在当时尚未公开发表):

> 任何理论、思想、体系,若要求我们牺牲我们自己的一部分经验而来考虑某种不能引起我们共鸣的兴趣,或要求我们考虑我们没有亲身体会的某种抽象道德概念,或考虑仅仅是因袭传统的东

---

① 《卫报》,英国报纸。

西,对我们都没有真正的约束权力。①

尽管佩特比阿诺德更坦率地否定了除人以外的东西作为衡量事物的标准,实际上佩特所说的任何话远没有下面引的阿诺德的话那样具有颠覆性:

> 以完善为目标。文化无私地探索以求认识事物的真相,让我们看到人性中宗教的一面是多么有价值和多么神圣,可是它却不是人性的整体。因此在承认人性中宗教方面的崇伟性质的同时,文化也促使我们避免对人性整体的不完全的概念。

这样一来,宗教不过是"人性当中〔原文如此〕的一个'方面'"罢了,这个方面,打个譬喻说,绝不可以使它喧宾夺主。但是当我们过问阿诺德什么是"人性的整体",以便我们也把如此美好的完善作为我们自己奋斗的目标时,我们却找不到答案,正像我们对阿诺德所大谈特谈的关于耶稣的"秘密"找不到任何答案那样。

由阿诺德巧妙发起的使哲学和宗教降级的运动,在佩特身上找到了一位能干的后继人。佩特在《文艺复兴时期》一书一八七三年版的结论中写道:"哲学对人类精神的作用,和宗教与文化的作用一样,在于使它振作起来对事物作锐敏的和认真的观察。"他又说:"我们将无暇制订关于我们所见和所接触的事物的理论。"但是我们必须"仔细地检验一些新的见解,"(如果见解是和理论有关;除非见解是完全荒谬和不合理的,它必然和理论相关),以保证我们所检验的见解只限于人们为我们的享受所提供的那些见解,这些人们是一些做单调乏味工作的下等人,他们不能享受我们这样的自由生活,因为他们的全部时间都用于(而"我们却无暇")制订理论。这些话也都不过是阿诺德的精

---

① 在引证《文艺复兴时期》时我一直用的是该书的第一版。——原注

神享乐主义的进一步发展罢了。

　　如果佩特不具备阿诺德所缺少的一种天赋才能,佩特对阿诺德的人生观所做的变更就不会使我们感兴趣。佩特爱好绘画和造型艺术,尤其喜爱意大利绘画,这是罗斯金介绍给英国人的一个新学科。佩特具有视觉的幻想力;他所接触的是新一代的法国作家,这些作家是阿诺德所不知道的;阿诺德身上的狂热的清教主义在佩特身上大大地减弱了,但他们二人身上对文化的狂热却是同样致命的。因此佩特把宗教转让给文化有他自己的特殊方式,是从另一个方面来进行转让:就是从感情方面,而且的确是从感觉方面;但是佩特进行这种转让只是在做阿诺德所许可做的事。

　　《享乐主义者马雷俄斯》的确标志着宗教改革运动以来英国宗教和文化之间相互消长关系历史的一个新阶段,因此一八八五年是一个重要的年代。纽曼脱离了英国国教教会,背弃了牛津运动①。罗斯金具有对某些类型的艺术和对建筑的真正爱好和感受,把一切价值都直接转化为道德价值,通过这个途径他成功地实现了他的愿望。卡莱尔的模糊的宗教叫嚣,以及罗斯金的更明确的、更注重写作技巧的社会愤慨,和阿诺德的以理服人的和蔼态度相比较,是大为逊色的。佩特又是一种新的类型。

　　如果我们称这个新的类型为"唯美主义者",我们会犯混淆两种不同类型的错误。如同我刚才提到的其他那些作家(纽曼除外)一样,佩特是一位道德家。如果一个唯美主义者,像《牛津辞典》告诉我们的那样,是一个"自称的对美的东西的鉴赏家",那么这样的人至少有两个类别:一种人宣称自己是鉴赏家,他们叫得最响亮,另一种人的鉴赏能力最可靠,他们作为鉴赏家最内行。如果我们想了解绘画,我们不会

---

① 牛津运动,1833年从牛津大学开始的宗教改革运动,其目的在于恢复英国国教教会中天主教教义和仪式。

去请教奥斯卡·王尔德①。我们有专门的行家可以去问,如同贝伦森先生②,或罗杰·弗莱先生③。即使在佩特那一部分只能被称作文学批评的作品里,佩特总首先是一个道德家。在论华兹华斯的文章中,佩特写道:

> 用艺术的精神来对待生活,就是要把生活变成目的和手段合二为一的东西,也就是说,提倡用艺术和诗替代那些逃避这些恶犬的丑陋幽灵们。

这就是佩特的观点:寻求"艺术和诗歌的真正道德意义"。的确,即使一个作家所发表的道德议论是可疑的或反常的,他仍可被归为道德家一类的作者。当今作家安德烈·纪德先生④就是一个例子。正像佩特经常在他写的想象中的人物画像里做的那样,他也时常挑选其他的作家作为评论、研究的对象。在写这两方面的人物时,他喜欢强调人物的病态心理或身体上的缺陷。他对柯勒律治的令人赞赏的研究论文充满了这方面的兴趣。

关于柯勒律治,佩特写道:

> 通过他的言行,由于他的个性,以及鉴于他想做而未做的事,

---

① 奥斯卡·王尔德(1854—1900),爱尔兰出生的英国诗人、剧作家和小说家。他是为艺术而艺术运动的领袖,是唯美主义的实践者和宣传者。
② 贝伦森(1865—1959),立陶宛出生的美国艺术鉴赏家,著有《文艺复兴时期的意大利画家》(1894—1907)等专著。他是有关十三至十七世纪意大利艺术的全世界最大的权威。
③ 罗杰·弗莱(1866—1934),英国艺术批评家和画家。他最早介绍塞尚和其他后印象主义画家给英国观众,并曾任纽约大都会博物馆绘画馆馆长。
④ 纪德(1869—1951),法国作家和编辑。他一共写了八十多部作品,始终追求宗教理想和自我完善,充分显示了他的道德哲学和伦理思想。另一方面,在个人行为中,纪德却又表现出违背社会道德常规的倾向,例如与堂妹恋爱、结婚,他的同性恋等。

柯勒律治比哈罗尔德公子①,比维特②,比勒内③本人,更能代表那触动我们的全部现代文学乐弦的无穷无尽的不满、消沉和眷恋情绪,以及无限的悔恨和惋惜。

又例如,在帕斯卡尔④身上,佩特也强调他的疾病,以及疾病对帕斯卡尔的思想所带来的后果。我们感到佩特似乎没有抓到帕斯卡尔的精神实质。但佩特并不仅仅由于他用"艺术的精神"去对待哲学家而没有击中要害,因为当我们读他论列奥纳多⑤和乔尔乔内⑥的文章时,我们感觉到同样一个占据他全部心灵的东西存在于他和被他观察的东西之间,妨碍他看到那个东西的真面目。他以他自己的特有方式来对列奥纳多或乔尔乔内发议论,对希腊艺术或对现代诗歌发议论。佩特的名言:"对诗歌的热爱,对美的渴望,对为艺术而艺术的忠诚,这些品质具有最多的智慧,因为艺术来到你身边,坦率地承认:它给你生命当中随时来临的时刻只带来最高的品质,而且仅仅为了你生命时刻的享受,别无其他目的。"这样的名言本身就是一种伦理理论;这种理论与艺术无关,而是和生活有密切关系。这句名言的后一半当然是明显地不真实,否则,如果说这句话既适用于艺术,又适用于艺术以外的一切其他事物,那将是多余的话;但这句名言却是严肃的道德声明。人们

---

① 哈罗尔德公子,英国浪漫主义诗人拜伦写的长诗《恰尔德·哈罗尔德游记》(1812,1816,1818)中的主人公。哈罗尔德厌倦英国贵族社会的空虚享乐生活,忧郁、苦闷,独自一人游历欧洲各国。
② 维特,德国作家歌德写的小说《少年维特之烦恼》中的主人公。维特爱好艺术,富于感情,喜沉思、梦幻,因失恋而自杀。
③ 勒内,法国浪漫主义作家夏多布里昂(1768—1848)写的传奇《勒内》(1802,1805)中的主人公。勒内是个极为内向的、有病态心理的青年,他逃避欧洲文明,在某种程度上是作者的自我写照。
④ 帕斯卡尔(1623—1662),法国哲学家、科学家、数学家和作家。父亲病故后,他自己又患重病,死里逃生。病后,他从科学转向宗教。——译注
⑤ 列奥纳多(1452—1519),意大利画家、雕刻家、建筑家、工程师、科学家、诗人、音乐家。
⑥ 乔尔乔内(约1477—1510),意大利画家。

对《文艺复兴时期》一书结论部分中的这个最初的提法所表示的不同意也就意味着对上述事实的公正的承认。"为艺术而艺术"是阿诺德的"文化"的产儿；我们也不能贸然说它甚至是阿诺德学说的滥用或误用，鉴于他的学说是多么模糊不清和模棱两可。

当宗教处于兴旺状态、当社会总的心态是相当健康和稳定的时候，宗教和艺术之间就有一种和谐自然的联系。只有当宗教部分地受到限制和部分地被迫失去作用时，只有当一个阿诺德能严厉地提醒我们说文化比宗教更广阔时，我们才有了"宗教艺术"，一旦时机成熟还有了"美学的宗教"。佩特从幼年开始无疑地就具有宗教倾向，天生地爱好一切礼拜的和教会的仪式。的确，仪式是宗教的一个真正和重要的组成部分；佩特并不能因此而受到不真诚和"唯美主义"的谴责。他的态度必须既和他个人的天赋本能又和他所处的时代联系起来考虑。当时还有其他一些人和他相像。这些人缺少佩特的写作能力，但和佩特熟识。在托马斯·赖特①的记录里，佩特比他的大多数的虔诚的朋友们都要显得有一点更可笑。佩特的高教会派②特征无疑地是不同于纽曼、普西③和其他那些宗教论战的小册子作家们④的高教会派特征。这些小册的作家们对教义的要点争论得面红耳赤，但对如何用能引起美感的表达方式和手段捍卫正统教义，却漠不关心。佩特的宗教特征也不同于在贫民窟教区工作的牧师身上的特征。佩特是个"天生的基督教徒"——但他的基督教是放在很窄的范围内的：其余部分的他不过是个有教养的牛津大学教师以及阿诺德的门徒罢了。对于这位门徒来说，宗教只是一件感情方面的事，而形而上学也包括不了更多的内容。由于他不善于持续推理，他不能认真地对待哲学或神学；同样的，由

---

① 托马斯·赖特(1810—1877)，英国学者和作家。
② 高教会派是英国国教中一个派别，特别重视主教制度、圣餐，以及其他宗教仪式。
③ 普西(1800—1882)，英国神学家，牛津运动领导人之一。
④ 宗教论战的小册子作家们，指那些在牛津运动中写宗教论战小册子的作家们。他们合起来共写了九十个小册子，总称《时代的小册子》1833—1841)。

于他首先是个道德家,他不善于把任何艺术品仅仅看成一件艺术品。

《享乐主义者马雷俄斯》代表英国历史上一个时刻,在这个时刻,上帝启示的宗教受到文化界人士和学术界与科学界领导人的否定。与此同时,人们对于视觉艺术的兴趣又复兴了。佩特的这本书是他企图要写的最艰巨的一种文学作品,因为他的另一本书《柏拉图和柏拉图主义》几乎可以被分解成一系列的短文。《马雷俄斯》一书本身也是不连贯的;该书的安排似乎是一系列的重新开始;该书的内容是一个大杂烩,其成分为大学古典文学教师的学问、敏感的意大利假日旅游者的印象,以及对宗教仪式缠绵的谈情说爱。阿·西·本森[①]比谁都更看重佩特这本书。即便是本森也在一段极好的批评文章里写道:

> 但是[佩特]论证的弱点是:它没有强调同情的力量,没有强调基督教之所以区别于其他宗教体系之处即在于基督教的救世泛爱观点。相反的是:马雷俄斯终于皈依基督教,或者说他已达到皈依的边缘,主要不是由于基督教的爱,而是由于基督教的激发美感的力量,由于基督教宗教仪式的严肃庄重,能够激发崇高的美感;也就是说,由于基督教和一切宗教所共同的因素,这个因素的性质主要是人世的,而不是天国的。不仅如此,即便是马雷俄斯从基督教里所感受到的宁静也不过是古老的哲学宁静的翻版。

这是公允的批评。但是有一点本森博士在他的批评中没有提到,这就是佩特把问题澄清了,他在这一点上立了功,他的这个功劳应得到承认。马修·阿诺德的宗教更为庞杂,因为他的倔强的、不合理的道德偏见的烟幕掩盖了和业余古典文化学者所贩卖的东西完全一样或好

---

① 阿·西·本森(1832—1925),英国学者和散文家。

不了多少的东西：斯多葛派禁欲主义①和克兰尼学派享乐主义②，阿诺德轮流希腊化和希伯来化。佩特的功劳在于纯粹的希腊化。

正像本森博士所说的那样，佩特对基督教信仰的精神实质几乎是一无所知。人们甚至也可以这样说：他的智力不够强，不足以使他彻底理解——我指的是像许多名声不及佩特的古典文化学者那样程度的彻底理解——柏拉图哲学或亚里士多德哲学或新柏拉图主义的精神实质。因此佩特，或者说他所创造的马雷俄斯，对当时思想界使希腊的形而上哲学和基督的传统结合起来的动向漠不关心，他对当时罗马生活的现实也同样程度地漠不关心，如同我们从佩特罗尼乌斯③的书中，或甚至于从狄尔写的马尔克·奥勒留④在位时期的历史书中瞥见的那样。马雷俄斯只是逐渐漂向基督教教会，如果他能被说成采取了任何行动的话；他和他的创造者似乎都没有意识到在奥勒留的沉思和基督教的福音之间存在着一道必须跨越的鸿沟。直到最后，马雷俄斯始终仅仅是个半觉醒的人。甚至在他临终时，在他享受最后的宗教仪式过程当中，他的创造者（佩特）还想到"他以前曾经时常设想如果他不在一个阴暗的下雨天死去，这件事本身就带有一点减轻痛苦的仁慈或恩惠的意味"。这不禁使我们联想到在《文艺复兴时期》一书的结论中"从坟墓里长出来紫罗兰"以及佛拉维安⑤圣徒之死。

我说过佩特的这本书具有一定的重要性。我不是说这书的重要

---

① 斯多葛派，主张不以苦乐为意的、淡泊的禁欲主义。这个学派的创始人名叫芝诺（约公元前300年在世），他在雅典城内市场的画廊上讲学。斯多葛一词希腊文义为"走廊"。
② 克兰尼学派享乐主义，古希腊一种提倡享乐主义伦理原则的学派。这个学派的创始人名叫阿里斯梯普斯，他是苏格拉底的门徒。阿里斯梯普斯是克兰尼出生的人，这个城市是希腊的殖民地，位于北非利比亚沿海地区。这个学派因克兰尼城而得名。
③ 佩特罗尼乌斯（？—66），罗马帝国时期宫廷作家，著有散文《讽刺传奇》，揭露罗马社会的风俗习惯、骄奢淫逸的生活。
④ 马尔克·奥勒留（121—180），罗马皇帝和斯多葛派哲学家。他用希腊文写的哲学著作《沉思录》也是一部非常优美的文学作品。
⑤ 佛拉维安（449年逝世），君士坦丁堡天主教教会的主教，因受迫害而死。

性是由于它产生了任何影响。我不相信佩特在他这本书中影响了后代任何一位第一流的作家。他的艺术观,如同在《文艺复兴时期》一书中所表达的那样,曾给十九世纪九十年代的一些作家们留下了深刻的印象,通过书中的宣传导致了生活与艺术之间的一些混淆,这种混淆对某些人的越轨生活不能说是毫无责任的。"为艺术而艺术"的理论(如果它能被称为理论的话)在这个意义上仍然是有效的,即它能被看作是对艺术家发的坚守自己行业的忠告;这种理论从来没有也永远不可能对观众、读者或听众产生任何效果。在多大的程度上《享乐主义者马雷俄斯》一书在出版后十年间有助于赢得几个新的信徒,我对此并不清楚;我只能肯定这一事实,即该书和宗教发展的直接潮流毫无关系。至于说和那个潮流——或任何一个重要的时代潮流——发生任何关系,《马雷俄斯》这本书的产生,更确切地说,仅仅由于佩特接触到了(尽管他的接触比马雷俄斯本人和当时的宗教潮流的接触不见得更为密切)当时正在发生的和没有佩特的存在也会照样发生的历史进程。

  我想佩特这本书的真正重要性是它记录了十九世纪思想史和文化史的一个重要时刻。那个时代所发生的思想解体,艺术、哲学、宗教、伦理和文学之间的相互独立,这个进程被那种为了实现这些领域的不完善的综合而制订的五花八门的空想计划所阻止。宗教变成了道德,宗教变成了艺术,宗教变成了科学或哲学;各式各样的错误百出的方案被提了出来,企图使各个不同的思想分支相互结成联盟。每一位一知半解的先知都相信自己掌握了全部真理。这些联盟,像这些学科的相互脱离那样,到处都造成危害。对于"为艺术而艺术"理论的正确实践是福楼拜①和亨利·詹姆斯②的忠诚;佩特却和这些人不属于同一类型,而是和卡莱尔、罗斯金和阿诺德在一起,当然和这些人有一定距离的差距。《马雷俄斯》这本书之所以重要,主要由于它提醒了人

---

① 福楼拜(1821—1880),法国小说家,十九世纪的文学艺术大师。他重视形式的完美,句子的节奏和音乐性,以及恰当的选词。他对文艺创作的忘我的献身精神受到人们的敬佩。

② 亨利·詹姆斯(1843—1916),美国小说家和短篇小说家。他非常重视小说的技巧和艺术的完美,有一整套小说理论,同时也成功地实践了自己的小说理论。

们：卡莱尔的宗教也好，罗斯金的或者阿诺德的，还有丁尼生的、布朗宁的宗教，都无济于事。这本书代表了，佩特也比柯勒律治更明确地代表了他关于柯勒律治所说的话："那触动我们的全部现代文学乐弦的无穷无尽的不满、消沉和眷恋情绪。"

1930 年

现代教育和古典文学

人们经常讨论教育问题,好像这些问题和实施该教育的社会制度无关。这便是为什么这些问题的答案不能令人满意的最通常的原因之一。只有在某一特殊的社会制度中,一种教育制度才具有任何意义。如果今日教育似乎在退化,如果教育似乎日益混乱和毫无意义,那首先是因为我们没有固定的和令人满意的社会结构,也因为我们对于我们所向往的社会具有既模糊又不一致的意见。教育这个题目不能在真空中讨论:教育的问题又提出了其他各方面的问题,社会的、经济的、财政的、政治的,等等。和教育相关的问题甚至于牵涉到比这些还要更根本的问题:想要弄清楚在教育领域中我们的需要是什么必须先弄清楚我们总的需要是什么,我们必须从我们的人生观中引出我们的教育理论。教育的问题最终是个宗教问题。

人们几乎可以提到教育的危机。正像对每一位父母来说,教育都有一些特殊的问题,同样,对于每一个国家,对于每一种文化,教育都提出了某些特殊的问题。但是对于整个文明世界,以及对于那些受到更文明的国家教化的文明尚不发达的国家来说,还有一个总的教育问题。这个问题在日本,在中国或在印度,如同在英国或欧洲或美国,可能是同样尖锐。几个世纪以来,教育的进度(我指的不是普及)从一个方面来看,是一种放任自流,从另一方面来看,是一种大力推行;这是因为教育一直由谋生的概念相支配。个人需要更多的教育,不是为了有助于获得智慧,而是为了谋生;国家需要更多的教育,为了打败其他的国家,阶级需要更多的教育,为了战胜其他阶级,或者至少在阶级斗争中能守住阵地。因此,教育一方面和技术的效率联系在一起,另一方面又和在社会上向上爬的努力相联系。教育于是变成每个人都有"权利"享受的东西,甚至于不论受教育者有没有接受教育的能力。当每个人都受到了教育——当然那时的教育已是一种冲淡了的或掺了水的教育——于是我们就很自然地发现教育已不再是一种谋生的有效手段,人们于是又转向另一种谬论:即"为闲暇而教育",但是人们并没有修正他们对于"闲暇"的看法。一旦教育失去了向上爬的有效动机,人们也就对教育不抱多大的热心了。如果教育不再意味着比别人更有钱,或更有权势,或社会地位更高,或至少意味着一个更牢靠和更体面的职业,那么很少有人会费事去获得教育。那是因为尽管你可能使教育变得愈来愈退化,教育仍要求人们付出巨大的艰苦、乏味的劳动。大多数人只能用相当简单的方式来享受闲暇——所谓闲暇,就是没有工作,加上有一定的收入和体面的身份——所谓简单的方式,例如各种球类,用手、脚推动的,用机器或各种工具推动的球类;享受闲暇的方式还有玩纸牌;或看赛狗、赛马或看人们竞技或竞赛速度。一个头脑空空的、没有受过教育的人,如果他不受金钱方面的困扰或受贫困的限制,如果他能进入高尔夫球俱乐部、跳舞厅、等等,说不定和一位受过教育的人具有同样好的条件来满意地填满他的闲暇。

每当公众讨论延长在校学习年限这个问题时,大多数人都表现出对教育的认识不足。为了驳斥延长毕业年限有助于降低失业比例这个可怜的堵塞漏洞的想法——这个想法仅仅是个坦白的承认,承认自己没有能力解决另一个难题,于是大多数人(总会有许多人乐于讨论这个问题)假定"如果国家有此财力",那么更多的教育——也就是说,受教育的年限更长一些——将会是一件好事。如果这真是像大家说的那样一件大好事,当然国家就出得起这个钱。但是没有人肯停下来想一想这种受得越多越好的教育究竟是个什么东西;或者这种教育越多越好的那个社会是否必然是一个好的社会。如果,比方说,这个"国家",或组成这个国家的人民,只有一点钱,那么难道我们不应该首先保证我们的初等教育已达到不需要花更多的钱去改进它的程度,然后才尝试进行更庞大的改革计划?(任何人只要教过几周小学儿童都知道班上学生的人数对你所能教给学生的知识数量有极大的关系。十五个人是个理想的数目;二十个人是最大的限度;若班上有三十个学生,学的东西就要少得多;要是学生人数超过了三十个,那么大多数教员的首要任务是维持秩序,聪明的儿童只能按照智力差的儿童的步伐前进。)

我们可以设想任何一位居于独裁者地位主管一国教育事务的人都会把他的首要任务放在保证初等教育达到最好的水平;然后进而保证人们不要受到过多的教育,把吃"高等教育"小灶的人数限制在目前受高等教育人数的(比方说)三分之一。(即使在教育领域里我也不想要独裁者,但是有时用一个假想的独裁者作为说明问题的例子却是颇为方便的)。这是因为大学教育退化的潜在原因之一是从下面开始的退化。大学不得不按照它招来的学生程度来进行教学:人们今日甚至于在英国还给英国学生教英语。自从查理斯·威廉·艾略特①和他同时代的"教育家"们企图使自己的学校办得规模越大越好,人数越多越好,以便与他校展开疯狂的人数竞赛以来:把一个小大学变成一个大大学要比使一个已发展得过大的大学缩小它的规模要容易得多。在艾略特告诉美国一个大学应该办得尽可能的大(我知道有一个大学吹嘘它的注册学生人数为一万八千人——我必须说明,这个数目也包括上夜校的人)之后,美国变得十分富有——也就是说,美国出了相当多的百万富翁,于是下一代的人开始进行一项同样疯狂的建筑计划,在短短的时间内修起了各式各样的巍峨建筑(尽管有些地方盖得相当草率):礼堂和宿舍,以及甚至教堂等建筑物。当你把这许多钱都投入

---

① 查理斯·威廉·艾略特(1834—1926),美国教育家,曾任哈佛大学校长(1869—1909)。

全部设备和装置之中,当你有了一个庞大的(但并不总是薪俸颇高的)教职员工队伍,而且这些人大多数都已结婚,并都有几个孩子,当你的研究生院培养出越来越多的毕业生,他们的培养目标是为其他大学培养师资,这些毕业生或许也要结婚,也要生孩子;当你整个国家的高等教育体系都是为了一个扩展时期设计的,为一个无限扩张人口、增加财富和建立更多大学的国家设计的,那么你会发现紧缩是很不容易的。

美国发生的事不像通常人们认为的那样和英国的事情毫无关系。这是因为,如我已经说过的那样,我们不得不承认的事实是教育的危机不限于某一个国家,而是发生在所有的国家内。这个危机到处都有它的共同特点。美国大学发生的事也能发生在英国各地的地方大学之中;发生在地方大学中的事情也会影响到牛津和剑桥两大学的情况。我们在发生巨大变革的时代里已经过了很多年了。我并不反对变革的时代;但我认为如果我们承认社会变革不可避免地意味着我们教育制度的变革,意味着我们对于谁应受教育,如何受教育,以及对于更被忽视的问题:为什么要受教育的看法也必须改变,那么我们将能更好地指出明智的方向,而不是听任教育走自己的道路。

正是这个正在变革的巨大背景对我所描绘的图画是极为重要的,因此我愿把现代教育中古典文学的地位这个问题放在这个大背景上来考虑。如同在政治领域里,我们在教育领域里也看到三种倾向:文科教育、激进派教育,以及我很想称之为,或许仅仅因为它是我自己所受的那种,正统的教育。当我用这些名称讨论教育倾向时,我不想和政治领域中的倾向进行任何仔细的比较,因为在政治领域里没有任何纯粹的品种。

文科教育的观点是我们大家最熟悉的观点。这显然是一个无可非议的观点,即教育并不仅仅为了获得有关许多事实的知识,而是为了训练人的头脑,使它成为一种工具,有了这个工具,就能对付任何种类的事实,就能推理,就能把一个领域中所受到的训练应用到对付不同的新领域中去。因此就得出这个推论,即一门学科,对教育的目的来说，和另一门学科都是同样有效的；学生应该顺着他自己的爱好去学习，从事研究任何他自己最感兴趣的学科。学地质的学生和学外语的学生，最后都有可能经商；假定他们二人都充分利用了他们受教育的机会，如果他们的才能是相等的，那么人们就会认为他们二人在相等的程度上都对他们的行业是合适的，而且对"生活"也是适应的。我认为关于人的头脑可以通过任何学科都能训练得同样好，而且选择获得无论有关那一类事实的知识都是无关紧要的，这种理论我认为有可能说得太过分了。有两类学科，在初级阶段，对于头脑的训练并不特别适宜。一类学科更多地与各种理论以及各种理论的历史打交道，而不用那些理论赖以建立的情报和知识来充实头脑；这样的学科，一个很受人们欢迎的学科，就是经济学，这门学科是由一些复杂的和矛盾的理论组成的，这门学科一点也没有被证实是一门科学，通常只是建立在一些不合法的假定上面，这些假定是被经济学否认为它的父母亲的伦理学的私生儿女。即使是哲学这门学科，当它和神学以及和关于人生和能检验的事实的知识相脱离时，这样的哲学也只不过是令人挨饿的精神食粮，或是一种使人暂时兴奋的饮料，遗留下来的东西却是干渴和幻灭。另外一种提供比较差一些的训练的学科是一种太琐碎、太精细的学科，这种学科与人生的关系并不明显。此外，还有第三种学科，同样不利于训练，这种学科不属于第一、二种任何一类，但由于它本身的原因也是不好的：就是英国文学的研究，或者说得更全面一些，就是人们祖国语言的文学研究。

  文科教育的另一个谬论就是认为上大学的学生应该从事研究他最感兴趣的学科。对于少数学生来说，这种意见，总地说来，是对的。即便是在学校学习生活中的很早阶段，我们已能辨别少数个人，他们对这一组学科或那一组学科有明确的偏爱。对于这些幸运的人来说，危险在于，如果一切都听自便，他们会犯过于专门的毛病，他们还会对于人类共同感兴趣的东西一无所知。我们大家都是天生地在这方面或那方面比较懒惰，我们很容易把我们自己局限于研究我们比较擅长的那些学科。但是绝大多数将要受教育的人们并没有十分强烈的专门化的倾向,因为他们没有明确的才能或爱好。那些具有更活跃和更好奇的头脑的人们有一种涉猎、浅尝的倾向。人们不可能变成真正受过教育的人,除非他们硬着头皮从事他们对之并不感兴趣的学科的研究——这是因为教育的一个组成部分就是学会使我们自己对那些我们没有什么才能的学科发生兴趣。

研究我们喜欢的学科(对许多正在成长中的青年人来说,这经常只是他们暂时喜欢的东西)这个说法对于那些兴趣在现代语言或历史的人是灾难性的,对于那些幻想成为作家的年轻人为害最大。这是因为正是对于这些人——这一类的人为数不少——缺少拉丁文和希腊文的知识是最不幸的事。对学好这些古文字真正有天才的人是不多的,这些人很可能会主动地献身于古典文学的研究——如果他们有这方面的机会。但是我们当中更多的人,虽然对学好现代语言,或对学好自己的祖国语言,或对学好历史,都是有才能的,对于学会拉丁文和希腊文却是能力不强。当我们还处在青少年时期,我们很难意识到没有拉丁文和希腊文的基础我们就会受到局限,不能自如地掌握其他这些学科。

一方面自由主义①犯了一个愚蠢的错误,认为一门学科和另外一门学科同样对学习是有利的,认为拉丁文和希腊文根本上并不比许多其他学科更好,另一方面激进主义(自由主义的子孙)抛弃了这种容忍一切的态度,公开宣称拉丁文和希腊文都是无关紧要的学科。自由主义曾经激发人们肤浅的好奇心。以前从来没有过像现在这样多的混杂的知识,经过处理供人人使用,通过不同程度的简化以适应每个人

---

① 自由主义(liberalism),在这里指的是文科教育(liberal education)。西方教育史中有所谓的 liberal arts(拉丁文 artes liberales),指的是大学文科的学科。中世纪只有自由人才有受大学教育的权利。后来欧洲又兴起一种自由主义的政治哲学,主张个人自由、民主形式的政府、政治和社会制度的逐步改良等开明、自由的政策。大学文科教育中 liberal 一词原又为"自由的"(义为"适合于自由人的"),后来该词和自由主义的含义有近似之处,因此作者在这里用自由主义(liberalism)一词代替文科教育(liberal education)。作者的意思是文科教育是一种比较开明、自由和民主的教育。

吸收的能力。赫·乔·威尔斯先生的有趣的概括证明这些通俗读物是非常受欢迎的。新的发现立即公布于全世界；人人皆知宇宙正在扩大，要不然就正在缩小。成千上万的人把好奇心消磨在这些新鲜事物上面，而他们当中许多人都是寒微而值得重视的人才。这些人以为这样就可以增进他的头脑，或以为这样他们就可以用一种值得称赞的消遣来利用他们的闲暇。与此相反，激进主义着手安排一些"重大的课题"，摈弃不是重大的东西。一位以马克思主义文学批评闻名的现代文学批评家告诉我们说，我们时代的真正的人是像列宁、托洛茨基、高尔基①和斯大林那样的人；还有像爱因斯坦②、普兰克③和亨特·摩根④那样的人。对于这位批评家来说，知识意味着"首先是关于我们周围的世界和关于我们自己的科学知识"。这句话可以有一个比较体面的解释；但我抱歉地说我们这位批评家指的却是普通老百姓给它的含义。所谓"关于我们周围世界的科学知识"，他的理解不是对于人生的体会。所谓"关于我们自己的科学知识"，他指的不是自知之明。总之，一方面自由主义不知道它到底想从教育里得到什么东西，激进主义知道它要的是什么，但它要的东西却是错的。

但是激进主义由于想要得到某种东西而值得称赞。它值得称赞，因为它想要选择和排除，即便是它想要选择和想要排除的东西都是错的。如果你对于社会有一个明确的理想，那么你想要培养对发展和维持那种社会是有用的东西，不鼓励无用的和分散注意力的东西，你这样做无疑是对的。而我们过长时期以来却缺少一种理想。今日这句话已成为老生常谈，即俄国共产主义是一种宗教。因此俄国的统治者

---

① 马克西姆·高尔基(1868—1936)，俄国伟大的无产阶级革命作家。
② 阿尔伯特·爱因斯坦(1879—1955)，德国、瑞士和美国国籍的科学家，相对论学说的发明者(1905)，在物理学的许多部门都有极大贡献，曾获1921年诺贝尔物理学奖。
③ 普兰克(1858—1947)，德国物理学家，量子论的发明者，曾获1918年诺贝尔物理学奖。
④ 亨特·摩根(1866—1945)，美国动物学家，基因理论的发明者，曾获1933年诺贝尔生理学和医学奖。

必须用那种宗教的信条来教育他们的青年。我在这里企图指明为拉丁文和希腊文辩护的根本理由，而不是仅仅向你们提供一整套学习这些古文字的极好的理由，这些理由你们自己也会想出来的。归根结底，关于人生只有两种站得住脚的假设：天主教的和实利主义的。为从事古典语言研究所做的辩护最终必须建立在古典语言和前者的联系上面，正像为出世的生活优越于入世的生活做辩护必须建立在同一个基础上那样。使古典文学和伤感的托利党保守主义①相联系，和剑桥大学的教员休息室相联系，和下议院里的古典文学引语②相联系，只是给古典文学一个脆弱的支持，但其脆弱程度并不胜过用人文主义哲学来为古典文学辩护——也就是说，用一种为时已晚的后卫战斗来维护旧制度，这种战斗企图阻止自由主义的进军，恰好在自由主义行将结束它的行军的时刻；不仅如此，这场战斗是正在由这样的部队进行的，他们本身已经变成半自由化了。现在亟须把对古典文学的辩护和其他的一些目标分开，这些目标，不论它们在一定的条件下和在一定的环境中有多好，却只具有相对的重要性——例如，一种传统的公学制度③，一种传统的大学教育制度，一种正在衰退的社会秩序——古典文学应该持久地和它所隶属的东西联系起来，和某种永久的东西相联系，这就是历史悠久的基督教信仰。

我并不忽视消极的和障碍的力量所能起的巨大作用。在英国，较好的中学和较老的大学能够维持古典文学教育的某些标准时间愈长，对于那些面向着未来、积极渴望改革并能明智地接受时代的变化的人们就愈有利（在美国，人们几乎已完全放弃了为古典教育而战斗）。但

---

① 伤感的托利党保守主义，英国托利党代表贵族阶级和地主阶级的利益，政治立场保守。托利党的成员在学生时代多半毕业于牛津和剑桥大学古典文学系。由于托利党所代表的贵族、地主阶级日趋没落，所以它的成员流露出一种伤感的情绪。
② 下议院里的古典文学引语，英国下议员成员虽然不是出身世袭贵族，但他们大多数也是牛津和剑桥大学古典文学系毕业生，因此在他们的议会演说中常常引用古典文学中的一些名句。
③ 公学制度指的是英国的贵族中学教育制度。所谓的公学指几所私立的、昂贵的、寄宿的、由基金会资助的、专收男生的中学。这种中学提供文科教育，尤其侧重古典文学。

是期望我们的教育机构对未来的世界做出任何更积极的贡献,那是徒劳的。正像只有天主教徒和共产党人懂得这个道理那样,一切的教育最终都必须是宗教教育。我的意思不是说教育应该局限于教士神职申请人或苏维埃官僚机构高级官员候选人范围之内;我的意思是说,教育的统治集团应该是一个宗教的统治集团。大学在世俗化的道路上实在走得太远了,大学已过久地失去了关于教育的目的是什么的任何共同的根本认识,而且大学也办得实在太大了。人们可以希望大学终于也会跟上时代潮流,要不然大学就会降为稀奇古怪的建筑遗迹而被保存下来;但是人们不能期望大学为时代潮流带路。

  当然,也完全有可能未来带来的东西既不是基督教文明,也不是实利主义文明。完全有可能未来带来的东西,除了混乱或麻木不仁以外,什么也都不是。如果是这样,我对未来将不感兴趣;我感兴趣的只是两种我认为值得我们感兴趣的选择。我在这里只和那些愿意选择基督教文明的读者打交道,如果一定要他们做出选择的话。我只向那些情愿看到基督教文明延续和发展的读者鼓吹研究拉丁文和希腊文的重要性。如果基督教不能延续,我将不介意拉丁语和希腊语的文本变得比伊特拉斯坎人①的语言文本更艰深难懂,更被人们遗忘。我所能看到的把拉丁文和希腊文的研究放在适当的位置上和正确理由的基础上的唯一希望在于恢复和推广教学修士会②。我们想要看到各种类型的修道院生活的复兴,那是由于许多其他的理由,而且这些都是十分重要的理由,但是为了维护基督教教育却不能算是最不重要的一个理由。修道士社团的首要的教育任务应该是在修道院范围内维护教育,使它免受外界野蛮作风洪水猛兽的侵袭和污染。修道士社团的

---

① 伊特拉斯坎人,居住在古代意大利北部的非意大利民族的人民,约在公元前7世纪定居于该地。伊特拉斯坎人的来源不详,一说他们来自小亚细亚。伊特拉斯坎人的语言迄今仍未被完全解译出来。
② 教学修士会指的是那些不同派别的修士会成员,他们是修道士,也是学者,还是学问和知识的传授人和传播者。中世纪欧洲的修道院是大学的前身,修道士学者就是后来大学的教授和研究员。

第二个教育任务是为教士以外的普通人提供教育,这种教育应该是比为谋求政府机关中一个文职人员位置所受的教育,比为达到技术效率所受的教育,或比为取得社会上或公众事务上的成功所受的教育,要包含一些更多的内容。这种教育不应是那种华而不实的装饰品,所谓的"为闲暇而教育"。随着整个世界日益完全世俗化,我们愈益感到这个迫切的需要,即公开声称自己是基督徒的人们应该受到基督教的教育,这种基督教教育应该是一种既为了当前世界的目的,又为了在这个世界当中我们还应该过的祈祷生活的目的。

1932 年

宗教和文学

我想说的话主要为了支持下面的命题：文学批评应该用明确的伦理和神学观点的批评来加以补充。在任何一个时代，如果人们对于伦理和神学问题有比较一致的看法，那么那个时代的文学批评就会比较充实。在像我们这样的时代，当人们的看法不能取得一致时，尤其需要信奉基督教的读者用明确的伦理和神学标准来仔细审阅他们的读物，尤其是审阅他们所读的文学作品。文学的"伟大价值"不能仅仅用文学标准来测定；当然我们必须记住测定一种读物是否是文学，只能用文学标准来进行①。

过去几个世纪以来，我们默认文学和神学之间没有联系。我们并不否认文学——我这里指的还是纯文学作品——曾经受到、现在会受到，或许将来永远也会受到某些道德标准的评判。但是道德评判文学作品，只能根据每一代人所接受的道德准则，不论那一代人是否真正按照该道德准则生活。在一个接受某种严格的基督教神学的时代，大家共同遵循的准则可能是相当正统的；当然即便是在这样的时代，共同的准则也可能把"荣誉""光荣"或"复仇"这一类的观念抬高到基督教所难以容忍的地位。伊丽莎白时代的戏剧伦理就提供了一个有趣的研究题目。但是为了说明这种韵律早期在塞内加影响下是怎样被

---

① 我愿唤起大家注意：西奥多·黑克写的《维吉尔》一书，希德和沃德出版社出版，是一个例子，说明神学方面的考虑赋予文学批评更大的意义。——原注

采用的,共同准则就会受到偏见的影响而有所改变。当这样的情况发生时,道德就易于受到文学的变动;于是我们实际上发现文学中所"引起人们反感的东西"不过是我们当前这一代人所看不惯的东西。但那却是司空见惯的事,即这一代人所感到震惊的事,却被下一代人泰然自若地接受了。道德标准对时代变革的适应性有时会得到人们的赞许,被人们满意地认为是人类不断进步的标志;但是实际上它只能标志着人们的道德判断的基础多么不牢靠。

  我在这里要谈的不是宗教文学,而是如何把我们的宗教应用于任何文学作品的批评。但是我们不妨先区别一下我所认为当我们说到"宗教文学"时它的三种不同含义。第一种含义是当我们说到"宗教文学"时,它的含义正像我们说到"历史文学"或"科学文学"一样。我的意思是说我们在把《圣经》的钦定译本①或杰雷密·泰勒的著作当作文学来讨论时,我们的方法也正像我们把克莱仑登②或吉本③——我国两位伟大历史学家——的历史著作当作文学来讨论一样;或像布莱德利④的《逻辑学》,或布丰⑤的《博物学》一样。所有这些作家,除了他们的宗教的、历史的、哲学的目的以外,都还具有从属于他们各自目的的运用语言的才能,这种才能足以使一切对于这些作家所抱的不同目的并不关心、但却能欣赏写得很好的语言的人们,对上述作家的著作深感兴趣,爱不释手。我想补充说明一点:虽然也可以当作"文学"读的一部科学的、历史的、神学的、哲学的著作,有可能像除了文学以

---

① 《圣经》的钦定译本指的是英国国王詹姆斯一世在位期间钦定《圣经》英文译本。这是《圣经》的标准英文译本,具有高度的文学价值。
② 克莱仑登,英国历史学家和政治家,著有《英国叛乱和内战史》(1702—1704),以描绘历史人物细腻、生动、公正著称。
③ 吉本(1737—1794),英国历史学家,著有《罗马帝国衰亡史》(1776—1788),以文笔宏伟、壮丽著称。吉本对基督教抱着讽刺、否定态度,认为基督教摧毁了古代文化。
④ 布莱德利的哲学对艾略特诗有很大的影响。布莱德利的哲学论文以文笔明晰、秀丽著称。
⑤ 布丰,旧译布封,法国博物学家,著有《博物学》(1749—1788)、《论风格》(1753)等,以文笔生动、雄辩、宏伟著称。

外的任何东西一样,变得过了时,但这部著作除非对它自己所属的时代具有科学的或其他的价值,否则它不可能成为"文学"。一方面我承认对语言的欣赏是合法的,另一方面我更强烈地意识到人们对语言欣赏的滥用。对上述著作仅仅由于它们的文学价值而欣赏的人们实质上是寄生虫;我们知道如果寄生虫滋生得太多了,就会变成害虫。我要向这些文人大发雷霆,他们把"《圣经》当作文学",达到心醉神迷的程度,又把《圣经》视为"英文散文最高贵的不朽作品"。大谈《圣经》作为"英文散文的不朽作品"的人们只是在赞赏它作为基督教坟墓上不朽的纪念碑罢了!我必须试图避免钻入我的论述的小胡同;我只想说,如果克莱仑登,或吉本,或布丰,或布莱德利的著作,分别作为历史、科学和哲学是微不足道的,那么它们也就没有什么文学价值可言了。同样,《圣经》曾对英国文学起过文学影响,并不是因为《圣经》曾被人们看作文学,而是因为它被看作是上帝说的话的报道。现在文人把《圣经》当作"文学"来讨论,这一事实或许标志着《圣经》的"文学"影响宣告结束。

  宗教和文学之间的第二种关系可以在被称作"宗教的"或"虔诚的"诗歌中找到。那么一个诗歌爱好者——我指的是诗歌的真正的和第一手的欣赏者和评价者,而不是追随在别人的赞美之辞后面的人云亦云的附和者——对于诗歌的这一领域,通常抱什么态度?我相信,他把它称之为领域可以说明一切问题。他认为(虽然并不总是十分明确),当你用"宗教的"这个形容词来修饰诗歌,你就在给诗歌划出了十分明显的界限。对于大多数爱好诗歌的人来说,"宗教诗歌"是一种类型的次要诗歌;宗教诗人并不是用宗教精神来处理全部诗歌题材的一位诗人,而是只处理全部诗歌题材中一个有局限性的部分的一位诗人:这位诗人排除了人们通常认为是人类特性的一些主要激情,因此也就承认了他对这些激情的无知。我认为这才是大多数诗歌爱好者对于像凡恩，或索思韦尔①，或克拉肖，或乔治·赫伯特，或吉拉德·霍普金斯②的真正态度。

但是，不仅如此，我愿承认在某种程度上这些批评者是正确的。这是因为的确有一类诗歌，如同我提到的上述作者的大部分作品都属于这一类，这类诗歌是一种特殊的宗教意识的产物。这种特殊意识，即便是在我们通常期望于大诗人的总意识不具备的情况下，也有可能存在。在某些诗人身上，或在他们的某些作品中，这个总意识也有可能是存在的；但是表现这个总意识所经历的那些准备步骤却没有表现出来，而只呈现了最后的产品。要想区别这一类诗人或作品和以宗教的或虔诚的天才所表现出特殊的和有局限性意识的那些诗人或作品，可能是一件很困难的事。我并不敢说，凡恩，或索思韦尔，或乔治·赫伯特，或霍普金斯都是大诗人③：我可以肯定地说，至少前三位都是具有这种局限意识的诗人。他们不是像但丁，或高乃依、拉辛那种意义的伟大的基督教宗教诗人。即便是在高乃依和拉辛的那些不涉及基督教主题的剧本里，这两位诗人仍然是伟大的基督教宗教诗人。上面提的前三位有局限意识的诗人不能算是这个意义上的伟大的宗教诗人。就连维庸④和波德莱尔⑤，尽管他们有那么多的缺陷和越轨行为，仍然是基督教诗人。即便是在维庸和波德莱尔是宗教诗人的意义上，那三位有局限意识的诗人也不能算是伟大的宗教诗人。从乔叟时代以来，基督教诗歌（我将解释我所说的基督教诗歌是什么意思）在英国

---

① 索思韦尔(1561—1595)，英国诗人和天主教徒，曾受迫害，被监禁三年，后被处决，著有宗教诗集《圣彼得的控诉》(1595)等。
② 霍普金斯(1844—1889)，英国宗教诗人，著有《德意志号船只的失事》(1875)等诗。霍普金斯的诗受古英语诗、十七世纪玄学派诗和十九世纪浪漫主义诗歌的多方面影响。他在诗歌形式和技巧上的革新又影响了二十世纪英、美诗人。
③ 我注意到几年以后我在斯旺西所做的演讲（后来发表在《威尔士评论》里，标题是"什么是次要诗歌？"）里，我强调地声明赫伯特是一位大诗人，不是一个小诗人。我同意我自己后来的意见。——原注。
④ 维庸以品行不端(抢劫、斗殴、杀人)被判刑、监禁、流放，最后不知所终。
⑤ 波德莱尔以其颓废生活著称。

几乎完全局限在次要诗歌的范围内。

我再说一遍,当我考虑宗教和文学这个问题时,我谈到这两个部门的目的仅在于说明我谈的问题主要不是宗教文学。我所关心的问题是宗教和一切文学之间的关系应该是什么。因此,第三类的"宗教文学"可以一提而过。我指的是真诚地渴望促进宗教事业的人们所写的文学作品;这类作品可归为宣传文学的范畴。当然,我首先想到的是那些令人愉快的小说,如同切斯特顿先生①的《星期四人》或他的《布朗神甫》。没有任何人比我更羡慕和欣赏这些作品;我只想说,热忱的人们,若不具备切斯特顿先生的才能,却想产生同样的效果,其结果是不能令人满意的。但是我的论点是:这些作品不在我们严肃考虑宗教和文学之间关系之列;这是因为这些作品是一些有意识的行动的产物。在我们的世界里,大家都知道宗教和文学是脱节的,相互之间已失去了联系。宗教宣传文学想要恢复这种联系,但这种联系却是一种有意识的、局限的联系。我要求的文学是一种不自觉地、无意识地表现基督教思想感情的文学,而不是一种故意地和挑战性地为基督教辩护的文学;切斯特顿先生的作品之所以能够吸引人,那是因为它出现在一个明确地非基督教的世界里。

我深信我们没有觉察到我们多么彻底但又是多么不合理地割裂了我们的文学标准和我们的宗教标准之间的联系。如果真能做到使二者彻底割裂,那或许并不十分严重;但是问题是二者并没有而且也永远不可能彻底割裂。如果我们用小说作为例子来说明文学——因为小说是能够影响最多数读者的文学形式——我们可以观察到在至少近三百年来,文学经历了这种逐渐世俗化(也就是,非宗教化)的过

---

① 切斯特顿(1874—1936),英国散文家、小说家和诗人,著有《星期四人》(1908),是有关无政府主义者、特务和侦探的讽刺小说,宣传天主教所主张的秩序;侦探小说《布朗神甫》(1911),小说中的侦探是一位姓布朗的天主教神甫。

程。班扬①有道德目的,笛福②在某种程度上也有道德目的:前者是不容怀疑的,后者不免引起人们的疑心。但是自从笛福时代以来,小说的世俗化进程一直继续不断。这个进程经历了三个阶段。在第一个阶段中,小说把当时人们的信仰看作理所当然的事,但把信仰排除在它所刻画的生活画面之外。菲尔丁③、狄更斯④和萨克雷⑤属于这个阶段。在第二个阶段,小说对信仰表示怀疑、不安,或和信仰进行争论。属于这个阶段的有乔治·艾略特⑥、乔治·梅瑞狄斯⑦和托马斯·哈代。我们现在所生活在其中的时代是第三个阶段。属于这个阶段的是几乎所有的当代小说家,詹姆斯·乔伊斯⑧除外。在这个阶段中,人们在说到基督教信仰时,总是把它看作一件过了时的东西。

　　现在我们要问一下:大多数人是不是都有一个明确的意见,也就是说,信仰宗教或反对宗教;那么,当他们阅读小说时,或者再加上阅读诗歌,难道他们进行阅读时用的是他们的大脑的另一个部分?宗教和小说之间的共同领域是行为。我们的宗教规定了我们的伦理,规定了我们的自我判断和批评,以及我们对待别人时我们自己的行为。我们所阅读的小说影响我们对待别人的行为,也影响我们自己的行为形式。当我们读到小说中一些人物采取了某些行为方式,受到作者的赞

---

① 班扬(1628—1688),英国小说家,著有《天路历程》(1678,1684)等。
② 笛福(1660—1731),英国小说家,著有《鲁滨孙漂流记》(1719)、《莫尔·弗兰德斯》等。
③ 菲尔丁(1707—1754),英国小说家,著有《约瑟夫·安德鲁斯》(1742)、《汤姆·琼斯》(1749)等。
④ 狄更斯(1812—1870),英国小说家,著有《大卫·科波菲尔》(1849—1850)、《双城记》(1859)等。
⑤ 萨克雷(1811—1863),英国小说家,著有《名利场》(1848)、《亨利·埃斯蒙德》(1852)等。
⑥ 乔治·艾略特(1819—1880),英国女小说家玛丽·安·埃文斯用的笔名,著有《亚当·比德》(1859)、《米德尔马奇》(1871—1872)等。
⑦ 乔治·梅瑞狄斯(1828—1909),英国小说家和诗人,著有《理查·费维莱尔的严峻考验》(1859)、《利己主义者》(1879)等。
⑧ 詹姆斯·乔伊斯(1882—1941),爱尔兰出生的英国小说家,著有《一个青年艺术家的画像》(1916)、《尤利西斯》(1922)等。

许;作者通过对他自己所安排的这些人物行为的结果所表现的赞许态度来祝福这种行为。当我们看到这种情况时,我们就有可能受到作者的感化而决心今后采取同样方式的行为①。如果当代的小说家是一个脱离群众的个人,在孤立当中思考自己的问题,这样的小说家也有可能对那些能够接受教益的人们提供某些重要的东西。孤独的人可能也会找到知音。但是大多数的小说家都是一些随波逐流的人,他们只是比普通人漂流得稍快一点罢了。这些小说家具有一点敏感性,但欠缺才智。

人们期望我们对文学更容忍一些,期望我们撇开偏见或自信,把小说当作小说来看待,把戏剧也当作戏剧来看待。我对于在这个国家人们不准确地称之为"书刊审查制度"的东西,极少同情。它比官方的审查制度更难对付,因为它代表一个不负责任的民主国家的一些个人的意见。我之所以不赞成它,部分的原因是它往往禁止出版、发行不该禁的书,还因为它不比禁止酿造、销售烈酒法更有效;还有一个部分原因是它表现出一种愿望,想用国家控制代替正当的家庭影响;但是整个的原因是它仅从风俗习惯出发来审查书刊,而不从明确的神学的和道德的原则出发。附带说一句,这种审查制度给人们一种错误的安全感,使人们相信没有被禁的书是无害的。是否世界上真有无害的书这样一个东西,我不敢说;但非常有可能世上有一些实在无法卒读的书,它们不可能对任何人会起伤害作用。但可以肯定地说,不能仅仅因为一本书没有使任何人有意识地感到不痛快而被视为无害。如果我们作为读者,把我们的宗教和道德信念都束之高阁,把我们的阅读仅仅当作消遣,或者在更高一点的层次上,当作美的享受,我想指出这一事实,即作家在写作时,无论他的主观意图是什么,实际上他根本不承认这种有害和无害区别。一部文学作品的作者总是自觉或不自觉地企图把我们当作活人来全面地使我们感动;我们作为活人不论愿意

---

① 这里以及在下面,我受到蒙哥梅里·贝尔金的启发,参阅他的书《类似鹦鹉的人》中《论不负责的宣传员》一章。——原注

与否,都会受到那部作品的感动。我想我们吃下肚的东西,除了仅仅给我们提供味觉和咀嚼的快感外,还会在我们身上产生其他一些效果;在吸收和消化的过程中,我们吃进去的食物也在我们身上起作用;我相信我们阅读的任何东西其作用也是如此。

我们阅读的东西,不仅和某种被称为文学鉴赏力的东西发生关系,而且还直接影响着我们作为活人的整体,当然,阅读只是许多其他影响当中的一种影响。我认为最能说明这种情况的是我们个人的文学教育史,这是值得认真考察的一个题目。请考虑任何一个具备某种程度的文学敏感性的人,在他的青、少年时代,是怎样进行阅读的。我相信,每一个对诗歌的魅力能够或多或少地感受到的人能够回忆起在他或她的青年时代的某一个时刻,会被某一位诗人的作品感动得失去了自制力。非常可能,他会被好几位诗人,一个接着一个,感动得不能控制自己。这种短暂的失去理智的迷恋,其原因不仅是我们在青、少年时代对诗歌的敏感程度比在成年期要更为强烈。所发生的情况是这样的,即一个尚未成形的个性,好像淹没在诗人的更为强大的个性之中,前者受到后者的侵略和征服。同样的情况也可能发生在没有进行过大量阅读的人们身上,但发生在较晚一些的年龄。一位作家在一个时期内,占据了我们的全部心灵;随后又是另一位;最后,这些作家开始在我们的头脑里相互产生影响。我们衡量一位作家和另一位作家,让他们二人比个高低;我们看到每一位作家都有其他作家们所缺少的一些特性,这些特性和其他一些作家的特性是不相容的;我们开始变得的确有批判能力了;正是我们不断成长的批判能力保护着我们,使我们避免任何一个文学个性过分占领我们的心灵。好的批评家——我们大家都应该努力成为批评家,而不应把文学批评的责任完全推卸给那些为报纸写书评的人们——是这样一种人,他把敏锐、持久的感受力和广泛的、与日俱增的有辨别力的阅读结合在一起。广泛阅读的价值并不在于作为一种贮藏、积累知识的手段,也不是为了获得人们有时用"蕴藏丰富的头脑"这一词语所指示的东西。广泛阅读之所以有价值,那是因为在受到一个接着一个的强大个性的感动过程中,我们就会变得不再受任何一个或任何少数强大个性的统治。各种不同的人生观同时存在于我们的头脑中,这些不同观点会相互影响,而我们自己的个性就会宣布自己的独立见解,并在我们自己的独立见解结构中给每一种观点以适当的地位。

如果说描述虚构人物的行动、思想、言语和感情的作品能够直接扩大我们的生活知识,这样的提法根本不符合事实。直接的生活知识指的是直接和我们发生关系的知识,这就是我们所了解到的有关人们一般如何处世的知识,有关人们一般看起来是什么样子的知识,当然这只限于我们自己曾经参与过的那一部分生活,这部分生活给我们提供了总结生活的素材。从小说中获得的生活知识只有通过另一个自我意识的阶段才有可能成为自己的生活知识。这就是说,从小说里来的生活知识只能是别人的生活知识,而不是生活本身的知识。当我们的注意力被任何一本小说中发生的事件所吸引,其程度正像我们被眼前发生的事件所吸引一样,我们所获得的知识至少真假参半。但当我们达到了足够成熟的发展阶段,以至于我们能够这样说:"这是一个在他的局限范围内善于观察的个人对生活的看法,例如,狄更斯,或萨克雷,或乔治·艾略特,或巴尔扎克①;但是他对于生活的看法不同于我的,因为他和我不一样;他甚至于选择了生活中某些事物来观察,这些事物和我选择的颇不相同,或者他和我选择的是一些相同的事物,但他按重要性给这些事物排列的次序不同于我的次序,因为他和我不一样;因此我所观察的东西只是某一个特殊的人所看到的世界"——只有到了这个阶段,我们才有资格说我们从阅读小说中得到了收获。我们才能直接从这些作家那里学到关于生活的一些知识,正像我们直接从阅读历史中获得一些历史知识一样;但是这些作家,只有在我们能够看到并且考虑到他们和我们自己之间的区别时,才能够真正对我们

---

① 巴尔扎克(1799—1850),法国小说家,著有《人间喜剧》。

有帮助。

随着我们逐渐成长,加大了阅读量,阅读了更多的各式各样的作家,我们就会获得各种不同的人生观。但是我想人们通常以为只有通过"教导性的阅读"我们才能获得别人的人生观的经验。人们认为这是我们勤奋阅读莎士比亚、但丁、歌德、爱默生①、卡莱尔,以及数十位其他令人尊敬的作家所得到的报酬。我们其余的为娱乐而进行的阅读只是消磨时间罢了。但是我倾向于得出一个令人吃惊的结论,那就是:正是我们为"娱乐"而进行的阅读,或"纯粹为快感"而进行的阅读,对我们可能产生最大的和最料想不到的影响。正是我们读起来最不费力的文学,才可能最容易地和最不知不觉地影响着我们。因此通俗小说家,以及反映当代生活的大众化剧本所产生的影响需要最仔细、最严格地加以审查。主要是当代文学,大多数人阅读起来总是抱着这种"纯粹为了快感"的态度,纯粹消极的态度。

我以上所说的这许多话和我所讨论的主题之间的关系,现在该更明显一点了吧。虽然我们可以仅仅为了乐趣阅读文学,为了"娱乐",或为了"美的享受",我们这种阅读永远也不会仅仅打动了我们一种特殊的感觉:它会影响作为活人的我们的全部心灵;它也影响我们的道德生活和宗教生活。我想说,虽然优秀的现代作家中某些个人能起鼓励人们向上的作用,但是当代文学作为一个整体却倾向于使人们堕落。即便是较好的作家们,他们生活在像我们这样的时代,也可能使某些读者堕落;因为我们必须记住,一个作家对人们的影响不一定是他自己打算起的影响。这个影响可能仅仅是人们能够使他们自己接受的影响。在接受影响的过程中,人们也在进行着一种不自觉的选择。一位像戴·赫·劳伦斯②那样的作家,有可能产生良好的或有害

---

① 爱默生(1803—1882),美国诗人、散文家和哲学家,著有《随笔,第一和第二集》(1841,1844)等。
② 戴·赫·劳伦斯(1885—1930),英国小说家、诗人和文学批评家,著有《儿子和情人》(1913)、《恋爱中的妇女》(1912)等。劳伦斯写的小说《查泰莱夫人的情人》(1928)因露骨地描写男女性关系而被列为禁书。

的效果。我不敢说我自己没有受到他一些有害的影响。

在这个时刻,我想提前回答不受清规戒律束缚的自由开明人士对我的反驳。我想回答所有这些人们,他们深信,如果每个人都说自己心里想说的话,做自己喜欢做的事,情况总会通过一些自动的补偿和调节,最终变得令人满意。他们会说:"让每个方案都试试看。如果错了,我们还会取得经验教训。"如果我们这一代人能够永远活在地球上,如果人们真从他们的长辈那里学到了很多他们的好经验,这种说法可能有些价值,而我们知道事实并非如此。这些自由、开明人士深信,只有通过被称为无约束的个人主义,真理才会出现。他们认为,思想、人生观,明显地出自有独立见解的头脑。这些思想和人生看法相互激烈冲撞,结果适者生存,真理胜利上升。谁要是不同意这个观点,一定是个一心只想开倒车的中世纪文化爱好者,要不然就一定是个法西斯主义者,也很可能二者都是。

如果大多数当代作家都真正是具有独特个性的人,他们当中每一位都是受灵感启发的布莱克那样的诗人,每一位都具有各自的不同理想,如果当代的读者群当中大多数人都真正是一群个人主义者〔义为:具有独特个性的人〕,那么上述的开明、自由的态度也可能有一些道理。可是事实并不是这样,过去不是这样,将来也绝不会是。这不仅是由于今日(或任何时代)进行阅读的个人没有足够的独特个性使他能够吸收所有的那些作家的所有的"人生观"。这些作家是出版商的广告和写书评的人们强加于我们的。进行阅读的个人也没有足够独特的个性,足以使他通过思考和比较这些不同的人生观来获得智慧。不仅读者的个性不够强,就连当代作家来说,他们也不具备足够独特的个性。并不是说,自由民主主义者所鼓吹的由具有不同个性的人们所组成的世界有什么不好;唯一的原因是这个世界根本不存在。那是因为当代文学的读者不同于各时代有定论的伟大文学的读者,他并不使他自己暴露在不同的和相互矛盾的个性的影响前面;他只把他自己暴露在一个作者们的群众运动前面。在这个群众运动当中,每一个作者都以为自己作为个人会给读者提供一些东西,但是实际上他们大家都在朝着同一方向共同协作。我相信从来没有一个时代像现在这样有如此巨大的读者群,或如此毫无抵抗能力地暴露在我们自己时代的各种影响前面的读者群。我相信从来没有一个时代像现在这样,读一点书的人读活人的书的数量大大超过他们读死人的书的数量;从来没有一个时代像现在这样极端狭隘,这样与过去完全隔离。目前出版商可能已太多了;已出版的书确实是太多了;一些刊物还在不断地鼓动读者要"跟上"正在出版的新书。民主个人主义已达到高峰:今日要成为一名个人主义者比过去任何时候都要难得多。

现代文学内部有它的完全合理的鉴别优劣、高低的标准:我不想让别人以为我把萧伯纳先生和诺埃尔·科沃德先生①混为一谈,或混淆伍尔夫夫人②和曼宁小姐③的区别。另一方面,我希望能够说明我并不提倡"高级"趣味文学,反对"低级"趣味文学。我想要强调的事实是整个现代文学都受到我称之为世俗主义的败坏,现代文学完全不意识到,也完全不懂得文学的意义,即超自然的生活是第一位的,自然生活是第二位的:它完全不了解我所认为是我们首先应考虑的文学的意义。

我不愿给人以印象说我仅仅发出了反对现代文学的烦躁的哀鸣。让我们采取一个介乎我的读者或他们当中的某些人,和我自己之间的一个共同立场,那么我们要讨论的问题更多的是我们应该如何对待目前这种情况,而不是我们如何改变这种情况。

我已经说过对待文学的自由、开明态度是行不通的。即便是那些企图把他们的"人生观"强加在我们身上的作者真正具有明显的个性,

---

① 诺埃尔·科沃德(1899—?),英国演员、作曲家和剧作家,以写英国上流社会有闲阶层的诙谐、文雅喜剧著称。
② 伍尔夫夫人(1882—1941),英国女小说家、文学批评家和散文家,著有《到灯塔去》(1927)、《奥尔兰多》(1928)等。
③ 曼宁小姐(1900—?),英国女小说家和散文家,著有《维尼斯百叶窗》等。曼宁小姐还是一个政论作家,先后主张社会主义、无政府主义、和平主义和儿童福利。

即便我们作为读者也是一些具有不同个性的人，那么结果又会怎样呢？当然会是这样，就是每一个读者，在他的阅读中，只能被他以前曾经有过亲身体会的东西所感动；他会采取"阻力最小的途径"，因此我们不能肯定地说他会受到作品的教益而成为一个更好的人。关于文学判断，我们需要同时强烈地意识到两个方面："我们的爱好"和"我们应有的爱好。"极少的人肯老实地辨别这两方面的区别。第一方面意味着认识我们真正的感觉是什么：极少有人认识这一方面。第二方面包括了解哪些是我们的不足之处；因为我们并不真正知道我们应该爱好什么，除非我们也知道我们为什么应该爱好这些东西，这也包括知道为什么我们现在还对这些东西缺少爱好。了解我们应该成为什么样的人，那还不够，除非我们知道我们是什么样的人；可是我们并不了解我们是什么样的人，除非我们知道应该成为什么样的人。这两方面的自我意识：知道我们是什么样的人和应该成为什么样的人，必须结合在一起。

作为文学的读者，我们的职责是知道什么是我们的爱好。作为基督徒，也作为文学的读者，我们的职责是知道我们应该爱好什么。作为诚实的人，我们的职责是不要假定我们所爱好的任何东西是我们应该爱好的东西；作为诚实的基督徒，我们的职责是不要假定我们一定爱好我们应该爱好的东西。我绝不情愿世间存在着两种文学，一种为了基督徒的消费，另一种为了异教人们的需要。我认为对于所有的基督徒来说，他们义不容辞地有责任自觉地坚持文学批评的某些标准和尺度，这些标准和尺度优越于世间其他人所运用的；我还认为我们所阅读的每一样东西都必须用这些尺度和标准来检验。我们必须记住我们当前的读物当中更大的一部分是那些对于一个超自然的秩序没有真正信仰的人们为我们写的，尽管有些读物也有可能出自一些人的手笔，这些人有不同于我们的超自然秩序的见解，也就是他们自己的独特的见解。但是我们的读物的更大的部分将出自这些人们的手笔，他们不仅自己没有这种信仰，而且甚至不知道世间还有人如此"落后",或如此"古怪",还继续相信这种东西。只要我们意识到固定在我们自己和大部分当代文学之间的鸿沟,我们或多或少地受到保护,免受当代文学的危害,这样我们就能够从当代文学当中提取它所能为我们提供的任何教益。

今日世界上有数量极大的人相信一切坏事的根本原因都是经济的。有些人相信各种具体的经济改革就足以使世界恢复正常;其他的人要求在社会领域里也进行一些不同程度的激烈改革——这些改革主要有两种相反的类型。这些被人们要求的改革,以及在某些地方已被实现的改革,在一个方面都是类似的,就是这些改革都主张我所说的世俗主义:它们所涉及的一些改革仅具有一种世间的、物质的和外在的性质;它们所涉及的道德问题仅仅属于集体性质。在一篇说明这种新信仰的文章中,我读到下面这些话:

"在我们的道德观念里,任何道德问题的唯一检验标准是看它是否在某种程度上阻碍或破坏个人为国家服务的能力。〔个人〕必须回答这些问题:'我这个行动是否会损害国家?它是否会损害国家的其他成员?它是否会损害我为国家服务的能力?'如果对所有这些问题的答案都是明确的,那么这个个人就有绝对的自由做他想做的事。"

好了,我并不否认这是一种道德观,这种道德观在一定的范围内能够产生很大的好处;但是我认为我们大家都应该拒绝接受没有在我们面前树立比这个更高的理想的道德观。当然这种道德观代表一种我们正在亲眼看到的强烈反应,这种强烈反应针对着这种观点,即认为集体的存在仅仅为了个人的好处;但是这种道德观同样也是尘世间的行为准则,仅仅属于尘世罢了。我对于现代文学的不满也属于同一性质。不是因为现代文学是普通意义的"不道德",或甚至"不属于道德范畴的";但无论如何,提出这样的控告是不够的。原因仅仅是因为现代文学否定了而且完全忽视了我们最根本和最重要的信仰;因此现代文学倾向于鼓励它的读者在有生之涯尽量从生活里得到他们所得到的好处,不要错过每一种呈现在面前的"经验";如果他们做出任何牺牲的话，那么仅仅为了对尘世间的别人现在或者将来有确实的好处，就应该牺牲他们自己。我们肯定要继续阅读最好的一类现代文学，阅读我们的时代所提供的文学；但是我们必须不懈地根据我们自己的原则来批评现代文学，而不是仅仅根据作者自己和在报刊上讨论现代文学的批评家们所接受的原则。

1935 年

古典文学和文学家①

前些时候,一位知名的作家在发表他个人关于这次大战后教育的前景意见时,曾不嫌费事地宣称在未来的新秩序中仍将有希腊文的地位。但是他却又限定他的话,补充说明希腊文的研究是一门和埃及学具有同等尊严的学问,他还说了一些其他的专门化的研究。他认为在任何开明社会中,应为少数对这些学科特别感兴趣的人们提供这些方面的研究机会。上面的意见是我在一本期刊里读到的,是我在某位应用科学专家的接待室里等待接见时随手翻阅到的。我还没顾得上记下来该文的出处就被某专家召见,因此我不能准确引证该文,也就姑隐该作者的姓名。但是这位作者的话,虽然不带反语嘲讽意味,虽然完全出于一片开明的至诚之心,却使我不禁浮想联翩,因而我愿在此继续谈谈我就这个问题的想法。我很感谢该文的作者给我以启发,使我能够在今天这个场合以唯一可能扮演的角色出现在观众面前。在我以往的岁月里,我既凭狡猾,又靠厚颜无耻,还出于幸运,在轻信的人们当中获得了博学和学术成就的名声(由于我不再需要这种名声了),我一直想摆脱它的干扰。自己的弱点早晚肯定会被揭发出来,与其由后代暴露这些弱点,还不如自己坦白承认;但是我却发现在我们

---

① 这是艾略特于1942年4月15日在古典文学学会(Classical Association)作的会长讲话演说辞。

这个时代获得自己不配享有的博学的名声比取消这个名声容易得多；但是这个问题无关紧要。我的论点是如果我为古典文学作辩护所提出的理由只能用学者的学问来支持，或我提的理由只能由今日我们称之为教育家的人们正式提出，那么我就会冒败诉的危险。这是因为有些比我高明得多的学者并不像我这样看重拉丁文和希腊文的研究，还有一些教师能够很好地证明我想要提倡的这些研究是根本行不通的。但是如果我仅从文学家的观点提出为古典文学作辩护的理由，那么我将不会冒什么风险；我想你们大家会同意自认为是一个文学家，根本说来，还算是个比较谦虚的自我估计。但是我必须先说明一下为什么我用了这个相当笼统的名词，以及我用的这个名词的含义是什么。

如果我更具体，用了"诗人""小说家""剧作家"或"批评家"这一类的字眼，我就会在你们头脑中唤起一些特殊的考虑，使你们的注意力离开了把文学当作一个整体来看的观点，而这个观点正是在现在这个场合我想让我们大家都牢记在心的观点。比方说，如果我们用"诗人"这个字眼，它就立即唤起一些不同意的看法。我们通常都愿意设想文学创作，尤其是诗歌创作，仅仅依靠有天才的作家偶尔的、难以预料的出现；设想天才不能随心所欲地降落人间；设想一旦天才果真出现，很可能天才会打破一切常规，它不是任何教育制度所能培养的，也不是任何教育制度所能够扼杀的。如果我们把文学看作仅仅是一系列先后出现的伟大作家群，而不把一种欧洲语言的文学看作就其本身来说，既是一个形成了的重要的整体，又是欧洲文学的一个重要的组成部分，那么这样一个观点就很有可能是我们所采取的观点。采取这样一种观点，我们就把每一位伟大作家都孤立起来看；把他孤立起来看，我们就不可能相信如果他受的是另一种教育，他就会是一位更优秀的或次一等的作家。一位伟大作家出身当中的缺陷和有利因素都解不开地纠缠在一起；正像他性格中的缺点和他的光辉美德不能分离地结合在一起，也如同他的物质上的困境和他的成功也时常联系在一起一样。例如,难道我们因为弗朗索瓦·维庸①不愿和社会上更体面的人物来往,或因为罗伯特·彭斯②没有受过和约翰逊博士③同样的教育而感到遗憾吗？一位有天才的人的生活如果和他的著作联系起来看,就会带上一种必然的模式,即使是他的一些缺陷也似乎对他是有用处的。

  用这种方式来看一位伟大的诗人或小说家、剧作家,只是看到一半的真理:这就像当我们观察一位作家和又一位作家时,我们没有拿我们这个观点去和另一种观点,即把一国的民族文学看作一个整体进行对比。我一开始就想说明我并不主张古典文学教育对于天才作家是必不可少的:除非我能使你们明白一个伟大的文学不仅是一些大作家加起来的总和,使你们明白这个文学有它自己的特性,不然的话我的大部分论点将会被你们误解。正是因为我不想让你们把注意力集中在有天才的人身上我才使用了"文学家"这个字眼。这个字眼包括第二流或第三流,或更低阶层的人,同时也包括最伟大的人；这些次要的作家们作为集体或个人,在不同程度上为伟大的作家提供他的环境的一个重要的组成部分,同时也为他提供最早的读者群,为他提供最早的欣赏者、最早的批评纠正者,或许最早的贬低者。一国文学的延续性对它的伟大是必需的；次要作家的作用在很大的程度上就在于维持这种延续性,并且提供一套作品,这些作品虽然不一定被后世的读者阅读,但它们却在很大程度上为那些继续被后代阅读的大作家起了一个纽带作用,把他们连接起来成为一个整体。不过这个延续性主要是在不自觉地进行着,只有在历史的回顾中才能显示出来：我只需要

---

① 法国诗人维庸不足二十一岁时,就获得了巴黎大学硕士学位,但他交往的人多是社会的渣滓:乞丐、流氓、盗贼等。他经常因犯罪而被逮捕、监禁、流放,曾被判处死刑（后来得到赦免）。尽管如此,他是中世纪末期法国最优秀的诗人。
② 罗伯特·彭斯(1756—1796),苏格兰最伟大的诗人。他是佃农的儿子,本人也是一个农民,没有进过学校,完全是自学成才。
③ 英国诗人和批评家约翰逊(1709—1784),一位书商的儿子,毕业于以拉丁文为主课的中学,并曾在牛津大学肄业十四个月,但未获学位。

介绍你们阅读雷·威·钱伯斯①教授写的虽短却极为重要的《英国散文的延续性》一文,作为我的论点的证明。为了达到说明我的论点的这个当前的目的,单个的作家必须放在这种延续性中、放在这个总的环境中来加以考虑和研究。当我们用这样的方式来观察他们,我们就会看到在这些大作家当中,即便是那些最正规最谨严的作家队伍中也有一些人是革新者,甚至于是叛逆者,但是另一方面,即便是那些最革命的作家队伍中,也会出现一些人继续进行着那些被他们背叛了的他们所受影响所来自的那些作家所开创了的工作。

要集合一群大人物,他们具有极少的教育优势,但却成为大作家,要把这些人集合起来成为一个名人队伍的确并不是一件难事。班扬②和亚伯拉罕·林肯③仅仅是较为经常被引用的两个名字。这些人,还有其他人,主要从英文《圣经》④里学会如何运用英语:这是尽人皆知的老生常谈,就是有了《圣经》、莎士比亚⑤和班扬的知识(我还可以加上《公用祈祷书》⑥),就能教会一个有天才的人,或一个有第一流才能但还够不上天才的人,他所需要的一切知识,以便把英文写好。但是我想说的是,首先这一点也不是毫无关系的事,即那本英文《圣经》的翻译者们都是他们当时的大学者,也是当时的大文豪;我们必须问一问,不仅莎士比亚和班扬所读过的都是哪些书,而且还要问一问那些用他们的作品哺育过莎士比亚和班扬的英国作家们都曾经读过哪些书。其次,我想说,那种传授给莎士比亚,或传授给班扬,或传授给林肯的教育,对今天来说,恐怕是最难获得的一种教育。人们更有理由

---

① 雷·威·钱伯斯(1874—1942),英国文学史家,曾任伦敦大学教授。
② 英国作家班扬的父亲是一个补锅工人,他本人也继承父业,只读完村里的小学。
③ 亚伯拉罕·林肯(1809—1865),美国第十六任总统。他当过仓库保管员、邮局职员、海关检查员等。他在业余学习法律,自学成才。
④ 英文《圣经》指的是1611年出版的钦定《圣经》英文译本。
⑤ 莎士比亚只读完了镇上以拉丁文为主课的中学。
⑥ 《公用祈祷书》,十六世纪英国国教的公用祈祷书。

期望那种教育所培养出来的诗人会具有像本·琼森①或像密尔顿②那样多的学问,而不是具有像莎士比亚或班扬那样少的教育优势的诗人或散文家。今天任何一位中学校长都不会愿意担当起造就出来的学生像莎士比亚和班扬那样知识装备不足的恶名。今天世界上要读的东西实在太多了,不可能期望任何人只熟读并且只相信少数几个作家;更别提,在学校外面,四面八方都向学生施加压力,促使学生写作拙劣,语无伦次,思想混乱。

  此刻大家应该明白,在考虑文学家所受的教育时,我们的首要任务不在于确定一个人所获得的知识的数量,确定他接受教育过程的年限,或他所达到的学习优秀的程度;首要的考虑是他在校学习期间所接受的训练属于哪一种类型的教育。最富于启发性的例子就是我国文学中两位最伟大的诗人莎士比亚和密尔顿所提供的同一教育类型中教育程度的巨大悬殊。关于莎士比亚,我们可以说,从来没有任何人像他那样给这么少的知识派上这么大的用场;我们必须把密尔顿和但丁③并提,说从来没有任何像他们那样有学问的诗人像他们那样充分地证明了他们获得这么多的学问完全是合理的、应该的。莎士比亚的教育,他所受的那一点点教育,属于密尔顿所受教育的同一个传统:它基本上是古典文学教育。衡量一种类型的教育的重要性几乎在同样大的程度上要看它所删去的东西和它所包括的内容。莎士比亚关于古代文化的知识似乎是大量从各种翻译作品里吸取的。但是莎士比亚生活在一个古人的智慧仍受人尊敬、古人的诗歌仍受人景仰和欣赏的世界中;莎士比亚没有他的同事当中许多人的教育程度那么高,

---

① 英国剧作家和诗人琼森(1573—1637),虽然只上过伦敦的威斯敏斯特学校,但却被公认为伊丽莎白时代英国最博学的剧作家。通常和莎士比亚形成学识和天才之间的鲜明对照。
② 密尔顿毕业于伦敦圣保罗学校和剑桥大学,曾在欧洲旅游、访学二年,他是当时欧洲最博学的人之一。
③ 但丁受过当时最好的教育,熟读古典文学和基督教文学,成为中世纪欧洲最博学的诗人。他的杰作《神曲》(1321年以后)被称作"中世纪历史、社会和文化的百科全书"。

但他受的却是同一种的教育——对于一个文学家来说,这几乎是一个更重要的条件,即他所来往的人而不是他自己本人应具有很好的文化修养。标准和价值就在他身边;莎士比亚自己具有从翻译作品中提取尽可能大的好处的能力,而这种能力并不是每个人天生都具有的。在这两个有利的方面,莎士比亚都得天独厚。

如果说莎士比亚的知识是片断的和第二手的,那么密尔顿的知识却是全面的和第一手的。一个次一等的诗人,如果有了密尔顿的学问和多方面的爱好,就会有变成仅仅是一名用诗体卖弄学问的学究的危险。理解密尔顿的诗歌需要熟悉好几门学科,其中没有一门是今日读者所十分喜爱的:《圣经》的知识,不一定读希伯来文和希腊文原文,但必须读英文译文;古典文学、神话和历史的知识;拉丁文句法和诗歌韵律的知识;以及基督教神学的知识。具备一些拉丁文的知识是必要的,不仅为了理解他谈论的内容,而更是为了欣赏他的风格和他的音乐。并不是说密尔顿的词汇由于用了拉丁词而变得过分沉重;这种情况更多出现于前一个世纪。如果我们想要理解并且接受他的错综复杂的句子结构,如果我们企图听出来他的诗行的全部音乐效果,那么我们必须熟悉拉丁文。当前这一代的读者在他的诗篇里可能找不到口语体的风格,听不到日常谈话的声音,也感受不到需要用更朴素的语言来表达的心绪和感情,而这些东西是我们不应该期望从密尔顿那里得到的。读者有时还会发现他的句法过于曲折、别扭。密尔顿曾受人指责(在这指责后面还是有一些真理),说他写英文就好像在写一种古文字;这话似乎是兰德①说的,而兰德是一位值得尊敬的批评家。密尔顿的风格对模仿者来说的确是一种灾难性的风格;这句话也适用于詹姆斯·乔伊斯②的风格。因此一位大作家对其他作家的影响既不能

---

① 英国诗人、批评家兰德热爱古典文学,他写的抒情诗大多数都以希腊文和拉丁文抒情诗为蓝本。
② 乔伊斯立志革新小说的艺术,运用许多新的叙事技巧和一种新的、独特的风格和语言(包括他造的新词、文字游戏、复杂的典故,以及取自神话、历史和文学作品的富有象征意义的故事和事件),结果使他的作品得到晦涩难解的名声。

增加也不能减损他自己所应受到的荣誉。我的论点是密尔顿的拉丁文风格对他的伟大是必不可少的,我选择他仅仅作为整个英国诗歌的一个极端的例子。你可以不懂任何拉丁文而用英文写诗;我却不敢说,没有拉丁文的知识你能不能完全理解英诗。我相信,而且我在别的场合也说过,这个事实,即英诗的蕴藏丰富的巨大潜力——这些潜力尚未用尽——在很大的程度上归功于不同的种族血缘给英诗带来了多样化的口语节奏和诗行节奏;英诗还应大大归功于这个事实,即希腊文在三百年间,拉丁文在更长的时间内,帮助了英诗的形成。我所说的关于诗歌的情况也适用于散文,但或许少一点必然性;除非我们至少对塔西佗①有一知半解,我们很难体会克莱仑登的风格;除非我们能够稍微意识到吉本身上所受到的巨大影响,我们很难体会吉本的风格。对吉本的影响来自那些古代和古代后编年史编者,来自早期教会领袖写作时期和这个时期以后的神学家们,这些人为吉本提供了他所需要的材料。

  如果古典文学教育是过去英国文学的背景,我们有理由强调说,不仅讲授英国文学的人应至少具有较好的拉丁文的知识(如果希腊文暂不要求的话),而且研究英国文学的人也应具备一些拉丁文的知识。但是,这个问题并不完全是我想讨论的方向。我在这里谈的不是文学教学的问题,我只谈有关那些打算从事文学创作的人们如何学习文学的问题。许多代以来,我国大多数文学家都来自那些曾受过以古典文学为基础的教育的人们当中;这句话绝不是说,我国大多数文学家都是来自任何人数较少的社会阶层。我认为这个共同的教育基础曾起过一个很大的作用,使过去的英国文学具有一种一致性,这种一致性使我们有权说我们不仅产生了一系列的大作家,而且还有了一个文学,这个文学是一个能被辨认出来的、被称为欧洲文学的统一体中一

---

① 塔西佗(约56—约120),古代罗马历史学家,著有《日耳曼地方志》,叙述日耳曼民族社会制度和风俗习惯。塔西佗写的拉丁文散文的特点是:锋利、精练和富于警句,和西塞罗的拉丁散文风格大不相同。

个杰出的组成部分。因此我们有理由要问一下，一旦古典文学和我国文学之间的联系完全中断，当古典文学学者变得像埃及学家那样完全专门化了，当过去一位诗人或批评家的智力和审美力通过拉丁文学和希腊文学受到了锻炼，而这种锻炼将变得非常特殊，甚至于比一个剧作家通过细心研究光学、电学和声学物理来为完成他的剧场任务而训练他自己的做法还要特殊，当这种情况发生时，那么这将对我们的语言和我国的文学可能产生什么影响呢？你可以选择两种态度的任何一种，要么欢迎这种变革，把它看作是解放的曙光，要么哀叹它，把它视为文学的没落时代；但至少你会同意我们期望这种变革将标志着过去的文学和未来的文学之间将出现某种巨大的区别——区别或许会如此巨大，以至于标志着从一个旧语言变成一个新语言的过渡阶段。

近二十年来，我一直在观察着一种现象，即照我看来，似乎是中间文学阶层的退化，这种退化现象主要发生在文学批评所需要的标准和学识方面。为了避免你们轻率地认为这个抱怨不过是患风湿病中年人的痛苦呻吟，我愿引用比我年轻一代的文学家代表，迈克尔·罗伯茨的话：

> 到一九三九年夏季以前，英国只剩下两家严肃的文学报纸了；一个叫作《细察》①的销路很少的绝好的季刊和《泰晤士报文学增刊》②，这个增刊，和那些较严肃的图书馆一样，在一九二二年比在一九三八年拥有更多的读者。质量的概念被淹没在这种想法之下，即"这完全是个爱好问题"，个人的没有教养的爱好，只有在人们担心它过于古怪或过于陈旧时才稍微加以调和。一位机灵的出版商成功地想出了一个两全其美的办法，他登了一个广

---

① 《细察》（1932—1953），由弗·雷·利维斯（1895—1978）在英国剑桥大学编辑、出版的文学评论刊物。利维斯强调文学的道德价值，关心社会的健康。

② 《泰晤士报文学增刊》，首次出版于1902年1月17日，由布鲁斯·利奇蒙德（1938年结束主编工作）担任主编，每周一期，介绍、评论新书，并广泛讨论文学问题。

告:"为少数人阅读的小说:第二十个一千。"

造成这种衰退的原因无疑是很复杂的。我并不想说这一切都归罪于对于古典文学研究的忽视,也不想说恢复这方面的研究就足以抵挡这个衰退的潮流。但是任何共同的教学背景,任何共同的文学和历史知识基础,以及对于英国文学的根源所达成的任何共同的认识,这一切的消失或许使得作家们更容易按照他们所不能对之负责的那些文学趋势的压力去进行创作。文学批评的一个功能——我想的不是那些大批评家或文学批评的经典著作,而是那位每周写一篇书评的作家,以往他不署名,现在他由于经常签名而有了知名度,可是却很少享受到提高工资的乐趣——文学批评的一个功能是作为一种嵌齿来调节文学鉴赏标准转变的速度。当嵌齿梗塞住了,评论者牢牢地嵌在上一代人的鉴赏标准里,机器必须无情地加以拆卸和重新安装;当嵌齿松开了,评论者接受了新鲜风尚作为衡量文学作品优良的充分标准时,机器必须停住,收紧。当机器发生了这两种毛病的任何一种时,毛病的效果是在人们当中制造分裂:一种人在任何新事物中看不出任何好处,另一种人却除了新事物外,在任何别的东西里面看不出任何好处。由于这个缘故,旧事物的古老性和新事物的怪诞,甚至于招摇撞骗的性质,二者都加剧了。文学批评的这个失职所产生的效果是陷严肃作家于进退两难的地步:要不为一个过大的公众写作,要不就为一个过小的读者群写作,这两种选择中任何一种选择都产生了同一种奇特的结果,就是助长了朝生暮死的、短暂性作品的出笼。一部文学作品,如果仅仅受到大众欢迎,而实际上并没有包含任何新的内容,这样的作品的新颖性不久就会消失:这是因为后一代的读者宁愿读具有独创性的作品,而不愿读模仿它的作品,当二者都已成为历史上的陈迹时,尤其是如此。任何仅属新奇的东西,它的新奇性只能产生暂时的轰动:同一作品不会两次产生同一种轰动,而必须后继以更新奇的东西。

我们时代的较有独创性的文学曾受到这样的谴责,即它是为一个少数的、排他的读者群而创作的——这个读者群之所以人数少，而且排斥局外人，并不是由于这是最好的读者群，而是因为（如同它被说成是那样的）这个读者群包括一些反常的、古怪的，或反社会的人们，另外还加上他们的势利的帮闲者。这个谴责似乎是最不一致的人群都能对之取得一致的谴责：最不一致的人群指那些认为任何新事物都是无秩序的保守分子，以及那些认为凡是他们不理解的东西都是反民主的激进分子。我在这里不想讨论为了支持这些论断所诉诸的政治热情。我的论点是，这个后果，不是来自个人的畸变——尽管它造成一种情况，在这种情况下，冒牌货能够较容易地被当作货真价实的东西，暂时地，并且在某些读者当中，流通、使用——而是来自社会的衰变：在文学方面，则来自文学批评的衰退。这个后果是由于缺少持续的交流而造成：作家与他的朋友、同行以及少数热心的业余爱好者之间的交流，作家与受过同样教育的、人数较多的公众之间的交流，这个公众的鉴赏力是通过过去的文学培养出来的，但是现代文学中好的东西，一经指出他们就乐于接受，最后还有作家与全世界读者之间的交流。如果一个作家最初的、有辨别力的读者们本身与广大世界脱离，那么这些读者对于该作者的影响可能是不均衡的；他们的鉴赏力有屈服于他们小集团的偏见和爱好之下的危险，而且他们还有可能轻易地屈服于一种诱惑力之下，使他们过高地评价他们小集团成员的和他们心爱的作家们的成就。

　　责难文学的现状，或预言未来的文学会降低标准，这是一回事，提出积极的建议，有关哪一种类型的教育最有利于培养文学家，以及如何使这种文学教育符合总的教育规划，这又是另一回事。在讨论教育时，我们注意的是青少年的教育问题；注意的对象主要是普通智力的儿童或学习成绩较差的儿童；注意的对象主要还有那些受教育机会一向较少的儿童。当我们考虑更大的模式时，我们倾向于以培养善良公民为目的来考虑教育问题（这样考虑是正确的）。我留给你们的问题是：是否我们认为维护我国文学的重要性，在制订我们的教育规划时，应看作一件足够重要的事,值得给予一些考虑?即便我们都同意它的重要性,教育能否对此负任何责任?答案可能是:"不能。"但是这个问题还是要提出来,答案也必须是慎重考虑后做出的答案。正确的答案只能来自苦思苦想,来自许多人以广博的见识进行思考。我不愿掩饰这样做的困难性。训练足够数量的好科学家,使他们分布在不同学科领域内,这个问题是我们讨论的热门;我猜想,这个问题比我所提的问题要更容易解决得多。我想,如果不是我们大家面对实质性的证据都承认培养科学家问题的必要性,这个问题也不会显得如此更容易解决;我认为,关于一个问题的重要性,如果大家能取得一致的意见,将会促使这个问题的解决更加成为可能。

虽然现今各种科学的分支如此广泛,虽然在科学的任何分支中所要吸收的知识量如此巨大,我仍能看到一个有科学爱好的人所应接受的适当训练比文学家的训练更容易加以明确的规定。就此而言,除了文学艺术的训练外,其他任何艺术的训练也都是这样。画家、雕塑家、建筑学家、音乐家,尽管他们谋生、糊口,或在设法使他们的艺术追求与一个和艺术无关的、有薪金的职业相结合的努力中,可能遭遇到更大的困难,但是这些艺术家们与作家相比,都具有一套明确得多的技巧需要学会和掌握。他们的主要训练具有更强的技术性;他们必须学习的科目有更明确的规定;他们不需要那种多样化的、一般的文化,但是文学家若缺少这种文化,他就会缺少足够的准备。另一个区别和上面说的区别并不是毫无关系的,这就是:文学才能,不像对于其他艺术的爱好那样,如此明确地,如此及时地显示出来,或具有实现自己的目标如此明确的信心。用诗歌来表现自己的这种欲望(我个人的经验使我倾向于这样想)是盎格鲁·撒克逊民族大多数男性和女性在他们发展过程中某一阶段所表现出来的共同特点;这个特点甚至有可能在这种情况下仍继续存在,即当除写诗人本人外任何人都已明显地看出写诗人缺少这方面的禀性很久以后。当一个中、小学男生写出好的诗行,我们有理由期望他长大了能在这种或那种行业里胜过同行——但是他那个行业可能使他远离诗歌或文学领域——那个行业可能把他领到法庭的律师席位或主教的座位上。真正的文学头脑可能成长得很慢；它需要更全面和更多样的食粮：关于各种事实的更庞杂的知识，对于各种人物和各种思想更广阔的经验，文学头脑比从事其他行业所要求的头脑更需要上述这一切。因此文学头脑的培养就提出了一个更困难的教育问题。在说这句话时，我并不想为文学艺术本身僭取压倒一切的地位：我只想指出文学家的培养需要不同的准备。

在这里我想说明，尽管赞成古典文学教育的论证当中，有一些相当有力和充足，我不想重复这些论证。我也不打算冒昧地议论这个问题是否必要和可行，即所有的儿童，不论他们的未来方向是什么，都应上初级拉丁文课，或许也应上希腊文课。我只想说，所有的儿童都应受同一种教育的年限问题，和全民教育中的共同因素如何延续到更靠后的阶段的问题，即便是从文学家的角度来看，也是一个非常重要的问题：这是因为在此基础上文学家才有可能拥有一个广大的听众，才有可能既使作家能够和各行各业的人进行交流，又能使各行各业的人能够相互了解。我还想附带说一下，把学习拉丁文推迟到儿童似乎学外语比学其他学科更有才能的年龄，这样就推迟得太久了——我还想说我相信每个人都很有必要懂得一些拉丁文，即便是一点也不懂希腊文是可以的。但是，我在这里并不特别感兴趣要把这两种语言的研究当作一种"脑力训练"来推行。我认为把任何学科纯粹当作现代意义的"训练"来为该学科辩护，这个理由有可能坚持得太过分了：例如，我曾听见一个不信教的人为强制学生参加学校礼拜仪式的制度作辩护，他的理由是让孩子们尽他们所不喜欢尽的责任是有益的。对抽象的"训练"进行辩护，相信任何一种"脑力训练"只要以正确的途径来进行，而且进行到足够深的程度，就能造就出一位抽象的"受过教育的人"，这种做法和这种想法似乎和十九世纪的平等主义倾向有关，这种倾向把适用于人类的同一平等理想也延伸给供人类研究的学科身上：既然研究这些学科的人类是平等的，那么这些学科本身也都是平等的了。一个被教导的人至少应是个情愿被教导的学生,是个自动地依附一位老师的人,因为他相信老师所传授的学科是有价值的,并且相信老师有资格给他以他所需要的指引。这就是说,学生生活以做出评价开始——以抱着达到某种特殊的知识或熟练的技能的愿望开始,而不是以怀有获得抽象的训练、继之以认为这门学科将能提供这种训练的愿望开始。为了我的目的,需要讨论的问题是学科本身有无价值,而不是它的伴随的和必要的"训练",通过这种训练人们才能达到对该学科的掌握。既然我考虑的不是抽象的训练,我也就不想考虑抽象的"教育",或考虑那个相当乏味的问题,即如何给抽象的"受过教育的人"下一个定义。

也是为了我的各种目的,区分"职业的"教育和"文化的"教育。是没有什么用处的:除了那个不利因素,即"职业的"易于仅仅指示薪金和补助金,"文化的"指示"为闲暇而教育",这种教育,要不是意味着一种文雅的享乐主义,就是指从事无害的业余爱好的本领。就作家身份而论,作家很少从事领薪水的工作,他也没有填满不存在的闲暇的问题。任何东西到他磨里都成粉,他所能吸收的各种知识愈多愈好;对于他来说,重要的事在于区别他应被别人教会的那些学科与他应自学获得知识的那些学科。他的任务是通过语言来进行交流;要是他是一位通过想象进行创作的作家,他所从事的工作就是最困难的一种交流形式,在这个形式中准确性最为关键,但这种准确性不能事先规定下来,而是必须体现在每一个新词语中。为了用文学家应该理解语言的方式来理解语言,我们必须知道语言的使用所应达到的各种目的;这就包括对某些学科获得一些知识;为了交流这些学科的内容过去人们曾使用语言来达到此目的。这些学科主要有:历史,因为如果不具备有关文学创作历史条件的知识,以及有关创作文学作品的人们的知识,你就不能真正理解过去的文学究竟是怎么一回事;还有逻辑学,因为这个学科研究的对象是对用语言表达出来的思想进行解剖;此外,还有哲学,因为这是一门企图用尽可能做到的最抽象的方式来使用语言的学科。

　　这个教学计划已经够令人望而生畏了。在适当的阶段,我们还必须在此计划中引入至少一门现代外语,以及我们自己的语言和古典语言①。现代外语应是一个大语种,具有和我国语言相似的发展过程,这门外语还必须拥有一个兴旺的当代文学;这是因为如果我们能够欣赏外国作家的作品,这些作家生活在和我们同一个世界里,但他们却用另外一个大语种语言来发表他们对这个世界的看法,我们若能欣赏他们的作品,就会大大地帮助我们养成文学鉴赏的客观性。会好几种外国语比只会一种外语要更好一些;但是想要以同样好的程度了解超过一个的其他国家语言、文学和人民,这个企图是不可能达到的。在现代,对文学家来说,最重要的外语一直是法语;这一点不需要我提醒你们大家:要学好法语,拉丁文的知识更为重要,希腊文的知识也并不次要。对于一个有非常特殊的语言才能的人,如果这个人还没有被我所建议的那些学识和技能的负担压垮,我相信学一门和英语离得更远的大语种语言可能是一个非常有价值的、额外的本领;我想到希伯来文,但是若从结构的极端差异和思想的卓越成就来考虑,中文可能是一个很好的选择;但是我所提到的这一点已达到我们看得见的可能性的最远的边缘。

　　所有的这些学问的分支都必须通过教师才能学到手;在课程表里似乎没有多少空白留给自然科学的科目。但是我愿设想我心目中的好文学家有可能在中学时代已接受过(我所未获得的)足够的训练,即熟悉数学语言,使他在试图独立地去理解某种科学发现的普遍意义时,不至于完全迷惑莫解。用以解释文学家为什么在他受的正规教育中不能学到更为详尽的科学知识的唯一有普遍适用性的理由就是:时间不允许(这是一个很明显的原因);因为我们必须给他留出来一些钟点用在吃、睡、社会仪式、饮宴作乐、做礼拜、竞技活动和体育锻炼上

---

① 古典语言,指的是古典文化(古代希腊和罗马文化)的研究,包括语言和文学。这里特指古代希腊文和拉丁文。

面。我们的文学家很有必要在他的一生当中应能够对他没有受过训练的一些学科培养起兴趣;因为如同我在上面所说,对于一个具有想象力的人,几乎任何东西都是有用的。常有人说,科学的奇迹为想象力提供营养。我相信这话是对的,但是我认为应区分两种不同的想象力:一种是伟大的科学家的想象力,这种想象力根据观察到的现象(这些现象的意义是其他和这位大科学家受过同样好的训练,同样识多见广的科学家们所未能认识到的)做出一项发现;另一种想象力是像卢克莱修,或甚至于像雪莱①那样的人的想象力,这种想象力使这些人的科学知识充满了一种感情生活,而纯粹的科学家却和感情生活无关。

你们可以看到,我并没有极力主张实行"文化的"或通才的教育来反对专门化教育;这是因为文学家的教育,就它本身来说,也是专门化的和"职业的"。但是我们还必须面对另一个困难。我曾说明我并不企图为有天才的人做出任何规定,而是想规定一下文学家生活在其中的环境,这种环境将有利于有天才的人取得成功。但是另一方面,你不可能在文学家和他的听众之间、在书面批评家和口头批评家之间划一条明确的界限。任何人都不像作家那样由于局限于和他同行人来往而遭受那样大的损失:如果他的听众也主要由其他作家或自封的作家们组成,他遭受的损失就更大。一个作家需要有一个小的公众,这些人受过基本上和他自己相同的教育,也具有相同的鉴赏力;他还需要一个更大的公众,这些人和他有一些共同的背景;最后他还应该和具有智力和感受力,而且能够阅读他所使用的语言的每一个人进行交流。因此,英国文学继续生存的问题就把我们带到另一个问题,就是对于教育统一性的需要问题,教育在不损伤学问和研究的任何分支(科学的或人文科学的)前提下需要有某种程度的统一。这个问题比任何一个行政的、机构的,或课程设置的问题都要更为重大,因为它是

---

① 雪莱是抒情诗人,更是一位哲学诗人。他的一首咏含羞草的诗《敏感的植物》(1820)表明他的想象力如何使他的科学知识(关于含羞草的植物学知识)充满了一种感情生活(对美的理想的追求和对丑恶现实的不满)。

一个有关精神建设的问题,因为这个问题的解决牵涉到不仅是教育规划,而且是栽培一套价值模式,因此这个问题如此巨大,不仅有关教育专家,而且有关一切重视社会结构的人们。我在这里不想多谈这个问题,除了说明我意识到它的重要性。我唯一的贡献就是宣称英国文学的前途将受到我们采用的能够解决或不能解决这个问题的方式的深刻影响。

我的特殊论点始终是:维护古典文学教育对维护英国文学的延续性是十分关键的。如何确定古典文学在教育中的地位,如何使古典文学适应必然的、必要的和不可避免的条件,这些问题,我没有权利要求你们都给以注意。但是我相信我的论点是为古典文学作辩护的一个重要防线。最高的学术成就的标准必须保持,研究的成果必须给以荣誉;必须保证大学问家的声望不得缩小。大学问家将继续有他的地位——要是没有大学问家,古典文学教育的整个建筑物将会崩溃——关于这一点,我确信不疑。但我觉得不十分肯定的是这一事实,即大学问家在未来是否能尽早地被发现,以便接受适当的训练?还有,在没有更广泛的影响的前景下,除了训练少数比他年轻的人以便继续他的工作外是否还能起更大的作用?第二组的学问家是非专业的学者,这些学者属于其他一些领域,这些领域要求或者应该要求古典语言的准确知识;这一组学者不仅包括神学家和历史学家,还有全体教士和牧师、现代语言和文学的教师以及文学批评家。的确,对于最后一类人来说,如果他今后不再阅读古典文学,只在学校里花了几年工夫学会这两种古典语言,那还是很不够的:文学批评家必须使他学过的古典文学知识在他的鉴赏和判断中能够随叫随到而且能够起积极作用;他必须真能欣赏古典文学。但是维护上述这几类的学术成就还不够,而且甚至也不可能,除非在更大数目的人们当中,并且在(像我自己这样的)人们当中,也就是说,在这些未能记住足够多的古典语言以便熟练地阅读原文的人们,以及从未学过古典语言的人们当中,能够培养起来对于希腊和罗马文明的一些知识,培养起来对于这些文明的成就一定程度的崇敬，培养起来对于这些文明和我们自己的文明之间的历史关系的一些了解，以及通过翻译培养起来对于它们的文学和它们的智慧一定程度的熟悉。

被少数人独占的学术研究是徒劳无益的，除非在广大的、没有机会获得第一手知识的人们当中能够传播对这项学术研究的内容的崇敬，以及传播对该内容与我们之间的重要关系的认识。

我意识到我关于英国文学依赖拉丁文学和希腊文学的论断对于好几类人将无任何说服力。有的人根本不认为文学有任何大的重要性，还有一些人虽然承认过去的文学有一定的价值，但并不认为保证英国文学继续保持领先地位是一件十分重要的事。另外有人虽然承认文学的重要性，但不认为对于文学的继续生存，一种教育或另一种教育会有多大的影响。还有些人，或许因为他们已陷入为全国人民提供这种或那种教育的极大困难中，认为这个额外的问题并不那么紧迫，或者他们抱怨地说他们必须考虑如此众多的其他事情，以至于他们无暇顾及这个问题。最后，还有一种人，他们希望看到如此全新的世界，他们甚至欢迎延续性中断的前景。无疑地，上述这一切看法在许多人的头脑中有可能以一种半成形的状态同时并存着；时而一种看法，时而另一种看法，出现在意识层中。

在诸位面前企图驳斥上述这一切反对古典文学教育的意见将是一件不礼貌的举动。这些意见当中有一些更多地属于积累了毕生从事教学和会议经验的人们的领域。我的呼吁只是提给这些人，他们已经接受了这个看法，即认为一个活的文学的维护不只是诗歌业余爱好者和小说读者所关心的事；我向之呼吁的人还包括这些人，他们认识到维护文学就是维护高度发展了的语言，也就是维护文明，使它免受野蛮行为的侵袭。我呼吁的对象还有这些人，他们将能体会对统一的需要，如果大家都相信目前的混乱能转化为秩序。所谓统一，这不仅是指行政上或经济上的统一，而是指欧洲众多差异当中的文化统一，指的是文化统一的需要。这些人还相信，只有扎根在旧的土壤上才能长出新的统一,这旧的土壤就是基督教的信仰和这两种古典语言,这些东西是欧洲人的共同遗产,也就是他们的树根。我相信这些树根是无法解开地纠结在一起的。我不愿冒被人指摘为异端邪说的危险,即把基督教看作是欧洲人的信仰,而不是一个普遍的信仰(有些论宗教和政治问题的作家们似乎接近这种观点);我也不愿被人谴责说我开创了一个新的邪说,认为灵魂得救要靠在古典文学学科考试中取得优等成绩。但是欧洲文化,就目前来说,仍是基督教文化;另一方面,除非拉丁文和希腊文的教师们能够保持拉丁和希腊文化的学术研究的高标准,欧洲的(包括英国的)传统宗教信仰就不能保持它的思想活力。但是这些考虑超出了我为当前这个场合所承担任务的范围。我不愿最后给你们留下一个印象,就是我对无论是宗教领域或文学领域的正规教育提出了过多的要求;我完全意识到,教育制度并不能主动地产生伟大的信仰和伟大的文学;说得更确切一些,我们的教育与其说是我们文化的产生者,还不如说是它的产物。但是那些关心我们文化的生存、延伸和发展的人们,尽管他们的资历不够做出判断,却不会对我们所继承的古典文化遗产不感兴趣。

1942 年